春夏秋冬

卞完洙 散文集(2)

참을 찾는 이를 위하여

가슴이 더운 이를 위하여

방황하는 넋을 위하여

삶을 앓는 이를 위하여

밑지며 사는 이를 위하여

㈜이화문화출판사

나의 道伴(도반) 貞(정)께

目　次

第七部　戲言弄筆(희언농필)

第一部
曲江(곡강)

曲江宴(곡강연)

금년 가을에는 뜻밖에 귀한 손을 여러 분 맞았다. Virginia주 Rap-pahonnock 강변의 이 曲江里(곡강리)(River Bend) 우거를 우정 찾아 주신 것이다.

有朋自遠方來 不亦樂乎
유붕자원방래 불역락호

-벗이 있어 먼 곳에서 오니 이 아니 즐거운가-의 감회도 좋으려니와 利(이)만을 좇는 市井輩(시정배)가 아니요, 하나같이 글을 사랑하는 이들이 dogwood가 발그레 물들어가는 가을에 이 강마을을 찾아오셨으니, 仲秋雅客(중추아객)이랄까, 가을에 귀한 손을 맞이하는 흥취 또한 잊을 수 없는 것이었다.

멀리 태평양 연안의 Hermosa Beach에서 友情(우정)의 大長征(대장정)을 결행하신 수필가 韋辰祿(위진록) 詞兄(사형)과 Great Lakes에 접해있는 Rochester에서 남하하신 寶鏡覺(보경각) 보살님, Maryland, Northern Virginia, Richmond 등지에서도 찾아주셨다. 시인으로 최연홍 교수, 허권 씨, 유인국 씨, 이정자 씨, 김행자 씨

내외분, 우순자 씨, 그리고 동양학 전공이신 양기선 교수께서도 합석하셨겠다, 濟濟多士(제제다사)로 동서남북의 騷人墨客(소인 묵객)들이 한 자리에 모였는지라 고국을 떠난 수만리 涯角(애각)에 曲江文苑(곡강문원)을 이루었던 것이다.

때는 七月 하순, 일요일, 오후 여섯시경부터 귀한 손들이 사위에서 모여든다. 낙엽을 밟기에는 아직 이르다. myrtle 꽃이 막 지고, 가을을 알리는 dogwood만이 붉었으나 언제였던가, 뻐꾸기 울음 들리지 않고 뒷 뜰엔 얕노린 배가 하얀 보에 싸여 대여섯개 달려 있다. 뜻밖의 귀빈을 맞을세라 남겨두었던 것이다.

가을비 개인지 수삼일, 문자 그대로 쾌청한 날씨다. 바람기라곤 없다. 옛글에 八月湖水平(팔월호수평)이라 했더니 oak tree 사이로 저만치 누워 있는 곡강이 빗긴 낙일에 눈부시다. 하늘엔 구름 한 점 없고 빨려들 것만 같은 아슬한 하늘.

식탁은 조촐하다. 평소에 淡食素餐(담식소찬)을 고집해온 家長(가장)의 성품탓인지 佛子(불자)의 손이 간 탓인지, 기름진 음식은 별로 없다. 坪半菜田(평반채전, 집 앞에 있는 텃밭)에서 걷은 양대와 그리고 차조를 섞어 밥을 지었단다. 취나물 무침에 떡을 곁들였다. Rich-mond에서 손수 만들었다는 오색 「젤로」가 이채롭다. 감을 얻지 못하여 햇밤 만을 삶았단다. 떡과 밤이 인기다. 계절의 풍미에다 두고온 山河(산하)에의 향수 때문이리라.

이윽고 술이 한 순배 돌고 난 좌중은 주흥과 詩情(시정)에 도연해진다. 일진은 좁은 거실에 진을 치고 일장의 문학론으로 기염을 토한다. 樂天(낙천)의 論詩說賦相喃喃(논시설부상남남)을 연상케 한다. 한 편에서는 前庭(전정)과 後園(후원)을 거닐며 江村(강촌)의 風光(풍광)을 즐기는 이들이 있는가 하면, 몇몇 여류시인들이 뒷뜰 배나무쪽으로 우루루 몰려가는가 했더니, 아 그 날렵한 거동이라니, 순식간에 배나무 하나가 다 털린 것이다. 왁자한 웃음소리. 기러기 울음에 실려 남으로 메아리 친다. 배 하나씩 품에 품고 돌아서는 그 女心(여심)을 누구라 책하리오.

실은 이 배에 대한 우리 내외의 애착은 심상치 않은 것이다. 금년 들어 처음으로 결실을 보게된 것이요, 배 나무 두 그루에 익은 것이라곤 고작 스무개 남짓했으니 말이다. 먼저, 가까이 계시는 族叔(족숙) 夏亭丈(하정장)께 두 개를 전했다. 교회 장로이신 양교수께는 한 개를 따서 입원중이던 부인께 전했다는 후문이다. 가톨릭 신자이신 韋辰祿 詞兄(위진록 사형)께서 한 개를 손수 따시고 보살님께서는 한 개를 갈무려 Rochester로 雲水行脚(운수행각)이요, 그리고 남은 것은 여류시인들에게 안기어 사방으로 떠났으니, 아 그 염염한 風情(풍정)을 어디에 비하랴.

이제 曲江里엔 복록이 진진하리라. 그 귀한 배나무 두 그루를 十一租(십일조)로, 그리고 財布施(재보시)로 東西의 神佛(신불)께 알뜰히 바쳤으니 말이다.

秋冬栢(추동백)

늦가을이었다.

국화가 한창이었으니까.

曲江(Rappahannoch 강을 끼고 있는 우리 동네 이름이 River Bend여서 곡강이라 命名) 내 집에 조촐한 모임이 있었다. 산문집 "東西南北" 출판기념을 위해서. 뜻밖에도 글쓰는 이들, 글 좋아하는 이들이 적지 아니 와 주셨는데, 그 가운데 의외의 珍客(진객)을 맞게 되었으니, 다름 아닌 Potomac Pen Club 회원들. Potomac이란 미국 수도 Washington, D.C.를 貫流(관류)하는 미국의 漢江(한강)이요, Potomac Pen Club은 望七(망칠) 望八(망팔)의 才媛(재원)으로 이루어진 女流(여류) 文社(문사)이니, 東西古今(동서고금)에 그 類例(유례)없는 異彩(이채)로운 모임이다.

이날 이 여류 문필인들로부터 祝儀(축의) 一封(일봉)을 받았던 바, 뜯어본 즉, 艶麗(염려)한 사연에다 그 但書(단서)에 가라사대, "꽃나무를 살지어다". 아 꽃나무를 심으시란다. 꽃을 심으시란다. 메마른 이 세상에 이 어인 風情(풍정)인가. 여류로부터 거액의 花代(화대)를 받았으니 晩秋(만추) 韻事(운사)로는 더할 나위가 없다.

내 아무리 沒廉恥(몰염치)한 男丁(남정)이기로 이를 어찌 流用(유용)하겠는가. 내 아무리 沒風情(몰풍정)한 木石(목석)이기로 어찌 이 艶艶(염염)한 분부를 거역하리요.

다음 날부터 琪花瑤草(기화요초)를 찾아 나섰다. 인근 花卉農園(화훼농원)을 순방한 끝에, 어느 원예가의 도움으로 속명 Fall-Blooming Camelia를 알게 되었던 것이다. Fall-Blooming이라니! 늦가을에 피는 동백이라지 않는가. Fall-Blooming! 서양 말이나 그 韻致(운치)가 그리 속되지 않다. 내 欣然(흔연)히 이 Fall-Blooming Camelia를 秋冬栢(추동백)이라 命名(명명)하여 앞뜰에 소중히 모셨던 것이다.

紅白(홍백)을 반반씩, 그리고 홑 겹꽃을 섞어서 모두 네 그루. 雪寒風(설한풍)에 얼세라, 소나무와 단풍나무 밑에 심었더니 이 무슨 奇緣(기연)인가. 먼저 심어 놓은 동백과 이웃인지라, 예기찮게 姉妹(자매)의 緣(연)을 맺어 주었으니, 이로부터 春秋(춘추)로 동백꽃을 볼 수 있는 淸福(청복)을 누리게 되었던 것이다.

어느 꽃이라 귀하지 않으랴만 꽃마다 天賦(천부)의 姿色(자색)이 다르고, 濃淡(농담)의 차가 있기 마련이니, 사람에 따라 그 好厭(호염)의 別(별)이 있음은 또한 自然(자연)한 것이겠다. 내 평소에 특정한 꽃을 偏愛(편애)한 바 없었더니, 언제부터였던가, California에서 이곳 Virginia에 온 후로부터 동백을 좋아하게 되었다. 사철이 현저한 Virginia의 기후 때문인가 보다. 이른 봄이나 초겨울에 피는 이 두 가지 동백꽃의 그 氣品(기품)과 그 淸艶(청염)한 모습은 백화가 요란한 봄철에는 볼 수 없는 것이다.

春雪(춘설)에 다소곳이 피어있는 동백을 보았는가. 雪梅(설매)가 좋
다지만 내 눈엔 동백이 上品(상품)이다. 초 겨울 첫 눈 속에 피어있는
추동백을 보았던가. 霜菊(상국)이 귀타지만 내가 보기로는 이 추동백
의 그 品格(품격)에는 미치지 못한다. 옛 사람의 詩에

不是花中偏愛菊(불시화중편애국)
此花開盡更無花(차화개진갱무화)라,

국화 피었다 지면 다시 피는 꽃이 없음을 한탄했거니와, 아마도 霜
菊다음에 추동백 있음을 아는 이가 그리 많지 않았을 것이다.

어느덧 추석이 지나 Dogwood 잎이 물들고 국화가 한창이다. 쉬 나
무 잎 지고 찬 바람 인대도 내 그리 적막하지 않으리라. 머잖아 동백
꽃이, 그 추동백 꽃이 피기 때문이다.

내 조용히 기다리리라.
귀한 손을 맞듯이.
淸艶(청염)타 못해 冷艶(냉염)한 그 추동백이 피는 날을.

坪半菜田(평반채전)

집안에 텃밭 한 뙈기를 일구었다. 이를 개간하기에 만 2년이 걸린 셈이다. 위에는 자갈밭이요, 밑에는 粘土質(점토질)이어서 그간 흘린 땀이 한 말은 좋이 되리라. 밭이래야 고작 한 평은 넘되, 두 평에도 못 미치는 瘠土(척토)에 불과하건만, 去國(거국) 數萬里(수만리)의 한 移民(이민)에겐 門前沃畓(문전옥답)인양 소중한 것이다. 내 이를 坪 半菜田(평반채전)이라 했다.

坪半이란 말은 California에 사시는 印隱南 畵伯(인은남화백)의 '坪 半園(평반원)'에서 따온 것이다. 혹여나 文筆盜賊(문필도적)으로 指 彈(지탄)될까하여 그 出典(출전)을 밝히는 바요, 비록 그 분의 應諾 (응락)을 받지는 못했으나 寬厚(관후)한 분인지라, 어쩌다 이 글을 보 신다 치더라도 버릇없는 한 後學(후학)의 風流罪(풍류죄)로 너그러이 보아 오히려 莞然(완연)히 미소하시리라 믿는다.

내 기억을 더듬어 보건대, 坪半園은 울 안에 쌓은 자그마한 동산이 다. 갖가지 화초 심고 深山幽谷(심산유곡)에서 幽石(유석)을 모셔다 놓고는 조석으로 이 돌과 隱密(은밀)한 대화를 하였던 것이다. 말하 자면 隱南畵伯께서 磊落閑談對幽石(뇌락한담대유석)하던 곳으로, 내가 寓居(우거)하는 이 曲江里(곡강리)의 坪半菜田과는 雅俗(아속)의 差(차)가 있다 하겠으나, 坪半菜田 역시 한 가닥 雅趣(아취)가 없는 것도 아니리라.

이 채전을 일군 뜻이 속된 타산에만 있는 것은 아니다. 利(이) 보다는 趣(취)를 더 귀하게 여겼으니, 옛 글에 趣不在多(취부재다)라 했겠다, 물량의 많고 큼이 오히려 趣를 毁損(훼손)할세라, 한 평으로는 미족한 듯하여 평은 넘되, 두 평은 좀 과한 듯 하기로 크게 讓(양)하여 坪半으로 정한 것이다. 그러므로 이 坪半菜田은 단연코 口腹(구복)만을 채우기 위해서가 아니요, 맛을 위해서요, 風味(풍미)를 取擇(취택)한 것이다.

이제 坪半菜田을 한번 둘러 보자.
북향인 내 집 동북편 당양한 곳에, 폭은 한 열 자, 길이는 대여섯 자. 동서로 나 있는 열한 이랑은 가지가지 채소로 내 日常(일상)보다 多彩(다채)롭다. 상치, 무, 가지, 오이, 근대 같은 淡淡(담담)한 蔬菜類(소채류)에다, 들깨, 파, 마늘과 같은 葷菜(훈채)를 고루 섞어 놓았고 조선 고추를 어이 잊으랴, 여기에 또 미나리꽝 한 떼기를 곁들였다. 이뿐이랴. 이곳저곳 울밑에 심어 놓은 미국 수박과 조선 참외, 조선 호박하며 벌써 허리가 토실토실한 여섯 포기 옥수수, 이 모두 하나같이 귀한 내 眷率(권솔)이니 무슨 푸념을 하리요. 두 평에도 못미치는 菜田이라고.

우리 내외 양념으로 부족함이 없다. 이따금 상치 쌈이 상에 오른다. 때로는 열무김치가 저녁상에 오르신다. 들깻잎과 마늘로 조려진 된장 뚝배기도 상에 올라 앉는다. 아! 그 된장의 감칠맛이라니. 그리고 어쩌다 東萊(동래) 마님께서 마음이 내킬 양이면, 이 만년불평객을 달랠 셈인지 남도 逸品(일품)인 東萊파전을 푸짐하게 부쳐 주시는 것이다. 이럴 때면 지하실에 갈무려 둔 純穀(순곡) 家釀(가양) 동동주를 청하여 夫婦對酌(부부대작)으로 거나하니 취하기 마련이다.

東坡(동파)의 詩에 幽人無一事(유인무일사) 午飯飽蔬菽(오반포소숙)이라 했던가. 忙中寸暇(망중촌가)이나마, 때로 坪半菜田의 정결한 飯菜(반채)와 家釀醇酒(가양순주) 한두 잔쯤 즐길 수 있는 이 淸福(청복)을 내 무엇으로 바꾸랴. 비린내 나는 肉味(육미)는 멀수록 좋다. 번거로운 俗客(속객)을 가까이 할 까닭도 없다.

내 조심스레 청하노니,
이 坪半趣(평반취)를 아는 이 있거든,
"옥수수가 익거들랑
공으로
와 자셔도 좋소."

花卉有情(화훼유정)

四年만인가 보다.

아니, 四年하고도 두 달 만이다.

Virginia주 曲江(River Bend란 洞名의 의역) 옛 집으로 다시 돌아온 것은. 이 洋間島(양간도) 客中에, 또한 遷客(천객)으로 Rich mond 남녘 小邑(소읍)을 전전하기 四年餘에, Rappahannock 강 마을로 돌아온 것은 지난 유월 말이었다.

오래 비워두었던 집은 疎遠(소원)한 姻戚(인척)인양 서먹하기도 한데, 花卉(화훼)와 수목은 되려 情으로 대하게 됨은 어인 까닭인가. 뜻아니 隔阻(격조)했던 同氣食率(동기식솔)을 다시 만난 듯 반가우면서도 一抹(일말)의 죄책감이 없지 않았던 것이다. 情이 들기로야 집인들 어찌 無情物(무정물)이랴. 땀과 情으로 흙을 버물어 내 손으로 심고서, 가물세라, 야윌세라, 물주고 북주어 키워 놓은 이들 花樹木(화수목)과의 情分(정분)이야말로, 어린것을 낳아 煦育(후육)하는 慈母(자모)의 그 慈情(자정)에 비겨도 좋으리라.

그간 섶이 욱고, 가지가 벌고, 품도 늘어 몇 길(丈)로 장성한 교목이며, 蕪雜(무잡)한 화단에 더부살이하듯 처처에 떨기로 피어있는 갖가지 화초. 잡초를 뽑고, 섶을 치고, 웃자란 가지를 둥치며, 삼복 炎天(염천)에 老伴(노반)과 더불어 흘린 땀이 斗量(두량)으로면 얼마나 될 것인가. 忙中偸閑(망중투한)이랄까, Henry David Thoreau의 이른바 'Only man of leasure in town'이랄까, 이악한 世情(세정)과 번거로운 俗累(속루)를 떨치고 금년 여름 한철을 지낸 셈이다. 내 分福(분복)으로는 좀 과한 것이었다.

Virginia의 이 江村(강촌)에 처음 이사한 것이 1989년. 꼭 十二年前이다. 그간 갖가지 화초를 비롯해서 灌木(관목)과 喬木(교목)을 심은 것이 아마 百餘株(백여주)는 좋이 되리니, 그간 찾아온 親姻戚(친인척)이나 文筆人들과의 花樹淸緣(화수청연)이 적지 않다.

큰길에 접한 초입에는 처남 내외와 장모께서 심은 crape myrtle(백일홍)이 네 그루. 眞紅(진홍)과 淡紅(담홍)이 半半으로, 三伏 지나 白露(백로)에도 그 꽃이 한창이다. 이 美國 남도 땅의 風流(풍류)다.

집 앞 circle에 冬柏(동백)이 여섯 그루 있다. 재래종 네 그루에다 가을에 피는, 속칭 fall-blooming camellia를 곁들였던 것이다. Potomac Pen Club의 花代(화대)로 이루어진 것이다. Washington, D.C. 일원의 女流 文筆人 들의 모임이다. 벌써 八年前 일로, 어느새 동백이 자라기 이 집 東萊댁 키 만하여, 그 豊艶(풍염)한 꽃으로 해서, 이른 봄 늦가을이 그리 적막치 않았더니, 근년엔 그 charter member 세분을 잃고 말았다. 이순영 김원정 고수옥선생 등 冬柏 香魂(향혼)이시다.

집 앞 널찍한 잔디 위에는 Colorado blue spruce(콜로라도의 락키 산맥에 많은 침엽수)가 홀로 서있다. 내 일찍이 師父(사부)의 예로 모시던 崙巖(윤암) 韓範錫翁(한범석 옹)의 特立獨行(특립독행)하시던 그 風貌(풍모)를 기리며 십여년 전에 심었었더니, 금년 二月에 棄世(기세)하셨다 한다. 근세에 드문 避世之士(피세지사)로, 깨끗이, 그러기에 외롭게 사시다 가셨다. 東西古今(동서고금)에 박통했던 그 學德과 恨(한)을 품고 가신 분이다.

수년 전, 愚井(우정) 舍伯(사백) 內外分 오셨을 때는 방문 기념으로 무궁화와 노랑 장미를 한 그루씩 심고 가셨더니, 美洞(미동) 兄嫂氏(형수씨)께서 뜻밖에 세상을 뜨시면서 그 장미도 시들고 말았으나, 무궁화는 年前(연전)의 大雪(대설)로 Pisa의 斜塔(사탑) 마냥 기우뚱하나, 높이가 두 길은 됨직하고 금년에도 보라 빛 꽃이 흐드러지게 피었으니 喜壽(희수)를 맞으시는 舍伯의 老健(노건)하심을 가까이서 뵙는 것만 같다.

有情(유정)키야 어찌 우리네 人間(인간)만이랴.

曲江(곡강) 懷憶(회억)

曲江이라면, 中國의 曲江池나 杜甫(두보)의 曲江詩를 연상하는 이가 있을지도 모른다. 그러나 중국의 曲江과는 무관하다. 미국 지명이다. 沒風情(몰풍정)한 이 洋間島(양간도)에도 이토록 風流(풍류)로운 지명이 있었으니 내 칠십 평생에 십년이란 나달을 두고 내게 淸福(청복)을 누리게 한 강마을이다.

주소: 104 Old Landing Court, Fredericksburg, Virginia
동명: River Bend

이에, 한 부질없는 好事家(호사가) 있어,

Old Landing Court를 古津(고진)
River Bend는 曲江

이라 命名(명명)하셨으니, 俗名(속명)으로도, "옛 나루"에 "굽 내"라 해도 그 韻致(운치)가 그리 속되지 않도다.

때는 1990년, 한여름이었다.

California에서 동으로 漂流(표류)하기 장장 3000 mile, 客中(객중)의 또한 客으로, 우리 내외 외로운 몸을 寄託(기탁)할 곳을 찾아 헤매던 어느날, Virginia State Highway 3을 달리고 있던 중, River Bend라는 洞名(동명)이 눈에 잡혔다. 아, River Bend라니. 순간 내 뇌리에 떠 오른 것은 바로 그 曲江이란 말이요, 曲江詩였다. 다음 순간, 내 차는 2-Lane Hwy에서 U-turn하고 있었다. 아 曲江이란다. 사소한 교통 위반쯤 내 염두엔 없었다. 曲江에 홀렸거니 風流罪(풍류죄)로 다스리시라.

집이라야 고작 열세 채의 강 마을이었다. 인도가 없는 Old Landing Court라는 외길이 이 마을을 남북으로—천만에, 38선은 아니올시다—분단한 조용한 江村(강촌)이었다. 異邦(이방)의 나그네가 의심쩍었던지, 어디선지 순한 개짓는 소리가 들릴 뿐, 寂寂無人(적적무인)으로 인기척은 없고, 處處(처처)에 미국 남부 風物(풍물)인 백일홍이 한여름의 강마을을 지키고 있는 것이다.

수수하게 생긴 주인의 안내로 집안에 들어서자, 먼저 눈에 띄는 것은 거실 건너 확 트인 patio door요, 그 문을 열고 나가 널찍한 deck에 나섰을 때, 이 나그네 눈을 사로잡은 것은 180도 River View. 아 曲江이 예 있고나. 굽이굽이 "굽내"다. Rapphannock 강이란다. Bowie Indian이 남긴 강 이름이라고 한다.

집이란 커야만 하는 것은 아니다.
山 不在高(산 부재고) 水 不在深(수 부재심)이란 옛 사람의 글이 있거니와, 집이란 거기 거처하는 이의 뜻이 커야 하고, 그 집의 앉음새

와 그 경관이 더 중요한 것이다.

집은 2층 contemporary, one acre 땅에, 전면은 북향이나 후면이 正南(정남)인지라, 아래 윗 층의 patio door로 멀리 굽이치는 曲江이 한 눈에 들어오고, 앞 뜰엔 갖가지 花樹木(화수목)에다 Southern White Pine이라 불리는 洋松(양송)이 마치 속인의 범접을 辟除(벽제)하는 듯 威儀(위의)롭게 내 집을 엄호하고 있고, 50m는 좋이 되는 비포장 driveway가 喧譁(훤화)한 城市(성시)를 멀찜이 차단하고 있는 것이다. 이만하면 장장 3000mile을 漂流(표류)한 나그네를 의탁하기에 족한 곳이었다.

옛 글에 富潤屋 德潤身(부윤옥 덕윤신)이라 했던가.
집은 치장해 무엇 하랴. 曲江이 굽어 보이는 書室(서실) 하나를 얻었음에 이에 더한 복이 없고, 門楣(문미)에 아버님 遺筆(유필)인 澄波樓(징파루) 橫額(횡액)을 모시고 堂號(당호)를 問津齋(문진재)라 했겠다, 부질없는 文客(문객)의 處所(처소)로는 과분한 것이었다. 사치스런 造景(조경)은 우리에겐 無緣(무연)이다. 매년 수선이 한 물 피고 눈이 녹기 시작하면, 인근의 花卉園(화훼원)을 순회하는 것이 내 일과였다. 우리 내외 심고 가꾼 화수목이 백 그루는 좋이 될 것이다. 그간 쏟은 땀만도 몇 섬은 되리라.

집 앞 circle에는 수선, 단풍나무, 봄에 피는 재래종 동백에다 가을에 피는 추동백을.
Driveway 양편에는 산수유, burning bush, 개나리, 그리고 백일홍을.

내가 졸업한 시골 초등학교 운동장만한 잔디밭에는 maple, weep-ing cherry, chinese dogwood, 그리고 崙嵓(윤암) 韓凡錫(한범석) 선생을 기리어 Colorado spruce라는 세 그루의 침엽수를.

그러나, 이슬 먹고 사는 신선이 아니거니, 텃밭 한 뙈기를 開墾(개간)했으니, 이름하여 문자 그대로 坪半菜田(평반채전)이나 두 사람 국거리 나물 반찬에는 궁함이 없었다.

이 曲江을 떠난 지 근 십년에 정작 잊을 수 없는 것은 曲江 落日(낙일)과 寒窓冬月(한창동월)이다. 四季(사계)와 晴陰(청음)에 따라 刻刻(각각)으로 변하는 굽 내의 낙조를 내 어찌 잊으랴. 이 저 승이 거기 있었다. 그리고 臥看冬月(와간동월)의 情趣(정취)를 내 또한 어찌 잊을손가. 침상에 누워서 달을 보는 것이다. 2층 침실의 patio door로 소리 없이 들어오는 그 不請客(불청객)으로 해서 잠을 못 이루기 몇몇 밤이었던가.

그러나 이런 風光(풍광)의 땅에 살면서 曲江 九曲(구곡)은 커녕 그一曲(일곡)도 남기지 못했음이 자못 부끄러운 일이나, 이 散文(산문) 한 편으로나마 曲江을 추억할 수 있다는 것은 내게 아직 風情(풍정)이 메마르지 않았다는 증거요, 아직도 흥이 진하지 않았다는 뜻인지도 모른다.

아 古津 曲江이여, 옛 나루 굽 내여.

第二部
Virginia 通信(통신)

Virginia 通信(통신)(1)

W형,

놀라시리다. 이 뜻밖의 글에. 그리고 이 생소한 주소에.

Route 4 Box 365
King George, Virginia 22485

이것이 우리 내외의 주소랍니다. 오나가나 더부살이 신세이고 보면,
차라리 미국식으로 Mailing Address라 일러두는 편이 되려 마음 편
하지 않을까요. 고국을 떠난지 이십여년. 이 땅을 밟은 이래 Wash-
ington, D.C., Virginia, Pennsylvania, North Carolina, Texas를
거쳐 California에만도 16년의 세월을 묻었고, 이제 다시 Virginia의
한적한 시골에 몸을 의탁키로 했으니, 문자 그대로 東西南北之人(동서
남북지인)으로서의 體貌(체모)를 갖춘셈이라면 형께선 아마 가소롭다
하시리다. 표표로이 근 40년간의 해외 생활을 해오셨으니 말입니다.

W형,

그곳 California를 떠난 것은 지난 9월 29일이었나 봅니다. 아니면
그 다음날이었으리다. 아시다시피 L.A.를 떠나려는 생각은 오래전

일이었지요. 그러나 討酒(토주)의 어리광을 부리지도 못하고 그렇게 홀홀히 떠나게 된 것은 생업을 찾아야 한다는 속된 强迫觀念(강박관념) 때문이기도 했습니다만, 不時(불시)의 旅心(여심)을 촉발케 한 것은, 웃지마소서, 단풍의 유혹 때문이었지요. Rocky산맥 Aspen의 단풍 때문이었더이다. "The Call of Aspen Tree"라고나 할까요. L.A. Times의 일요판에 실린 「Aspens Prove That Leaving Can be Hard to Forget」이란 글을 읽게 된 것이 禍根(화근)이었지요. 아, 그 Aspen의 단풍이 한창이라지 않습니까. 그래서 그만 그렇게 훌쩍 떠나고 말았더이다. 지도 몇 장과 여성 navigator 한 분을 모시고 萬里長征(만리 장정)에 오른셈이지요. 생업을 찾아 대륙을 횡단해야 한다는 그 歿風情(몰풍정)한 itinerary를 Rocky의 단풍으로 潤色(윤색)할 수 있었던 그 기쁨이 어떤 것이었는지 형께선 짐작하시리다.

집을 떠난 것은 새벽 다섯시였지요. 남달리 아침잠이 많은 저로서는 고역이었습니다. Las Vegas를 지날 때는 여비라도 약간 뜯어볼까 하는 허욕도 없지 않더이다만, 不淨(부정)이라도 탈세라, 그 유혹을 물리치고 당일 약 9백마일의 강행군을 했지요. 그리하여 첫날 묵은 곳이 Colorado주의 Grand Glen. 그러나 Rocky산맥의 그 험준한 산세를 느끼기에는 다음날 百餘(백여)마일의 산길을 치달아 Grand Junction을 지나서였고, 산길이 줄곧 Rio Grande Rail Road와 Colorado River를 끼고 굽이치는데, 沿道(연도)엔 cottonwood(포플러 일종)의 단풍이 볼만하여 옆에 앉은 Californianne의 흥분을 달래기에 적지 아니 고생을 했답니다. Durango로부터 북상할 것인가, Aspen시를 거쳐 Denver를 향해 북행할 것인가고 망설였습니다만, 일만 피트 이상인 Continental Divide(분수령)을 두어곳 넘어보고는 편의상

Rocky Mountain National Park만을 둘러 보기로 했습니다.

W형,

고작 하루동안의 走馬看山(주마간산)으로 그 엄청난 Rocky 峻嶺
(준령)을 어찌 보았다 하리까만, 한 말로 무릎을 꿇고 싶었더이다.

그 위위한 氣骨(기골), 그 장중한 기상, Trail Ridge Road(고도
12,000피트)에 오르면, 萬年氷(만년빙 – Alpine Glacier)을 품에 품
고 위연히 서 있는 Longs Peak(14,255피트), 그리고 이를 擁衛(옹
위)하고 있는 일군의 연봉. 이들을 「Never Summer Mountains」라
하옵기 제가 無夏嶺(무하령)이라 명명했더이다. 옛 詩(시) 「春光不度
玉門關(춘광부도옥문관)」의 悽愴(처창)한 감회였다 할까요.

그러나 Colorado의 Rocky는 장대 웅건한 것만은 아니더이다.

lodgepole, panderosa, spruce, fir라 불리는 갖가지 침엽수가 울
창한 가운데 계곡이나 습한 산허리에 다양한 낙엽교목을 거느리고 있
어, 말 없는 Rocky의 표정을 철철이 우러르게 됩니다.

cottonwood, birch, maple 등이 있고, 그 중 가장 색다른 나무가
aspen이온데, 이 aspen이야말로 저를 시월 나그네로 몰아붙인 장본
인이랍니다.

이 나무는 속칭 quaking aspen이라 하여 Colorado Rocky의 가
을의 상징이며, 많은 사람들에게 거의 종교적 예찬의 대상이기도 하
답니다. quaking aspen이란 말은 가벼운 바람기에도 유난히 떠는
그 잎 때문에 부쳐진 이름이온데, Colorado와 Utah주에 살던 Ute
인디안들은 이를 「여인의 혀」라 했고, 다음과 같은 이야기도 전해오

고 있답니다. 성서에 나오는 Mount Calvary의 십자가가 이 aspen 나무였던 탓으로, 그 치욕을 씻을 길이 없어 지금도 떨고 있다지 않습니까. 어느 나무라 잎이 바람에 떨지 않으리까만 이 aspen은 특이했습니다. 마치 잎의 표리가 없는 것처럼 양면이 150도로 뒤척이며 햇빛을 우러러 떨고 있는 그 aspen을 보고 저의 내외도 무던히 떨었답니다. 잎은 남자의 엄지손가락만 하고, 색깔은 은행잎보다는 약간 짙고 오렌지에 가까운 편으로 솔숲 이곳 저곳에 군생하고 있는 aspen 의 원경은 이곳 록키산맥에서만 볼 수 있는 장관이리다.

W형,

그러나 저의 이런 단풍 遍歷(편력)은 Colorado Rocky Mountain 으로 끝난 것은 아니랍니다. Wisconsin주 Mississippi 강변에 타붙은 단풍에 혹하여, Allegany와 Shenandoa산맥의 만추 풍광에 홀려, 표류하기 장장 삼천사백마일 끝에 저도 모르게 발을 부친 곳이 Virginia주 King George였으니 말입니다. 창밖을 내다보면 Colonial Beach 8 mile, Potomac Beach 6 mile 이란 비에 젖은 里程標(이정표). Route 205와 Route 301의 교차로엔 시골답지 않게 적잖이 오가는 자동차들. King George의 이런 저녁 풍경을 바라보는 客中客(객중객)의 이 나그네 눈에 아련히 다가오는 것은, W형, 무엇이었을까요. 해풍에 나부끼는 Santa Monica의 그 palm tree요, 유연히 일렁이는 California의 eucalyptus입니다.

W형,

부인께서 회춘하시는대로 Virginia의 봄을 찾아 주십시오.

쉬 또 쓰리다. Virginia의 제 二信을.

Virginia 通信(통신)(2)

W형,

오래 積阻(적조)했습니다.

第一信(제일신)을 드린 것은 1989년 시월이었던가요, 분명히 그 때 가을이었으리다. 五十客(오십객)의 중 늙은이답지 않게 단풍바람을 걷잡지 못하여, Colorado와 Wisconsin을 거쳐 우리 내외가 사천리 長征(장정) 끝에 이 곳 King George에 표착한 것은 시월중순께였으니까요. Shenandoah의 단풍이 한창이었더이다. 햇수로는 벌서 삼년 전 일이군요. 그러니 Virginia의 가을과 겨울을 두 철씩 살아온 셈이요, 이제 두 번째의 봄을 맞게 되었나 봅니다.

W형,

제가 California를 떠난 것은 세속적인 타산이 없지도 않았습니다만, 돌이켜 보면 문제는 좀 다른데 있었던 것 같습니다. 四季(사계)에의 憧憬(동경)에서 오는 일종의 季節病(계절병)이라 할까요.

Southern California의 단조로운 그 풍토에 그만 식상했다고 함이 옳을 것 같습니다. 때로는 자신이 시를 못 쓰는 것을 白痴(백치)의 美人(미인)같은 南加州(남가주)의 그 기후탓이라고 터무니없는 푸념을 하기도 했으니, W형, 그 곳 시인 묵객들이 들으면 무어라 하리까. 仰

天大笑(앙천대소)하리다.

　이제 실토하옵건대, 정작 견디기 어려운 때는 한여름과 한추위였더
이다. 형께야 어찌 허세를 부리리까. 이른바 90/90 weather(90°의
기온에 90°의 relative humidity)가 며칠씩 겹치는 이 곳 한여름이면
그 곳 eucalyptus의 그늘 생각이 간절하더이다. 그리고 첫 해 겨울
은 이십년래의 혹한으로 Thanksgiving 전날에는 발목이 묻힐 정도
의 눈이 내려 White Thanksgiving의 장관을 이루었으니 이 얼치기
Virginian은 온 겨우내 허리를 못펴고 살았답니다. "애끼! 나약한 친
구!" 하고 꾸짖질랑 마십시오. 타고난 약골인데다가 온난한 그
Southern California에 십육년이나 살다온 Mr. 軟骨(연골)임을 벌
써 잊지야 않으셨을테지요.
　저를 위해 베풀어주신 草幕(초막)집 송별연의 그 독한 주기가 제 피
속에 감돌지 않았던들, 그리고 그 惜別(석별)의 밤거리에서 "卞兄(변
형)! 이거 한 번 입어보슈." 하고 입었던 잠바를 느닷없이 벗어주던
周尙賢(주상현)형의 우정의 그 薰氣(훈기)가 없었던들, W형, Vir-
ginia의 봄을 기다리지 못하고 그 곳으로 그만 弊衣還鄕(폐의환향)하
고 말았으리다. 그러나 이젠 두 번째의 봄을 맞았습니다. 사월로 접
어든 Virginia의 쾌적한 기후라든가 산야의 아름다움은 결단코
Southern California에 뒤지지 않습니다.

　W형,
　그곳 南加州(남가주)의 봄이 치자(gardenia) 꽃향기에 묻어온다면
이 곳 Virginia의 봄은 水仙(수선)과 紅梅(홍매)로 시작입니다. 금년
엔 그 수선과 홍매가 피기 시작한 것이 벌써 달포전 일이었고 한동안

목련이 흐드러지게 피었단 지더니, 요즘은 눈길 닿는 곳마다 개나리 꽃이요, 자두와 배꽃(bradford pears라는 배나무의 일종으로 유실수이지만 관상용 화수목)이 볼만하옵고, 이 고장 명물인 dogwood 꽃이 피기 시작하면 曲江里(곡강리)의 봄은 무르익어 간답니다.

曲江里(곡강리)란 우리 동네 이름이랍니다. Rappahonnock이라는 강을 등지고 있는 이 동네 이름이 River Bend로서 자못 그 韻致(운치)가 있는지라 이를 曲江里라 명명했더이다. 고작 십호 남짓한 한적한 강마을로 지친 몸과 상한 마음을 달래기에 족한 곳이랍니다. 지난 일주일간은 연일 지점 지점 봄비가 내렸었지요. 수선에도, 개나리에도, 목련에도. 그리고 배꽃과 자두나무에도.
비에 젖는 江村(강촌)의 情趣(정취)를 무어라 표현하리까. 저의 둔한 필설로는 감내치 못할 興趣(흥취)였습니다. 때마침 배달된 갖가지 묘목이 시들세라, 그 가랑비를 맞으며 일대역사를 감행했더랍니다. 앞 뒷뜰에 화수목과 과목을 이십여 주 심었답니다. 후원에는 능금과 배 포도 한 그루씩에다 arctic kiwi는 一夫二妻(일부이처)의 이상적 trio. 큰 길섶에는 복숭아 두 주에 Japanese weeping cherry 하나, 차도 연변에는 Virginia의 state flower인 white dogwood를 열 주. 그리고 집 앞에는 백목련과 자목련을 하나 씩 곁들였고, 배나무 두 주에 홍매 세 그루, French white lilac에 Japanese maple이라 불리는 작은 단풍나무가 벌써 가을을 기다리고 있는가 하면, 멀찌기 white pine 사이엔 길 반은 됨직한 수양버들 한 그루 '휘휘 늘어져' 있으니, W형, 謫居風情(적거풍정)이 이만하면 무엇을 더 바라리까. 봄을 심었다 할까요, 계절을 심었다 할까요.

마침 봄비 내리시고 감기로 신열이 있을 때라, 단비에다 제 콧물로
반죽하며 남도 색시의 고운 손으로 동부의 봄을 이렇듯 정성스레 모
셔놓았으니, W형, 이만하면 서부의 귀한 손 두 분을 맞아도 좋으리
다. 금년엔 꼭 오십시오. California의 봄에다 Virginia의 봄 한 철
을 더 살아보지 않으시렵니까. 한 해에 봄 두 철을 사시면 십 년은 더
젊어지시리다.

　W형,
　끝으로 청이 한 가지 있답니다. 그 레몬 한 분만은 안고 오셔야겠
습니다.

Virginia 通信(통신)(3)

W형,

한여름입니다. 또 한 철이 지났군요. 第二信(제이신)을 드린 것은 지난 봄이었지요. 그 땐 Virginia의 dogwood꽃이 한창이었을 때였으니까요. 길섶에도 산야에도 그리고 제가 사는 曲江里(곡강리)에도.

W형,

여름을 無智(무지)에 비했던 이는 누구였던가요. 참 명언이라 생각합니다. 제가 떠날 때 어느 미국인 친구로부터, "I did not expect you to desert California, bastard."라고 面駁(면박)을 당하던 일이 기억에 아직도 생생합니다만, 형이 계신 그 California를 배반한 죄로 금년으로 이태째 Virginia의 무더위를 살고 있답니다.

추위는 더위에 비하면 퍽이나 이지적이지만, 더위는 극히 沒理性的(몰이성적)이라 할까요. 기온이 95°에서 100°를 오르내린다 치더라도 습도가 오륙십도 정도면 이 가녀린 육척장신을 가눌 수도 있겠습니다만, 소위 Relative Humidity가 90°선에 육박하게 되면, W형, 炎夏無知論(염하무지론)을 실감하게 된답니다. 이 무지한 무더위는 일체의 타협을 거부하기 때문입니다.

아마 잊으셨으리다만 第二信의 이른바 '90/90 weather'란 것은 90°의 기온에 90°의 습도를 가리키는 이곳 Tidewater Counties의 무더위이온데, W형, 제가 '100/100 weather'에 시달리고 있다면 아마 믿지 않으시리다. 허망한 문객의 과장이라고. 태평양의 그 망망한 대해가 출렁이는 Hermosa Beach에 사시는 형께서야 어찌 상상이나 하리까.

W형,
이 '100/100 weather'란 것은 제가 생업으로 택한 음식점 주방의 unofficial record랍니다. 100°의 기온에다 Relative Humidity란 놈이 또 100°에 이르게 되면, W형, 雙百炎蒸(쌍백염증)이라 할까요, 그러고 보니 일루의 운치가 없는 것도 아닌듯 하오나, 무더위가 이쯤 되면 문자 그대로 汗蒸幕(한증막)이외다. 그렇다고 누굴 원망하리까. 더위를 피하여 山庵海亭(산암해정)에 노닐 수 있는 有閑之士(유한지사) 못됨이 남의 탓일 수야 없지 않습니까.

일주에 하루쯤은 미련없이 휴업선언을 할만한 偸閑之士(투한지사) 로서의 여유없음이 어찌 또 남의 탓이리까. 知足知止(지족지지)란 입으로만 익혀온 때문인지 거의 연중무휴로 草草營營(초초영영)해온 자신의 몰골이 때로는 측은키도 하오나, W형, 제 뜻이 축재에 있지 않다는 것만은 형께서야 믿으시리다. 그러나, W형, 안심하옵소서. 이 雙百炎蒸裏(쌍백염증리)에도 때로는 忙中閑(망중한)이 있고 또한 그리 속되지 않은 淸福(청복)이 없지도 않으니 말입니다. 하나는 落照福(낙조복)이요, 또 하나는 麥酒福(맥주복)이니 炎中雙福(염중쌍복) 이라 일러도 좋으리다. 어디랴 落日(낙일)이 없으며 어디 간들 그 흔한 맥주 없으리까만, 날이 저물어서야 가게문을 닫기 마련인 우리 내 외로서는 어쩌다 대하게 되는 그 낙일의 감흥이야말로 결코 일상적 범사일 수는 없사옵고, 하루 일을 마치고 드디어 그 한증막에서 해방 되자 일거에 들이키는 그 생맥주의 맛이라니, W형, 우린 이것을 活命水(활명수)라 부른답니다.

W형,
이런 雙福(쌍복)을 누릴 수 있는 때는 한여름의 일요일 저녁입니다. 평일보다 한 시간쯤 일찍 문을 닫게되는 날이 일요일이옵고, 해가 긴 한여름이 아니고는 지는 해를 볼 수 없기 때문입니다. 때로 찌는듯한 무더위에 파김치가 된 우리들은 일요일 저녁 일곱시 반 쯤 부랴부랴 가게 문을 닫는답니다. 금고에 든 green bill(미국 지화의 별칭)을 두 둑히 도포자락에 챙겨넣고서 지친 몸을 차에 실으면, State Highway 3 West, 시속 75마일, W형, 무어라 형언하리까 이 장관을, 그 落日 (낙일) 그 落照(낙조)를. 안길듯이 落日은 차창으로 다가오고 西天(서 천)은 왼통 불바다입니다. 옥살이에서 풀려난 囚人(수인)들 마냥 그 낙조에 홀린 우리들은 백리길을 치달아 어느새 Rappa hannock River를 건너 Fredericksburg 좁은 one-way street을 누비게 되 고, 이쯤 되면, W형, 우리의 종착역은 으례 이태리 빈대떡집 皮子幕 (피자막, Pizza Hut)이옵고, 저녁놀 밟으며 그 皮子幕 문을 열고 들 어서기 마련입니다. 解渴(해갈)에야 이 活命水(활명수)만한 것이 또 어디 있으리까.
식탁에 앉자 환하게 웃으며 맞아주는 금발의 단골 waitress에게 "As usual." 하고 간단한 주문을 하는 것입니다. 무얼 시켰느냐고요. Miller High-Life 생맥주 두 잔, One-trip Salad 二人分, Small

Cheese Lover 하나. "Enjoy your life-saver." 하는 소리와 함께 먼저 식탁에 오르는 것은 물론 그 두 잔의 beer mug지요. life-saver 란 말은 活命水에 대한 우리의 애칭입니다.

男女有序(남녀유서)가 아니라 無序(무서)요, 酒貪(주탐)이나 食貪 (식탐)을 한대도 허물하지 않는 자리인지라, W형, 놀라지 맙소서, 그 얼음이 서걱이는 술잔을 먼저 드는 분도 釜山댁이요, 잔을 먼저 비우 는 분도 그 남도 마담이랍니다.

高峯(고봉)으로 들고 온 salad 한 그릇 pizza 세 쪽에 그 活命水 두 잔 씩 비우고 나면 밤은 열 시가 넘고, W형, 우리들은 五十 紅顔(오 십 홍안)이 되어 귀로에 오른답니다. State Highway 3 East, 옥수 수가 익어가는 밤길 삼십리. 어쩌다, 한 조각 달이 동녘 하늘에 떠 있 거나, 曲江里의 中天에 보름달이라도 휘영청 걸려 있다고 해 보십시 오. 이럴때야, W형, 어찌 구차스레 말을 놓하리까. 인생은 그런대로 삶직하오이다.

W형,
"왜 사냐건 웃지요."

Virginia 通信(통신)(4)

第 三信을 드린 것은 언제였던가요. 이년 전 일인가 봅니다.

歲月如矢(세월여시)를 탓하기 보다 제 불충을 책해야 하리다.

형께서 이 Rappahonnock 강변의 曲江里를 찾아주신 것은 작년 가을이었지요. 미 대륙의 태평양 연안에서 동부의 이 후미진 江村(강촌)을 찾아주신 그 우의와 그리고 그 萍逢(평봉)의 기쁨을 어찌 잊으리까.

W형,

어느덧 사월이 가고 오월입니다. 五月로 접어든 Virginia의 아름다움을 무어라 필설로 전하리까. 겨우내 나목으로 버티던 갖가지 잡목이 어느새 연초록이요, magnolia(목련)와 bradford pear(관상용 배나무) 꽃이 한철 피었다 지더니, 요즘은 연분홍 redbud와 홍백 dog-wood에다 집집마다 진달래가 한창인데, W형, 멀리서 부엉이 소리 뻐꾸기 울음 또한 간간이 들려오고 있답니다. 이처럼 만물을 化育(화육)하는 이 대자연의 攝理(섭리)앞에 정히 무릎을 꿇어도 좋으리다. 때마침 이곳 마님으로부터 半日賜暇(반일사가)의 은전이 베풀어졌는지라 이렇게 한가히 붓을 들었답니다.

W형,

고국을 방문하신 감회가 어떻더이까. 그야말로 萬感(만감)이 교차하는 것이었으리다. 사십삼년만의 귀국이었으니 근 반세기의 세월을, W형, 타국에서 유리해 오셨음을 형께서도 믿어지지 않으리다. 더욱이 「하이 Mr. 위」와 「이민 십년생」에 이어 제삼 수필집 「잃어버린 노래」의 출간을 겸한 귀국이었으니 말입니다.

W형,

사십삼년만에 돌아온 KBS 아나운서를 맞는 四月의 서울 표정은 어떻더이까. 四海(사해)를 표류하다 기착한 한 流民(유민)을 대하는 그 눈길이. W형, 六旬(육순)의 콧마루가 더워지도록, 그 눈길이, 그 눈길이 순하더이까. 그리고 W형, 잃어버린 노래를 찾으러 가셨던가요, 아니면 그 노래를 조국에 바치러 가셨던가요. 주고 받을 인정과 뜻은 아직도 살아 있던가요.

W형,

방송인의 눈과 귀로 보고 들으신 것은 무엇이었고, 문필가의 예지로 통찰하신 것은 또 무엇이었으며, 한 많은 한 移民(이민)의 가슴으로는 무엇을 느끼고 또 무엇을 안고 돌아오셨던가요.

참담했던 조국의 지난 일이야 천착해 무엇하리까. 그 不倫(불륜)의 漢江水(한강수)는 좀 맑아졌더이까. 내일의 조국은 낙관할만하더이까. 隻影單身(척영단신)으로 귀국하신 형의 모습을 생각하고, Virginia의 이 遊子(유자) 역시 萬感(만감)이 교차하는 심경이외다. 이번에 동행하지 못한 일, 애석했다기 보다 분했더이다.

W형,

들리는지요, 저 소리가. 저 부엉이 소리, 저 뻐꾸기 소리가.

曲江里는 어느덧 해가 기울고 바람기 한 점 없건만, 창밖엔 dog-wood 꽃이 한두 잎 지고 있답니다. 이 東西南北之人(동서남북지인) 역시 잃어버린 그 노래를 찾아 나서야 하리다. 저녁놀 밟고서 구성진 저 부엉이 소릴 따라서 저 강변으로, 저 나루터로 말입니다. 그리하여 뱃사공 없는 저문 강가에 오늘도 홀로 서 있어야 할까 봅니다. 어쩌면 되찾을 것만 같은 그 옛 노래를 위해서, W형.

第三部
蕩兒(탕아)의 歸鄕(귀향)

蕩兒(탕아)의 歸鄕(귀향)(1)

　꼭 이십년 만이다. 故鄕(고향)을 찾게된 것은. 第二의 故鄕(고향)에
다시 돌아온 것이다. 꼭 이십년 만에 다시 밟아보는 Key Bridge.
Washington, D.C.와 Arlington, Virginia를 이어주는 Potomac강
Key Bridge. 나는 이 곳을 내「第二의 故鄕」이라 한다.

　내가 태어난 고국의 聞慶(문경)땅이「내 生이 점지된 곳」이라면,
D.C.와 Arlington 일대는「自意에 의한 重生(중생)의 고장」이라 해
도 좋을 것이다. 좋건 싫건 내 後半生(후반생)을 살기 시작한 땅이 바
로 이곳이기 때문이다.

　어느덧 十二月. 또 한해가 막가는 歲暮(세모)의 日沒(일몰)에, 나는
이 Key Bridge의 난간에 서 있는 것이다. 半百(반백)의 나이로, 斑
白(반백)의 나그네로. 탕아의 귀향이랄까.

　Potomac강엔 살얼음이 깔리고, George Washington Memorial
Parkway 沿道(연도)의 殘雪(잔설)이 눈에 시리다. 고층 건물이 연립
한 Rosslyn은 옛 모습이라곤 찾을 길이 없으나, 북녘 언덕 위엔
Georgetown University의 尖塔(첨탑)이 지금도 그 蒼古(창고)한 異
國情趣(이국정취)를 잃지 않고 있다. 아, 그 밑엔 Foxhole Drive가 있

으렷다. 분명히 그렇다. 불현듯 생각키는 그 길. 한 때 내가 적을 두었던 American University로 가는 그 Foxhole Drive가 아닌가. 낙엽이 windshield에 휘 감기던 단풍철 風光(풍광)의 그 아름다움. 그때 그 感興(감흥)이 어젯일처럼 새롭다. 이 異邦(이방)의 동서남북을 遊離(유리)하다 돌아온 이 蕩兒(탕아)의 思念(사념)은 저도 모르게 이십여년 전으로 줄달음 치는 것이다. 저녁 어스름에 밝아오는 Key Bridge의 가로등과 함께 생생히 되살아나는 것은, "울지도 웃지도 못할 기찬" 그 移民(이민) 初年生(초년생)의 그 鬱鬱(울울)하던 그 옛 일들.

1967년 12월 29일. 내가 미국에 온 날이다. 말하자면 내 제이의 생일이다. Northwest Air Line으로 Dulles Airport착. 서른 셋 노총각으로 얼치기 유학생으로. 육척 장신에 체중은 115파운드. 미화 120불을 신주처럼 품에 품고 내 왔노라. 첫 번째 주거지는 인근에서는 유일한 White House(흑인을 받지 않는다는 Rooming House). 일자리는 Chinatown의 China Doll Restaurant. 직함은 Waiter. Bus Boy를 거치지 않고 일약 월반한 셈이다. 난생 처음으로 걷어들인 첫날 tip이 거금 2 Quarters. 그날 밤 自祝宴(자축연)에 그 거액의 양돈을 蕩盡(탕진)하고 말았으니 이로부터 이 蕩兒(탕아)의 跌宕(질탕)한 타국살이가 시작된 것이다.

Rooming House에서 Rooming House로, Boarding House에서 Apartment로 轉轉(전전)하기 몇 번이었던가. Janitor에서 Drug Store Clerk에서 Hotel Houseman으로, 중국 식당에서 이태리 식당으로. 한 때는 Full Time Language Instructor에 Part Time Student에다 Graveyard Shift(밤중부터 아침까지 일하는 것)의 Red

Top Cabbie(Red Top은 택시 회사 이름. Cabbie는 Taxi Cab Driver 즉 택시 운전수의 별명). 勸告辭職(권고사직)이 무려 수삼회요, 직장을 버리기를 밥먹듯 했으니, 그야말로 左衝右突(좌충우돌)하던 이년여의 세월이었다.

이 기간 중에 가장 잊을 수 없는 것은 Key Bridge와의 인연이다. 이 무렵의 내 생활이 거의 이 Key Bridge를 중심으로 해서 江北(강북)인 Washington, D.C.와 江南(강남)인 Arlington 일역에서 영위되었던 것이다. 그러므로 이 다리는 나의 住居(주거)와 生業(생업)을 이어주던 生存(생존)의 橋梁(교량)이었던 것이다. 때로는 걸어서 越北(월북)이요, 어떨 땐 버스로 南下(남하)하기도 했고, 후에는 내 첫사랑인 SAAB를 몰고 江南北(강남북)을 무수히 오갔으니, 臨津江(임진강)을 넘나들던 女間諜(여간첩)인들 외롭고 고달픔이 이에 더했으랴.

그러나 情(정)이 있던 때였다. 그런대로 浪漫(낭만)이 없지도 않았다. Bachelor's Recipe (Canned Tuna Fish에 파를 넣고 고춧가루나 고추장을 풀어 끓임)에 외로운 이마 맞대고 客苦(객고)를 풀기도 했다. 가난한 유학생 부부를 찾아 討食(토식) 討酒(토주)하기 스스럼이 없었으니 이런 가운데 이십년 知己(지기)의 友情(우정)이 싹텄던 것이다. 처음으로 아파트로 입주하는 내게, 쓰던 냄비 두 개와 담요 두장을 싸주던 Mrs. Jones. 碧眼(벽안)의 그 인정을 내 어찌 잊으랴. 돌이켜 보면, 인심과 물정이 비교적 순수하던 때였다. 이십년이 지난 오늘날이 The Age of Greed라면 그 때는 The Age of Innocence라 해도 좋을 것이다.

끝으로 옛 추억 한 토막을 회고해 본다. 물론 Key Bridge와는 無

緣(무연)일 수 없는 일이다.

　12월 31일이었다. 섣달 그믐날이었다. 1968년이었을 것이다. 이
땅에 온지 일년이 갓 넘은, 말하자면 移民(이민) 이년생이었을 때다.
그 날 땅거미가 들기 시작하는 Key Bridge를 나는 걸어서 넘어갔다.
行先(행선)은 Georgetown에 있는 어느 이태리 식당. 除夜(제야)의
越北(월북)이었던 것이다. 妙齡(묘령)의 여인과 접선이 된 것도 아니
다. 내 天職(천직)이었던 Waiter로 하룻밤 特採(특채)의 榮典(영전)
이 베풀어진 것이다. 섣달 그믐날, 오라는 사람도 찾아갈 곳도 없는
내게, 전일에 일하던 그 식당 마님께서 뜻밖의 전화로 도움이 필요하
다는 것이 아닌가. 반가웠다. 除夜(제야)의 救援(구원)이랄까, 隻影守
歲(척영수세)의 적막함에서 나를 구해준 셈이다.

　그날, 밤일이 끝난 것은 열한시 반경. Tip도 섭섭잖이 걷혀졌는지
라, 歸路(귀로)엔 Georgetown 술집 巡禮(순례)에 나섰던 것이다.
Key Bridge로 향하는 M Street를 따라 술집마다 들렸던 것이다. 술
은 Martini on the Rock. 한 곳에서 한 잔의 節酒(절주). 그러나
Key Bridge에 들어섰을 때는 걷잡을 수 없는 客愁(객수)에다 그 독
한 火酒(화주)에 웬간히 취했으리라. 樹州(수주)의 이른바 "蹌踉(창
랑)한 醉脚(취각)"을 이끌며 子子單身(혈혈단신)의 越南(월남) 길, "황
성 옛터에…" 내 애창곡이 절로 나온다. "월색만 고요해…, 아 가엾
다… 그 무엇 찾으려고 끝없는 미국 땅을 헤매고…" 바로 이때쯤이었
을 게다. 느닷없이 차 한 대가 급정거했다. 젊은이들의 환성과 함께
"Auld Lang Syne"이 쏟아져 나온다. 차는 소형 Convertible(오픈
카). 십이월 朔風(삭풍)에 무개차다. 콩나물 시루처럼 실려있는 젊은
남녀들. 그러나 이 어인 일인가. 다음 순간, 나는 그 콩나물 시루에

실려가고 있었던 것이다. 내가 탔는지 실렸는지 알 길이 없다. 누군
가의 무릎에, 아니 어느 처녀의 무릎 위에 실려갔던 것만은 사실이겠
으나, 차에 오르기 전에 무슨 말이 영어로 오고 갔는지 전연 기억이
없다. 그리고 어느새 나는 내가 살던 Rooming House 앞에 넋잃고
서 있었으니, 그들은 합창을 하듯이 "Happy New Year!"를 쏟아 놓
고는 어둠 속으로 사라져 갔다. 지금도 내 귓전에 생생히 들리는 것
은, 그 소리, 그 "Happy New Year!"

내 어찌 그날 밤 그 일을 잊으랴. 千古(천고)에 그 類(유)가 없는 일
일 것이다. "三上(삼상)의 過歲(과세)"라니. 江上(강상)에서 橋上(교
상)에서 그리고 그 豊艶(풍염)한 膝上(슬상)에서 말이다.

To "Auld Lang Syne"

蕩兒(탕아)의 歸鄕(귀향)(2)

"탕아의 귀향"이란 題下(제하)에 글을 쓴 일이 있다. 1990년경이었을 듯, 벌써 근 20년 전인가 보다. 序頭(서두)에 이렇게 쓰여 있다.

"꼭 20년 만이다. 고향을 찾게 된 것은. "第二의 고향"에 다시 돌아온 것이다. 꼭 20년 만에 다시 밟아보는 Key Bridge. Washington D.C.와 Arlington, Virginia를 이어주는 Potomac강 Key Bridge. 나는 이곳을 내 "第二의 고향"이라 한다. 내가 태어난 고국의 聞慶(문경) 땅이 내 생이 점지된 곳이라면 D.C.와 Arlington 일대는 自意(자의)에 의한 중생의 고장이라 해도 좋을 것이다. 좋건 싫건 내 후반생을 살기 시작한 땅이 바로 이곳이기 때문이다."

전통적 의미로는 자신이 태어나서 잔뼈가 굵은 곳이요, 또한 祖先(조선)累代(누대)의 先塋(선영)이 있는 곳이 고향이겠으나, 인생 칠십의 壽(수)를 누린 사람으로, 타향살이 이십년에 타국살이 사십년의 東西南北之人(동서남북지인)으로, "第三의 故鄕" 云云 한다 손, 이를 망발이라 탓하는 이는 없을 것 같다. Los Angeles는 내 "第三의 故鄕"이다. 오랫만에 이 땅을 다시 밟게 된 것이다. 내 散文集 "東西南北"의 산실이었고, 恩怨(은원)이 얽힌 내 인생 십칠년 세월이 묻힌 곳이다. "탕아의 귀향(2)"이라 했음은 이 까닭이다.

L.A Bradly 공항에 도착한 것은 5월 10일 오후. 七十客(칠십객)인 아우가 마중을 나왔다. 歲月無情(세월무정) 老丈夫(노장부)라던가. 하 오랫만에 만나는지라 형제 서로 그 耄耄(모모)한 모습에 저으기 놀라 한동안 말이 없었다.

아, Southern California! 3S로 이름난 Southland!
아, Los Angeles! 천사의 도시란다. 錦衣還鄕(금의환향)은 커녕 "돌아온 아들은 구겨진 handkerchief"! 등 굽은 古稀(고희)의 浪人(낭인)으로 다시 찾게 된 Los Angeles!. 해풍에 일렁이는 그 Eucaliptus. 예와 같구나. 거리에 도열한 그 종려수들. 이 탕아의 귀향을 반기는가, 외면하는가? 허리가 길어서 마냥 서러운 Palm Tree. 예와 다를 바 없다. 오후 6시의 I-10 East는 여전히 Moving Parking Lot다. 기어가는 주차장이다. 저 멀리 동으로 뻗은 San Bernadino 連峰(연봉). 이내인가 嵐氣(남기)인가? 황사인가 Smog 인가? 차창 너머로 17년 세월이 줄달음친다.

실인즉, 이번 遠行(원행)은 甥姪女(생질녀) Linda의 혼례에 참석키 위해서였더니, 불과 6일 간의 짧은 여정이었건만 오랫만에 동기들과 한 자리에 모여 정담케 된 團欒(단란)의 기쁨에 이어, 分外(분외)의 韻事(운사)가 連疊(연첩)했으니, 하나는 이곳 時調詩人(시조시인)과 隨筆家(수필가)들과의 二次에 걸친 文學(문학) 談論(담론)이었고, 또 하나는 書藝家(서예가)이신 荷農丈(하농장)을 禮訪(예방)한 일이다.

문필인들과의 모임은, 서울시 羅城區(나성구) Olympic街, 미주 최대의 Korea Town이다. 新 舊面(신구면)이 한 자리에 모였었다. 구면으로는 나를 시조인으로 이끌어 주신 藝霞(예하) 金虎吉, 그리고 李成烈, 이성호 세 분에, 電話 舊面인 시조인 협회장 趙慶姬, 그리고 조옥동, 池仙姬 세 분이며, 초면으로는 문인회장 金東燦, 그리고 姜治凡 제씨 등 이십여 명이 한 자리에 모였었다. 이토록 진지한 모임을 본 적이 없다. 내 위인이 조직을 몹시 싫어하여 嫌會症(혐회증)이 痼疾(고질)이 되었더니, 이 語訥(어눌)한 사람도 시종 感發(감발)하여 모임이 파하기까지 흥이 미진했었으니, 주제는 물론 문학론이었으나 문예 작법이란 도무지 비위에 거슬리는 것인지라, 장황한 창작 이론은 커녕, 한 말로 나의 "苦吟(고음) 歷程(역정)의 吐露(토로)"였던 것이다. 서반아 속담에 "The best revenge is living well"이라 했거니, 우리네 글쟁이의 소임은 "The best revenge is writing well". 최선의 보복은 글을 잘 쓸지어다.

荷農 金淳郁 선생은 화가이신 心淵(심연)女史와 Huntington Beach에 사신다. 堂號(당호)는 遠觀軒(원관헌). 서예가요 篆刻家(전각가)시다. 東土(동토)에서 自適(자적)하여, 태평양의 西岸(서안) 一士로 怡然獨往(이연독왕)하신다. 내 翰墨(한묵)의 경계에는 門外漢(문외한)이나, 書帖(서첩)을 통해 欽仰(흠앙)해온지 칠년 만에 서면으로 정중히 揮毫(휘호)를 청했더니 과분한 선물을 받았다.

내 서재에 모실 "然藜室(연려실)" 三字
내가 맡고 있는 三隅反塾(삼우반숙) 學人(학인)들을 위한
"三隅學人(삼우학인)" 四字

내 心地(심지)가 흔들릴세라 "怡然獨往(이연독왕)" 四字

   그리고 이 어인 일일까, "東方有一士(동방유일사) 被服常不完(피복상불완) 三旬九遇食(삼순구우식)…"이라는 도합 八十字에 달하는 陶淵明(도연명)의 擬古詩(의고시) 한 폭을 우정 또 써 주셨으니 그 크기가 縱橫(종횡)으로 육척에 삼척은 좋이 되는 것이다. 그 雄渾風發(웅혼풍발)한 氣品(기품)으로 내 거실의 俗趣(속취)를 씻을까 보다. 더욱이 영부인께서 아서원에서 오찬을 베풀어 주셨으니, 동석한 분으로, 수필가 尙村(상촌) 韋辰祿선생, 質朴無文(질박무문)한 洪興洙 道人(도인), 독서인 李喜榮 兄이었다. 탕아의 귀향을 어찌 沒風情(몰풍정)하다 하겠는가.

   그러나 돌이킬 수 없는 恨事(한사)가 한 가지 있었다. 心淵(심연)女史의 수묵화 한 폭쯤 몰래 품고 오지 못한 일이다.

   아, "탕아의 귀향(2)"!

   "탕아의 귀향(3)"은 어느 날 또 어디메서 다시 쓸 것인가.

   東西南北之人(동서남북지인)의 내일을 뉘 알리요.

第四部

風情帖(풍정첩)

浪漫(낭만) 클럽

'낭만파 클럽'

이는 고 李圭泰씨의 글제다.

이 분의 글은 늘 찾아서 읽고 있다. 비록 재래의 일 백자 원고지로 서너장 정도의 짧은 글이지만 퍽이나 인상적이었다. 남의 글을 읽고서 글을 쓰고 싶은 때가 있다. 文筆感發(문필감발)이랄까. 讀後(독후)에 무언지 생각하게 하는 글, 글을 쓰고 싶은 感興(감흥)을 일으키게 하는 글은 참 귀한 일이다.

이제 '浪漫 클럽'이란 글을 쓴다. 이 글을 쓰게 한 이는 물론 '낭만파 클럽'의 필자다. 고인이야 他界(타계)했으니 그럴리 없겠으나, 누군가 내 글을 보고서 글제를 훔쳤다하여 바라지도 않은 口舌福(구설복)을 내게 안겨줄까 보아 '浪漫 클럽'이라 한다. 실상 '낭만파 클럽'보다 '浪漫 클럽'의 聲律(성률)이 나은 것 같다.

浪漫(낭만)이란 말은 佛語(불어) roman에서 비롯했다고 한다. 이를 漢字(한자)로 音譯(음역)한 것이 이 '浪漫'이요, 浪漫主義 思潮(사조)는 18·19 세기에 歐美(구미)를 중심으로 세계를 風靡(풍미)했던 것이다. 문학사조란 문자 그대로 시대적 사조로서, 한 시대를 바람처

럼 왔다가는 것이겠으나, 浪漫的인 心性(심성)이랄까 浪漫性이란 것
은, 개개인의 기질에 따라 정도의 차는 있을지언정, 우리 人間心性
(인간심성)의 本源(본원)에 깊숙이 뿌리하고 있는 風情 風流의 세계
가 아닌가 한다. 浪漫이란 말은 洋語(양어)의 音譯(음역)이면서도 '浪'
字 '漫'字의 含蓄幽深(함축유심)한 멋이 도리어 roman이란 原語 보
다 한결 더 '浪漫的'이요 風流로운 것 같다. 東洋의 風流와 西洋의 ro-
manticism은 同出而異語(동출이이어)라면 어떨런지. 근원은 같으면
서 그 표현이 다른 것 같다. 중국 근대 철학자인 馮友蘭(풍우란)은 그
의 'A Short History of Chinese Philosophy'에서, 중국인인 자신
이 서양의 romanticism을 깊이 이해하기 어려운 것처럼 동양의 風
流(풍류)를 서양인에게 설명하기가 극히 어렵다고 한 것은, 기실 ro-
manticism과 風流의 동질성을 說破(설파)한 것이라고 보아도 좋을
것 같다. 수천년 간 우리 동양인의 心性에 淋漓(임리)히 흘러온 이 風
流의 세계를 우리네 言說(언설)로 定義(정의)함은 실로 禁物(금물)이
요, 無謀(무모)한 것이다. 興(흥)의 境界(경계)이기 때문이다.

李圭泰씨의 '낭만파 클럽'이란 글에, 중국 西廂記(서상기)에 나오는
서른 세가지 快事中(쾌사중) 몇 가지를 언급한바 있으나, 나 역시 '卅
三快事(삽삼쾌사)'라는 글을 수년전에 쓴 적이 있거니와, 이 西廂記
는, 无涯 梁柱東(무애 양주동)先生이 千古의 奇文(기문)이라 절찬했
고, 중국 근대 문호 胡適(호적)은 이 西廂記의 저자 金聖嘆(김성탄)을
稀代(희대)의 怪傑(괴걸)이라 稱道(칭도)했다.

이 三十三條의 '不亦快哉(불역쾌재)'중 여덟 가지만 소개해 본다.

- 해 뉘엿 저물녘에 옛 친구 뜻밖에 찾아왔노니, 십년만이라 하 반갑기로, 황황히 인사도 하는둥 마는둥, 육로로 왔는가 배편으로 왔는가 묻지도 않고, 이리 앉게 저리 앉게 권키도 전에 내실로 뛰어가서 은근히 떠보기를,

"여보, 거, 술 한 말쯤 갈무려 둔 거 없소? 東坡(동파) 선생 마님같이."

아내 이를 듣자말자 금비녀를 쑥 뽑아 미련 없이 주시는지라, 살펴보니, 사흘 술값은 좋이 되겄다. 이 아니 통쾌한가.

- 아침 잠을 깨니, 웬 일인가 안에서 탄식하는 소리, 간밤에 어떤 이가 세상을 떴단다. 누구인가 물었더니, 아, 읍내에서 제일 가는 그 守錢奴(수전노)란다. 이 아니 통쾌한가.

- 겨울 밤 홀로 거나히 취했건만 寒氣(한기) 점점 더한지라, 문득 창을 열고 내다보니, 아, 손 바닥만한 함박눈이 한 자(尺)는 쌓였구나. 아 이 아니 쾌한가.

- 三伏(삼복) 중에 수박 한 덩이를 朱紅盤(주홍반)에 올려놓고 한 칼로 쩍! 갈라 보라. 이 아니 상쾌한가.

- 얄미운 그 녀석, 鳶(연) 줄이 툭! 끊기누나, 아 이 아니 통쾌한가.

- 어린것들 책을 덮고 글을 외기를, 병에서 물 쏟아지듯이 유창하구나, 이 아니 기쁜가.

- 밥상을 물리고서 별로 할 일도 없는지라, 무심코 옛 문서를 뒤적이다 보니, 이 어인 일인고, 대대로 내려온 빚 문서가 백통이 넘는구나. 이름을 훑어보니 거의 黃泉客(황천객)이요,

살았대야 갚지도 못할 인간들, 남몰래 그 문서를 몽땅 불살라 버리고서 무심코 하늘 우러르니, 숙연코녀, 높푸른 하늘엔 구름 한 점 없고나. 아, 이 아니 상쾌한가.

• 가난한 친구가 궁한 일로 찾아와선, 민망한 듯 말 못하고 다른 소릴 하는지라, 내 언뜻 눈치채고, 한쪽으로 끌고 가서
"자네, 거, 얼마나 필요한가?"
총총히 안에 가서 紙錢(지전) 두툼 가져와서 선뜻 건네 주고서는, 내가 은근히 묻기를,
"자네 지금 곧 가려는가? 나하고 술 한 잔 하겠는가"
아, 이 아니 쾌한가.

이 얼마나 멋진 낭만인가.
이 얼마나 풍류로운 일인가.

다음은 '浮生六記(부생육기)'의 雅事(아사)를 소개해 본다. 淸代(청대)의 沈復(심복)이 쓴 자전적 소설로, 林語堂이 영역했으리만큼 그가 좋아하던 것이다. '不亦快哉'와는 그 품격이나 風趣(풍취)가 다르다.

蕭爽樓(소상루) 風流라 하자.
주인공 부부를 중심으로 詩人 畵人의 詩社가 있다. 詩는 물론, 人物畵에 능한 이, 山水에 뛰어난 이, 花鳥(화조)를 잘 그리는 사람, 모두 여덟 사람이 蕭爽樓에 올라 長夏風流(장하풍류)를 즐기되 '蕭爽樓 四忌(사기) 四取(사취)'라는 엄격한 규약이 있다.

四忌란 무엇인가.

네 가지 禁忌(금기) 조항이다. 해서는 안 되는 것이다. 네 가지 피해야 하는 것이다.

첫째 : 벼슬살이와 그 승진이나 좌천에 대한 논의
둘째 : 관청의 시사를 논하는 것
셋째 : 科詩(과시), 즉 과거 시험에 합격하기 위한 八股文(팔고문)
　　　을 짓는 일
넷째 : 상을 타거나 표창을 받는 일

이 四忌를 범하면 罰酒五斤(벌주오근). 이야 말로 浪漫的(낭만적)인 懲罰(징벌)이다.

四取란 또 무엇일까.

四忌는 금하는 규약이었으나, 四取는 취택해야하는 의무적인 당위의 규약이다.

첫째 : '悲憤慷慨(비분강개)'하고 豪放(호방)하여 시원시원 할 것
둘째 : 풍류를 쌓아 풍부할 것
셋째 : 마음이 커서 사물에 얽매이지 않을 것
넷째 : 마음이 맑고 조용하며 묵묵할 것

이 超俗(초속)한 氣概(기개)와 風貌(풍모)를 보라.

이들 風流客(풍류객)들은 매번 詩와 聯句(연구) 짓기를 하여 그 工拙(공졸)을 평하되, 짓지 못한 자는 벌금 二十文을 내고, 對聯中(대련

중) 한 구만을 지은 자는 벌금 十文을 내게 하여, 하루 열 번을 거듭
하는 것이니, 一日 千文이라, 酒錢(주전)이 풍족했더라. 金聖嘆의 '不
亦快哉'를 俗風流(속풍류)라 한다면, 이 蕭爽樓 幽趣(유취)는 雅風流
(아풍류)라 하겠다. 俗風流는 현실적 卽生的(즉생적)인 것이요, 雅風
流는 高踏的(고답적) 超逸(초일)의 세계다.

아, 참 멋없는 세상.
어쩌면 이리도 멋대가리 없는 세상이 되었는가. 浪漫이 없기 때문
이다. 風情을 모르기 때문이다. 風流는 齷齪(악착)한 人世의 潤滑油
(윤활유)다. 李圭泰씨의 글에 보면, 고국에 '낭만파 클럽'이 생겼단다.
그 存亡(존망)이 자못 궁금하다. 어떨까, 이 땅에도 '浪漫 클럽'이 있
다면. 메마른 타국 살이도 한 결 潤氣(윤기)가 되살아 나리라.

혹, 이 글을 읽고서 神明(신명)이 나는 분이 있다면, 이 '浪漫 클럽'
의 一員이 되고싶은 분이 있다면 Korea Monitor에 姓名 三字와 연
락처를 알리시압.
風流를 알거든, 浪漫을 알거든.

竹欄詩社(죽란시사)
―살구꽃 피면 만나고 복사꽃 피면 또 만나고―

耆老會(기로회)란 것이 있다.

한 말로 늙은이들의 모임이다.

그러나 나이만 먹은 늙은이들이 아니다.

學德(학덕)이 있고 浪漫(낭만)을 아는 風流客(풍류객)들의 모임이
다.

中國에는 唐代(당대) 白樂天(백낙천)의 九老會를 위시해서 宋代의
文彦博(문언박)이 중심이 되었던 洛陽 耆英會(낙양 기영회)등이 전해
오고 있으나, 우리 朝鮮 땅에도 이에 못지않은 것이 있었으니, 竹欄
詩社(죽란시사)가 그것이다. 여기 그 序文을 소개해 본다.

상하 오천년 세월에, 같은 시대에 태어나서 산다는 것은 결코
우연이 아니요, 종횡으로 삼천리나 되는 이 넓은 땅위에 한 나
라에 같이 산다는 것 또한 우연이 아니로다.

그러나 같은 시대 같은 나라에 산다더라도 나이 젊고 늙음이
다르고, 또 사는 곳이 멀리 떨어진 시골이고 보면, 서로 만날
지라도 정중한 예의를 갖추어야 하니, 그 번거로움으로 만나

는 즐거움이 덜할 것이요, 서로 만나지 못하고 죽어가는 경우
는 또 얼마나 많으리요. 이 뿐이겠는가. 출세한 이와 출세치
못한 이의 차가 있고, 취미나 뜻이 다르면, 동갑으로 인근에
산다손, 서로 주연을 베풀되 즐겁게 놀 수는 없는 일이다. 이
런 연유로 서로 벗을 사귀는 범위가 자연 좁아지는 바, 우리
나라는 이런 경우가 더욱 심한지라, 내 일찍이 爾叔(이숙), 蔡
弘遠(채홍원)과 더불어 詩社(시사)를 만들어 기쁨을 같이할
것을 의논한 바 있었더니 爾叔이 이르기를,
"나와 자네는 동갑이니, 우리 보다 아홉 살 많은 분과 우리보
다 아홉 살 연하인 이로, 우리 둘의 동의하에 同人을 삼도록
하세"하는 것이었다.

그러나 우리보다 아홉 살 많고 또한 아홉 살 적은 사람이 모
이면 열여덟 살 차인지라, 젊은 이들은 허리를 굽혀 절을 해
야 할 것이요, 앉았다가도 나이 많은 분이 들어오면 일어나야
하니, 너무나 번거로운 일인지라, 우리 두 사람 보다 네 살 많
은 분과 네 살이 적은 이로 모두 열 다섯을 골랐으니,

李儒修(이유수), 洪時濟(홍시제), 李錫夏(이석하), 李致薰(이
치훈), 李周奭(이주석), 韓致應(한치응), 柳遠鳴(유원명), 沈
圭魯(심규로), 尹持訥(윤지눌), 申星模(신성모), 韓百源(한백
원), 李重蓮(이중연), 蔡弘遠(채홍원) 그리고 우리 형제(若銓
若鏞)가 同人이다. 이 열다섯 사람은 서로 나이 비슷하고, 서
로 가까이 살며, 태평한 시대에 벼슬하여 가지런히 臣籍(신
적)에 올랐고, 뜻과 취미가 서로 같은 무리인지라, 結社(결사)
하여 즐겁게 지내며 太平聖代(태평성대)를 더욱 빛나게 하는
것이 또한 옳지 아니하리요.

詩社(시사)가 이루어짐에 그 規約(규약)을 정하되,

"살구꽃이 막 피면 한번 모이고, 복사꽃이 필 때와 참외가 익을 때도 모이고, 또 西池(서지)에 연꽃이 한창일 때 또 모이고, 국화가 피거나 겨울에 큰 눈이 오시면 또 만나고, 한 해가 저물 무렵 盆(분)에 심은 매화가 피며는 또 모인다. 모일 때 마다, 酒肴(주효)와 筆硯(필연)을 갖추어 술을 마시며 詩歌(시가)를 읊는다. 나이 아래인 사람부터 모임을 시작하며, 차례로 나이 많은 이까지 한 바퀴 돌고나면 다시 되풀이한다.

이상의 정기 모임 외에 아들을 낳은 사람이 있으면 한 턱 내고, 고을살이 떠나는 이 있으면 또 한 턱 내고, 승진한 이도 한 턱 내고, 자제가 과거에 급제한 이도 한 턱 낸다."

이에 내가 同人들의 이름과 規約을 적어서 이 글을 竹欄詩社帖(죽란시사첩)이라 하는 바다. 이 모임이 거의 내 竹欄舍(죽란사)에서 있었기 때문이다. (중략)

爾叔(이숙)이 序文을 청하기로 樊翁(번옹)의 말씀을 곁들여 序하는 바이다.

아, 이 얼마나 멋드러진 일인가.

超俗(초속)한 韻事(운사)다. 한 폭의 風流圖(풍류도)다.

이 竹欄詩社帖(죽란시사첩)은 茶山(다산) 丁若鏞(정약용)의 純漢文(순한문)인것을 필자가 意譯(의역)한 것이다. 원문의 趣意(취의)를 못다 전한 아쉬움이 없지 않다.

詩社란 詩會를 이름이요. 結社(결사)란 詩會(시회)를 결성하는 것이다. 그리고 同人이란 同志(동지) 同趣(동취)의 사람이다. 아득한 上

古(상고)의 周易(주역)에 同人卦(동인괘)가 전해오고 있으니, 이는 同人 相集(상집)의 象(상)이라한다. 그러므로 이 竹欄詩社는 단연 俗物(속물)의 집단이 아니다. 단연코 속된 好事君子(호사군자)들의 모임이 아니다. 이 竹欄詩社의 동인들은 당대 일류의 문신으로 벼슬한 이들이요, 또한 進退行藏(진퇴행장)의 道를 깨친 山林處士(산림처사)로서 詩酒淸談(시주청담)으로 老境(노경)을 즐기는 風流雅士(풍류아사)들이 아닌가.

그러나, 風情(풍정)이 어찌 옛 사람들 만의 몫일까보냐. 어찌 벼슬한 자만의 몫이랴. 옛 글에 風不錢(풍부전) 月不錢이라 했거니 風月은 名利(명리)로는 못사는 것이다. 오직 風流(풍류)를 아는 이, 그대 것이요 내 것이요 우리네 것이다.

우리도 같이 만날거나
살구꽃 피기 전에도 우리 같이 만나고
복사꽃 피기 전에도 우리 같이 만나고
仲秋節(중추절) 달 뜨시면 우리 같이 또 만나고
寒露(한로) 霜降(상강)에 국화 피면 또 만나고
立冬(입동) 小雪(소설)에 첫 눈 오시면 우리 또 만나고
冬至(동지) 섣달 그믐 밤엔 百歲酒(백세주)로 만날거나

卅三快事(삽삼쾌사)
—Thirty-three Happy Moments—

卅三快事(삽삼쾌사).

그리 흔치 않은 글제일 것이다. 혹, 글제가 生硬(생경)難澁(난삽)타 하여 외면하는 이가 있을지 모른다. 그러나, 이 快字(쾌자) 하나만으로 상쾌치 않은가. 우리 함께 快哉(쾌재)를 부르짖어 볼거나. 해묵은 시름일랑 잠시 밀쳐두고, 우리 한 마당 웃음판을 벌여 보시자.

卅三(삽삼)은 三十三을 뜻하는 것이요, 卅三快事는 中國 近世 文豪(문호) 林語堂(임어당)의 "Thirty-three Happy Moments"에 대한 필자의 譯語(역어)이고, 이 "Thirty-three Happy Moments"는 淸代의 奇才 金聖嘆(김성탄)으로 말미암은 三十三條의 不亦快哉(불역쾌재)를 英譯한 것이다.

不亦快哉(불역쾌재)의 출전은, 중국의 奇文中 奇文으로 알려진 第六才子書 西廂記(서상기)이니, 이 西廂記는 淫書(음서)라는 指彈(지탄)을 받아온 바 없지 않으나, 林語堂도 絕讚(절찬)한 傳奇的(전기적) 小說로서, 우리 自稱(자칭)國寶(국보) 无涯(무애) 梁柱東 先生께서도 千古의 奇文(기문)이라 했고, 胡適(호적) 역시 金聖嘆(김성탄)을 稀代(희대)의 怪傑(괴걸)이라 稱道(칭도)했으리만큼 실로 奇驚(기경)한 妙

文(묘문)이다.

不亦快哉(불역쾌재), 이 또한 爽快(상쾌)하지 않은가. 어떤 것은 會心의 微笑(미소)를 자아낼 것이요, 어떤 것은 저도 모르게 噴飯(분반)케 할 것이요, 어떤 것은 拍手喝采(박수갈채)를, 또 어떤 것은 仰天大笑(앙천대소)를 誘發(유발)키에 족한, 실로 不亦快哉의 Happy Moments다. 자, 그러면, 笑林佳境(소림가경)으로 드시압. 三十三條中 그 절반쯤 그 大意를 좇아 抄譯(초역)해 본다.

- 해 뉘엿 저물녘에 옛 친구 뜻밖에 찾아왔노니, 십년만이라 하 반갑기로, 황황히 인사도 하는둥 마는둥, 육로로 왔는가 배편으로 왔는가 묻지도 않고, 이리 앉게 저리 앉게 권키도 전에 내실로 뛰어가서 은근히 떠보기를,
  "여보, 거, 술 한 말쯤 갈무려 둔 거 없소? 東坡(동파) 선생 마님같이"
  아내 이를 듣자마자 금비녀를 쑥 뽑아 미련 없이 주시는지라, 살펴보니 사흘 술값은 좋이 되것다. 이 아니 통쾌한가.
- 아침 잠을 깨니, 왠일인가 안에서 탄식하는 소리, 간밤에 어떤 이가 세상을 떴단다. 누구인가 물었더니, 아, 읍내에서 제일가는 그 수전노란다. 이 아니 통쾌한가.
- 겨울 밤 홀로 거나히 취했건만 寒氣(한기) 점점 더한지라, 문득 창을 열고 내다보니, 아, 손바닥만한 함박눈이 한자는 쌓였구나. 아, 이 아니 쾌한가.
- 三伏(삼복) 중에 수박 한 덩이를 朱紅盤(주홍반)에 올려놓고

한 칼로 쩍! 갈라 보라. 이 아니 상쾌한가.

• 은밀한 곳에 습진이 생겼을제, 더운 물을 청해 놓고 남 몰래 씻어 보나니, 이 아니 시원한가.

• 창문으로 그놈의 땡삐를 몰아냈것다, 아, 이 아니 기쁜가.

• 얄미운 그 녀석, 鳶(연) 줄이 툭! 끊기누나, 아, 이 아니 통쾌한가.

• 脫債(탈채)라, 밀렸던 빚을 깨끗이 갚았것다, 아, 이 아니 통쾌한가.

• 때는 칠월 한여름, 해는 중천에, 바람기라곤 없고, 구름 한 점 없는 뙤악볕, 앞뒤 뜰이 모두 화롯불 같은지라, 날짐승 하나 얼씬거리지도 않것다. 전신에 땀이 도랑물 같이 흐른다. 점심 상을 대했으나 먹을 수가 없구나. 자리를 마당에 깔라 해서 누우려 했으나 자리가 기름에 젖은 양 습하구나. 쉬 파리는 목이며 코에 달라 붙어 쫓아도 막무가내라. 어쩔줄 모르던 차에 홀연 먹장같은 구름 일고, 천둥소리 백만 북소리 같더니, 처마에 낙수물이 폭포수 같아라. 전신의 땀이 가시고, 땅은 씻은 듯 식고, 그 성가신 쉬파리들 간 곳이 없어라. 이에, 飯便得喫(반편득끽), 점심 밥맛이 꿀맛 같구나. 이 아니 快(쾌)한가.

• 虯髥客傳(규염객전)을 읽고 나니, 아, 이 아니 통쾌한가[주)

• 어린 것들 책을 덮고 글을 외기를, 병에서 물 쏟아지듯이 유창하구나, 이 아니 기쁜가.

- 밥상을 물리고서 별로 할 일도 없는지라, 무심코 옛 문서를 뒤적이다 보니, 이 어인 일인고, 대대로 내려온 빚 문서가 백 통이 넘는구나. 이름을 훑어보니 거의 黃泉客(황천객)이요, 살았대야 갚지도 못할 인간들, 남몰래 그 문서를 몽땅 살라 버리고서 무심코 하늘 우러르니, 숙연코녀, 높푸른 하늘엔 구름 한점 없고나. 아, 이 아니 상쾌한가.

- 하 무료하기로, 궤 속을 뒤지다가 뜻밖에 눈에 띄는 故人(고인)의 遺筆(유필), 이 아니 반가운가.

- 가난한 친구가 궁한 일로 찾아와선, 민망한 듯 말못하고 다른 소릴 하는지라, 내 언뜻 눈치채고 한쪽으로 끌고 가서
  "자네, 거, 얼마나 필요한가?"
  총총히 안에 가서 紙錢(지전) 두툼 가져와서 선뜻 건내 주고서는 내가 은근히 묻기를,
  "자네 지금 곧 가려는가? 나하고 술 한잔하겠는가"
  아, 이 아니 쾌한가.

아! 이 얼마나 純粹無邪(순수무사)한 人生의 快事(쾌사)인가? 인생의 饗宴(향연)이다.

謹嚴(근엄)하신 孺者(유자)께서도 갓끈이 터지도록 아니 웃지 못할 것이요, 窈窕淑女(요조숙녀)께서도, 아차차, 치마 말기가 후두둑 끊어질지도 모른다. 孔夫子께서도 莞爾而笑(완이이소)하실 것이요, 老子님 역시 苦笑(고소)치 않을 수 없으리니, 莊子(장자) 어른도 狂笑(광소)하시렷다.

哲學이 無色(무색)해지는 世界인지도 모른다.

假飾(가식)이 없는 世間의 樂(낙)이다.

是非(시비)와 打算(타산)이 去勢(거세)된 方外의 樂(낙)이다.

日常茶飯(일상다반)의 歡樂(환락)이다.

尋常人情(심상인정)의 交驩(교환)이다.

俗되되 卑陋(비루)치 않은 風情(풍정)의 세계다.

林語堂의 이른 바 "近情的"人生派만이 누릴 수 있는

Happy Moments가 아닌가.

不亦快哉(불역쾌재)

이 또한 상쾌치 아니한가.

주) 虯髯은, 虯龍(규용)의 곱슬곱슬한 수염이니, 그런 수염을 가진 주인공을 虯髯客(규염객)이라 했다. 虯髯客傳은 唐初(당초)의 名將 李靖(이정)에 대한 전기 소설로서, 이 작품의 한 주인공인 虯髯客(임어당은 curly-beard라 영역함)은 稀代(희대)의 俠客(협객)이며, 隨末(수말)에 中原(중원)의 새 英主(영주)가 되려는 雄志(웅지)를 품고 있었다. 虯髯客은 피신하는 두 情人─영달하기 전의 李靖(이정)과 紅娘(홍낭)─을 도와주었고, 天下를 얻을 天運(천운)이 자기에게 있지 않고 후일 唐太宗(당태종)이 될 李世民에게 있음을 깨닫고는 그의 전 재산과 수십 명의 종을 李靖에게 주며 "李世民을 도와 天下를 도모하라"고 당부하고는, 한 필의 말에 아내와 종 한사람만을 데리고 표연히 떠나감.

한여름의 風客(풍객)

　매미를 보았단다.

　한 열흘 전이었던가. 어느 날 오후였다. 무슨 큰 異變(이변)이라도 생긴 것처럼 매미를 보았노라는 老伴(노반)의 전언이었다. 매미? 매미라니! 적이 의아하여 몇 번이고 다짐한 것은 목석같은 이 사람이다. 순간, 寒蟬(한선)이란 말이 뇌리에 떠 어른다. 앞으로 열흘이면 秋夕(추석)이 아닌가.

　멍하니 밖을 내다보노라니, 매미 소리다. 정녕 매미 소리였다. 열린 patio door로, 등 너머 海潮音(해조음)처럼 내 귓전에 와 닿는 것은 분명히 그 매미 소리였다. 이곳에 이태를 살면서도 그 매미 소릴 듣지 못했다니 내 沒風情(몰풍정)을 무어라 변명하리요. 俗事(속사)에 草草營營(초초영영)해 온 자신이 부끄러울 뿐이다.

　그러나, Yankee 매미소리는 다르다.
　단조롭다.
　長短(장단)도 없다.
　높 낮이도 없다.

조선 매미는 가락을 안다.

장단 高低(고저) 段落(단락)이 있고 下降調(하강조)도 있다.

맴—, 맴—, 맴—, 매——ㅁ.

맴 맴 사이에 pause가 있었다.

마지막 "맴"에 이르러서는, 悠長(유장)히 긴 소리로 이끌다가 점점 소리를 죽여 decrescendo로 마무리 했다. 즉 下降調(하강조)로 마무리 하는 것이다.

고국을 떠나 만 40년이 지난 오늘에도, 그 매미의 기억은 내 고향 사투리처럼 무시로 되살아나곤 하는 것이다. 사투리 없는 고향이 내 고향일수 없다면 매미 소리 없는 여름은 여름일 수 없다. 그 매미 소릴 듣지 않고서야 어찌 여름 한 철을 살았다 하겠는가.

山野(산야)에 펼쳐진 저 눈부신 녹음하며, 토실 토실 허리가 굵어 가는 벼 포기들. 그리고 그 속에 숨어 우는 뜸부기, 목이 쉰 그 뜸부기 소리! 뉘 여름을 멋 없다 하는가. 이 뿐이랴. 매미 소린 또 어쩌겠는가. 눈 알이 불그러지도록 마구 울어 재치는 것이다. 회나무에도 매미 소리. 느티나무에서도 맴—맴—, 맴—, 매——ㅁ, 오동나무 성긴 잎새에서도 진종일 맴—, 맴—, 맴—, 매——ㅁ, 오뉴월 긴 긴 해가 짧단다. 그러다 갑자기 소낙비라도 한 줄기 퍼붓는다고 해보라. 소리 없이 먹 구름이 밀려오고 작은 회오리바람 스산스레 마당귀를 휘젓고는 호박 넝쿨 속으로 사라졌는가 하면, 우당탕 천둥소리와 함께 장대 같은 소낙비가 쏟아지기 마련이니, 놀란 아이 울음 삼키듯 매미소린 일제히 뚝 끊기고 마는 것이 아닌가. 그러나 소낙비 우루루 물건 너 가고 동산 마루에 은빛 뭉개 구름 일고 무지개 곱게 하늘에 걸리

면, 아 다시 쏟아지던 그 매미 소리, 왁자한 그 매아미 소리. 그것은
정녕 여름만의 계절적 風情(풍정)이었다. 뉘 여름을 멋없다 하는가.

　매미는 無慾(무욕)의 風角(풍각)쟁이다. 風客(풍객)이다.
　蟬飮而不食(선음이불식)이란다. 먹지도 않고 이슬만으로 사는 소리꾼
이다.
　九十炎天(구십염천)을 노래로 살다 가는 萬古(만고)의 風流客(풍류객)
이다.
　맴—맴—, 맴—, 매——ㅁ.

옛 노래 옛 가락
—音癡(음치)의 노래 타령—

벌써 십여년 전 일인가 보다.

未堂(미당) 작고 한지 몇 해 되었으나, 생전에 유행가 가사를 지으시겠다는 소식을 풍편에 들었을 뿐, 과연 몇 편이나 지었는지, 어떤 유의 가사를 발표했는지, 어느 특정 가수를 意中(의중)에 두었는지, 그리고 몇 편이나 노래로 불리어졌는지 알 길이 없다. 광복 전부터 작고하기까지 그 행적이 떳떳하지 않았다 해서 후진의 구설에 오르기는 했으나, 우리 현대시사에 뚜렷한 足跡(족적)을 남긴 분으로, 어떤 연유로 유행가 작사가로 自任(자임)했는지 자못 궁금하다. 동양 고전적 樂府(악부)나 우리 민요, 우리 俗謠(속요)에도 관심이 많았을 듯, 아마 우리 현대시는 물론 유행가 가사에도 환멸을 느낀 까닭이 아닌가 한다.

작고한 朴在森(박재삼) 역시 그 당시, 육십년대거나 칠십년대의 시를 혹평하다가 대 선배이신 未堂에게 "내 시도 그러냐"하고 술 주전자로 마빡을 얻어 맞았다는 일화도 전해오거니와, 그는 당시에 쓰여진 시로, "사공아 뱃사공아…"만한 것도 없다고 그 자리에서 개탄했다고 한다. 내 어린 시절의 기억을 더듬어 그 가사를 소개해 본다.

　사공아 뱃사공아

蔚珍(울진) 사람아
인사는 없다마는 말 물어 보자
鬱陵島(울릉도) 동백꽃이 피어 있더냐,
정든 내 울타리에
정든 내 울타리에
새가 울더냐

　이 平明(평명) 淳朴(순박)한 이 敍情(서정)의 妙(묘)를 보시라. 이 가락을 느끼시라. 분명 우리네 심금을 울리는 징소리가 있지 않은가. 박재삼은 지금도 저승에서 이 노래를 부르며 울고 있을 것이다. 내 詩史(시사)나 歌謠史(가요사)를 논할만한 閱歷(열력)은 없으나, 우리 현대시가 타락한 것이 육십년대부터라면 우리 유행가사 역시 이와 같은 운명에 처했다고 본다. 현대시건 유행가사건, 도시, 情(정)을 감쌀 줄 모른다. 想(상)을 응축할 줄 몰라서 冗長(용장)할 뿐이다. 詞(사)가 俗(속)되다 못해 稚拙(치졸) 亂雜(난잡)하기만 하다.
　자, 그러면 내가 좋아하는 옛 노래 옛 가락을 소개해 볼꺼나.

　1. 연분홍 치마가 봄 바람에
　　휘날리더라.
　　오늘도 옷 고름 씹어가며
　　산제비 넘나드는 城隍堂(성황당) 길에
　　꽃이 피면 같이 웃고
　　꽃이 지면 같이 울던
　　알뜰한 그 맹세에
　　봄날은 간다.

봄바람이야 철철이 불건만 연분홍 치마도 갔고 옷고름도 이젠 고전이 되었다. 산제비 넘나드는 성황당을 아는 이 몇이나 되는가.

옷고름 씹던 조선 처녀, 조선 시악씨의 그 순정, 아! 그 순정은 어드메로 갔는가. 육십년대까지만 해도 우리 風情(풍정)이 이러했던 것이다.

> 2. 嶺(영) 끝에 구름 돌고
>   구름 끝에 해가 져서
>   진달래 얼싸 안고
>   고향 길을 돌아 오니
>   硏子(연자) 방아 도는구나 연자 방아 도는구나
>   어머님 치마 폭에 어머님 치마 폭에
>   인사 없이 안겼네

詩(시)에 그림 있고 그림 속에 시가 있다더니 이야 말로 한 폭의 그림이다. 七言 古樂府(칠언고악부)의 悠長(유장)한 멋이 여기 살아 있다. 思鄕曲(사향곡) 思母曲(사모곡)으로 이만한 글이 그리 많지 않을 것이다. 지난 오월 고국을 찾았을 때의 일이다. 집안 모임인 思孝會(사효회)에서 흥겨운 노래판이 벌어졌으니, 그때 三年長(삼년장)이신 從兄(종형)을 모시고 이 노래를 불렀던 것이다. 稀代(희대)의 "從兄弟(종형제) 二重唱(이중창)"이었다. 즉석 레파토리였다. 리허설도 없었다. 실로 오십년만의 데뷰였던 것이다.

> 3. 落花(낙화) 流水(유수) 木櫨(목로)에
>   해가 저물어
>   허물어진 과거가 술 잔에 섧다
>   한숨이냐 연기러냐

외 마디 타령
목을 놓아 불러 보자
옛날의 노래.

　낙화 유수에 목로 주점이다. 시절은 꽃이 지는 봄. 해 뉘엿 봄 날은 저무는데 초로의 나그네, 이 빠진 막걸리 잔을 들고 허물어진 과거를 反芻(반추)하고 있는 것이다. 누구라 한평생을 돌아보아 회한이 없을 것인가. 누구나 목 놓아 부르고픈 옛 노래가 있을 것이다.

　이 노래는 어느 가요집에도 실리지 않은 것으로 안다. 내게 이 노래를 들려준 이는 나보다 十一年長(십일년장)이었던 金逸 氏. 1960년을 전후해서 내가 시골 탄광촌에 삼년간 묻혀 살고 있을 때 만난 분으로, 그의 이력을 깊이 아는 이가 없다. 일제 강점하에 만주 땅을 유랑했노라고 했을 뿐 그 이상 입을 열지 않았으나, 아마도 일제 말부터 남북 동란기에 이르는, 그 암담했던 역사의 소용돌이에서 청춘을 탕진한 무수한 지성의 한 사람이었으리라. 나이 마흔이 넘어서도 독신이었던지라 우리는 그를 총각대장으로 모시고 밤이면 사흘이 멀다 하고 물 건너 술집을 순회했던 것이다. 설 익은 文學論(문학론) 人生論(인생론)에 술과 유행가 범벅으로 座中(좌중)이 거나해 지면, 아! 눈 지긋 감으시고 부르시던 그 노래, "낙화유수 목로에 해가 저물어 허물어진 과거가 술잔에 섧다…" 실로 痛恨(통한)의 斷腸曲(단장곡)이었다. 아! 오십년전 그때 그 사람. 저녁이면 나를 찾아와 "卞형 월천합시다."하던 그때 그 사람. 越川(월천)이란 물 건너 술집으로 가자는 것이다. 이젠, 사람도 가고 세월도 가고 월천할 사람도 없다. 내가 홀로 남아서 그 옛 노래를 목놓아 부를 뿐이다. 이 洋間島(양간도) 流民(유민)으로.

風流小考(풍류소고)

　가장 멋스런 글자 하나를 택하라 해 보시라. 내 서슴지 않고 받들어 모실 분이 있다. 風字다. 가장 멋진 두 字를 들어보라면 내 흔쾌히 소개할 어른이 계시니, 다름 아닌 風流다.

　바람氣가 있어서 그러리라고 비양을 산대도 어쩔 수 없다. 기실, 이 風字에 반한 이유는 물씬 풍기는 그 바람氣 때문임을 자백하지 않을 수 없다. 그러나 그 바람氣의 이런 俗氣는 무진한 審美的(심미적) 함축성을 내포하고 있으며, 따라서 雅俗(아속)이 一如한 風雅(풍아) 風流의 세계로 승화할 수 있는 그 무한한 가능성 때문임을 절연히 밝히지 않을 수 없다.

　내 부러진 백년 세월을 넘어 살아 왔으되, 이렇다할 風流人과의 知遇(지우)를 얻지 못했음은 자못 섭섭한 일이요, 그 동안 적지 않은 고금의 전적을 빌어 이 風流의 경계를 우러러 오던 터라, 오늘 변죽을 치는 셈으로 이 風流의 세계를 조심스레 소요해 보려는 것이다. 따라서 이 글은 그 연원에 대한 학술적 논문도 아니요, 風流의 사상적 철학적 考究(고구)도 아니다. 다만, 유구한 세월을 두고 우리네 심성으로 化한 그 風流의 態樣(태양)을 생각해 보려는 것이다. Secular Approach라 해도 좋겠다.

剪燈新話(전등신화)에, 風聲品流(풍성품류) 能擅一世(능천일세) 謂之風流(위지풍류) (風聲品流가 일세를 들렸으니 이를 風流라 하다.)라는 기록을 미루어, 風流의 어원을 風聲品流로 보는 이들이 있고, 晉書 王獻之傳(왕헌지전)에 "王獻之(344~388) 高邁不羈(고매불기) 閑居終日(한거종일) 容止不怠(용지불태) 風流爲一時之冠(풍류위일시지관)"(왕헌지 기상이 고매불기하여 종일 한거하되, 그 몸가짐이 태만치 않아 그 風流로움이 당세의 으뜸이 되다.)이란 기록과, 우리 한문학의 鼻祖(비조)로 추앙을 받아온 孤雲 崔致遠이 남긴 鸞朗碑序 (난랑비서)의, 이른바 國有玄妙之道(국유현묘지도) 曰風流(왈풍류)… (나라에 현묘한 道가 있어 風流라 하노니…)라는 기록을 근거로 해서, 風流는 儒佛道 三敎를 포함한 우리 고유의 사상으로 그것이 漢字語 風流로 고착된 것으로 보는 이들이 많으며, 어느 中國의 辭書에는, 風流 有敎養 有才學 而又不拘形迹 從魏晉 到南朝 一般知識分子 都崇尙 老莊 酷愛淸談 放狂自適 不拘禮法 (風流는, 敎養과 재학이 있으되, 사물의 외형에 구애되지 않았다. 魏(위)와 晉代(진대)로부터 南朝(남조)에 이르러, 일반 識者人(식자인)들이 모두 老莊을 숭배하여, 淸談(청담)을 극히 사랑하고 放狂(방광)자적하며 예절에 얽매이지 않았다)이라 했으니, 이상의 기록만을 미루어 보건대, 風流는 蔑俗超逸(멸속초일)한 雅趣韻事(아취운사)로 동양에서 欽羨(흠선)해 오기 二千年에 긍한다 하겠다.

風字로 因緣(인연)한 語彙叢林(어휘총림)을 더듬어 風字의 그 무진한 함축성을 살펴본다.

- 國風 : 中國 詩經의 한 體
- 風角 風樂 : 음악을 뜻하는 말

- 風人 : 詩人이나 詞章家類
- 風客 風漢 : 閑良類
- 風骨 風色 風姿 風容 : 威儀(위의)나 體貌(체모)
- 風光 風景 : 경치 자연
- 風槪 風度 風敎 風德 : 고아한 품성이나 志槪(지개)를 뜻하
  는 말
- 風情 風雅 風趣 風韻 風懷 : 멋과 雅趣(아취)

이런 風字의 多岐多趣(다기다취)한 性向(성향)이 混融一体(혼융일
체)가 된 것이 風流라 보면 어떨런지.

각 個人의 心性이나 교양의 정도에 따라 風流의 態樣(태양)이 달라
지고 그 品格(품격)의 高下貴賤(고하귀천)이 있기 마련이니, 花柳聲
色(화류성색)의 下格(하격)으로부터, 風流才子(풍류재자)들의 詩酒淸
狂(시주청광)의 中格과, 그리고 超逸(초일)한 仙風(선풍)과 寂照(적
조)한 禪風(선풍)이며 典重(전중)한 儒風(유풍) 등 上格(道風)에 이르
기까지 風流는 실로 千態萬趣(천태만취)한 것이다. 이런 品格의 관건
은 절제의 美學에 있는 것이다. 過(과)하면 賤格(천격)이요 沒風流(몰
풍류)인 것이다. 중요한 것은 격이요, style이다. 酒池肉林(주지육림)
의 성연도 賤風流(천풍류)요, 淸茶淡話(청다담화)의 一夕도 上風流일
수 있다. 眞伊(진이)와 花潭(화담)의 交分(교분)에 있어, 眞伊의 風情
(풍정)이 下格이라면, 花潭의 것은 上格이요 道格이라 해도 좋지 않
을까.

그럼, 과연 風流란 무엇일까.
風流는 辭書的(사서적) 해석이나 西歐式 定義(정의)로는 범접치 못

할 境界(경계)다. 그러므로 오랜 세월을 두고 우리네 先民으로부터 오늘의 우리들 의식 속에 살아온, 우리 일상의 心性으로 生動하고있는, 우리 文化 우리 思想을 連綿(연면)히 관류하고 있는 그 風流의 속성이 어떤 것인가를 譬論(비론)해 봄으로서, 風流의 片鱗(편린)이나마 소개해 보고자 한다.

- 名利(명리)나 現世智(현세지)로부터의 超脫(초탈)이다.
- 方內(방내)에서 方外(방외)로 優遊(우유)하는 것이다.
- 현세적 타산으로부터 物外(물외)에 노니는 形而上(형이상)의 세계다.
- 作爲(작위)의 세계를 벗어나 천진한 유희의 세계다.
- 무절제한 耽溺(탐닉)이 아니라 樂而不淫(낙이불음)하는 미학의 세계다.
- 破格而有格(파격이유격)이다.
- 無勸酒(무권주) 無弦琴(무현금)의 世界다.
- 蔑俗(멸속) 淸狂(청광)의 세계다.
- 禪心(선심)이요 詩心(시심)이며, 道風(도풍)이요 儒風(유풍)이다.
- 知 情 意가 美의 영역으로 止揚(지양)된 세계다.
- 礙滯(애체)가 없는 自由魂(자유혼)의 흥결이요 神明(신명)이며, 바람 氣요 흐름 氣다.

- 書畵(서화) 詩文의 원동력이다.

- 宗敎와 思想과 藝術이 우리네 心性(심성)으로 녹아난 人生哀苦(인생애고)의 catharsis요, 齷齪(악착)한 現生(현생)의 윤활유이며 人生의 潤氣(윤기)요 멋이다.

第五部
洋間島(양간도) 打令(타령)

四不及之嘆(사불급지탄)

—아, 발 벗고도 못 따라 가겠네—

　속담에 "발 벗고도 못 따라간다"는 말이 있다. 漢字(한자)로는 足脫不及(족탈불급)이겠다. 아마 足脫不及(족탈불급)이 "발 벗고도 못 따라간다"는 속담으로 발전된 것이 아닌가 한다. 어쨌든 아무리 애를 써도 능력이 미치지 못함을 비유한 말이다.

　내 고국을 떠난 지 40여년으로, 이 洋間島(양간도)에 더부살이 하기를 於焉(어언) 반세기를 바라보는 오늘, 그동안 듣느니 양말이요, 보느니 꼬부랑 글씨였으니, 책 권이나 보아 왔던지라, 그런대로 귀도 열리고 눈도 봉사는 면했으나, 이따금 일상용어나 대화에 도리어 당혹할 때가 많다. 이는 영어를 머리로 익혔을 뿐 아직 몸에 배지 않았다는 증좌다. 어쩌면 이민 일세의 숙명인지도 모른다. 된장 고추장으로 筋骨(근골)이 굳어지고 꺼우리(청나라 때 고려의 발음)말로 意識(의식)이 굳어진 삼십대 초에야 태평양을 건너 온 사람이니, 아직껏 그 멋진 shrug 한 번 자연스레 해 보지 못했음은 물론, 아무리 노력해도 서양인에게 못 미치는 것이 어찌 한 두 가지랴만, 그 중 특히 네 가지가 있으니, wink하는 눈짓과 smile하는 입놀림이요, "Excuse me"와 "You're welcome"하는 應對(응대)다. 네 가지가 다 못 미치므로 四不及(사불급)이요, 이 네 가지 못 미침을 근 오십년 한탄해 왔으니 이 글제가 四不及之嘆(사불급지탄)일 수밖에 없지 않은가.

wink와 smile은 顔面(안면) 동작에 속하나, "Excuse me"나 "You're welcome"은 口舌(구설)의 所任(소임)이다. 그러기에 무슨 돈이 드는 것도 아니다. 四肢(사지)의 勞役(노역)이 필요한 것도 아니다. 별난 學識(학식)이 있어야 하는 것도 아니다. 그럼에도 늘 西洋人(서양인)들 보다 先手(선수)를 쳐 본적이 없으니 長歎息(장탄식)이 절로 나오는 것이다.

서양인들의 wink와 smile은, 눈이나 입이 문자 그대로 閃光(섬광)처럼 번쩍인다. 신비스럽기도 하고 때로는 奸巧(간교)해 보이기도 하나, 한편 이들의 흉한 손짓 몸짓에 비하면 가장 friendly한 body language임에는 틀림없다.

왕년엔 우리도 눈짓을 했었다. 두 눈을 깜짝이는 것이었다. 무언지 禁戒(금계)의 목적이었다. wink는 묘한 감정을 誘發(유발)키 위한 외눈 동작으로, 대개 서양인 특유의 그 smile을 동반키 마련이니, 그야말로 閃閃隻眼微笑(섬섬척안미소)인지라 내 어찌 追及(추급)하리요.

恨(한) 많은 타국 살이 사십년에, 同性(동성)인 남성에게서도 몇 번인가 wink를 받고서 저윽이 唐慌(당황)한 바도 있었거니와, 金髮碧眼(금발벽안)의 여성으로부터 이 wink & smile을 double로 받은 일이 한두 번이 아니어서 내 一生一代의 艶事(염사)로 길이 내 가슴에 품고 있으나, 아, 어찌하랴, 한平生(평생) 孔子曰(공자왈) 孟子曰(맹자왈)로 굳어진 이 顔面(안면) 神經(신경)이 허락치 않는지라, 아예

엄두도 못내는 것이었다.

　참, 발 벗고도 못 따라가겠네.

　不及之嘆(불급지탄)이 절로 나온다.

　자, 나머지 二不及之嘆(이불급지탄)을 들어 보시라. "You're welcome"과 "Excuse me"다. 때로 대수롭잖은 일이건만 내 무슨 대단한 積善(적선)이라도 한 것처럼, 妙齡(묘령)의 서양 여인이 碧眼(벽안)의 wink에다 백설보다 흰 그 잇발 사이로 그 혀를 살짝 내 밀고는 "Thank you"했을 때, 이 놈의 "You're welcome"이 자연스레 나오지 않을 때가 많으니, 때는 이미 늦었는지라, 멍하니 長歎息(장탄식)을 할 뿐이다.

　한국 super market에 가 보자. 남의 cart를 자신의 cart로 툭툭 치고도 모른 척 오직 前進(전진) 突進(돌진)할 뿐이다. 고국에서 버스나 지하철을 타보자. 팔꿈치로 남의 옆구리를 치고도 먼 산만 보고 계신다. 발을 밟고도 외면하시기 일쑤다. 그러나 이곳 미국 풍경은 좀 다르다. super market나 공공장소에 가면 느끼는 바 많다.

　elevator를 타 보자. 이곳 저곳에서 "Excuse me"다. 소매만 스쳐도 "Excuse me"다. 때로는 무슨 영문인지 알 수가 없을 만큼 "Excuse me"가 사방에서 난발한다. 실수는 이 편에서 했건만 상대방이 먼저 "Excuse me"라 하시니 이야말로 足脫不及(족탈불급).

　참 발 벗고도 못 따라 가겠네.

　우린 "Excuse me"不感症(불감증)이 있다 할까. "Excuse me"른

避症(기피증)이 있다 할까. "Excuse me" 吝嗇症(인색증)이라 해도 좋을 것이다. 고속도로에선 追越(추월)을 금하고있으나, 누가 먼저 "Excuse me"하느냐, 얼마나 빨리 하느냐에는 제한이 없건만, 이 "Excuse me"에는 항상 추월을 당했을 뿐 한 번도 추월해 본적이 없으니, 이 사람이야 말로 모범 시민으로 당연히 褒賞(포상)을 받아야 할 것인가.

아! 미국살이 반세기에 누구라 한 가닥 怨(원)이 없으며 사무치는 恨(한)이 어찌 없으리요만, 돌이켜 생각컨대, 그 간 서양인과의 인간적 授受(수수)에 적잖이 빚을 졌으니, wink와 smile에 愚鈍(우둔)했음은 물론 "You're welcome"과 "Excuse me"에 너무나 吝嗇(인색)했던 것이다.

옛 聖賢(성현) 말씀에, 仁(인)함에는 스승에게도 讓(양)치 말라하셨겠다. 오늘 내 만천하에 改過遷善(개과천선)할 것을 선언하노니, 옳은 일 좋은 말에야 뉘에게 뒤지랴.

"Excuse me"에야 追越(추월)도 美德(미덕)이렷다. 어쩌다 옷소매라도 스칠 량이면 내 먼저 "Excuse me"하리라. 잘 잘못을 따지면 小人輩(소인배)다. 그리고 wink와 smile 연습도 겸해야겠다. 목과 턱에 힘을 빼고서 almond 같은 눈초리로나마 "wink smile" 실습을 결행하리라.

그리하여 반백년 빚을 갚아 볼거나.

'McDonald's에서 아침을'

오랜만에 우산을 들고 나섰다.

한 동안 가물었더니 지짐지짐 비가 오시나보다.

옛 先人(선인)들이면 '喜雨(희우)'라 題(제)해 絕句(절구) 한 首(수)
쯤 지으시렷다. 갈무려 두었던 우산을 찾아 주며, 어디로 가느냐, 내
젊으신 老伴(노반)께서 물으신다. 내 서슴잖고 풀쑥 답하시되,

"To the McDonald's to the east"

서투른 외국어다. 그러나 무언지 異國情趣(이국정취)가 없지 않다.

우리 집 근처엔 McDonald's가 네 군데 있다. 동쪽에 하나, 서쪽에
하나, 북쪽에도 하나, 그리고 제일 먼 것으로 서북쪽에 또 하나, 동쪽
에 있는 것은 "The McDonald's to the east"로 통한다. 바로 Fair-
fax City Mall에 있다. power walking하는 健脚(건각)이면 걸어서
15분 거리다. 나 같은 七十客(칠십객)의 閒步(한보)로는 삼십분은 잡
아야 하나, 한 더위나 한 추위를 피하면 가벼운 산책으론 알맞은 거
리다. "The McDonald's to the west"는 서편으로 Old Lee Hwy에
있고, 근처에 아담한 공원이 있어 자동차로 가끔 들르는 곳이요, 'The
McDonald's to the north'는 물론 북쪽에 있는 것이니, Rt. 29의
Lotte Super Market 건너편. 걸어서 가기엔 약간 먼 편이나 근처에

서 친구와 점심이나 저녁을 먹고는 二次(이차)로 들르곤 한다.

오늘은 七月 中旬(중순), 금요일, 아침 일곱시 반. 오늘도 無端(무단)히 바람기가 도짐에, "To the McDonald's to the east"하고는 내 靑藜杖(청려장)—명아주 지팡이—을 짚고 飄飄然(표표연) 집을 나서면 그 뿐, 이 이상 내 행방을 물을 필요가 없는 것이다. 즉, 동쪽에 있는 'McDonald's에서 아침'을 하는 密會(밀회)의 언약인 것이다.

雨後靑山新(우후청산신)이라더니, 간밤에 온 비가 解渴(해갈)은 족했던지, 伏中(복중) 녹음이 함치르르 그 潤氣(윤기)가 밤잠을 설친 내 눈에 싱그럽다.
우람한 喬木(교목)이 鬱蒼(울창)한데, 그 중에도 southern white pine이라는 南部 특유의 소나무는 그 奇偉(기위)하면서도 典雅(전아)한 品格(품격)이 단연 松柏中 傑物(걸물)이요, 백일홍이 주홍 분홍 자주 순백으로 한창이었더니, 간밤의 비를 머금고 人道(인도)에 휘어져 이 부질없는 閑人(한인)을 가로막는 그 은근한 嬌態(교태)는 정히 남부의 盛夏風情(성하풍정)이다.

오랜만에 비오는 거리를 걷는 맛이 씹을 만하다. Main Street의 교통은 번잡한 편이나 인도는 한적하다. 빗발이 대단찮은 탓이기도 하겠으나, 요즘 우산은 빗 소리를 별로 들을 수 없는 것이 흠이어서, 옛날의 紙雨傘(지우산)이나 삿갓에 비하면 퍽이나 沒風情(몰풍정)한 것이다. 지우산에 후둑이던 그 빗 소리. 관자노리에 사무치던 삿갓의 그 빗소리. 내 부질없는 사념은 50년 전, 60년 전 그 옛날로 줄달음친다. 어느덧 McDonald's의 문을 들어서면 別有天地(별유천지)다. 인종의 波市(파시)이다. 말도 다르고, 골상도 가지가지. 이곳저곳 우리 동포님들도 눈에 뜨인다. 그러나 어인 일인가. 대개 시선은 그리 순하지 않고 음성은 거칠어, 是是 非非(시시 비비)인지 是非 非是(시비 비시)인지 논난이 風發(풍발)한다.

雨中(우중)에 누군가를 기다린다는 것은 그리 싫지 않은 興趣(흥취)요, 누군가 나를 찾아온다는 것 역시 福(복)이라면 淸福(청복)이 아닌가. burgundy wine 보다 붉은 Honda를 타고 東萊(동래) 마님께서 들어오신다. 雨中(우중)에도 밝은 표정이다. McDonald's에서 아침 정식. full course라는 定食(정식)이 아니다. 늘 같은 것을 먹는다는 定食(정식)이니 coffee 한 잔, ice tea 한 컵, cream cheese bagel과 egg & cheese bagel만으로 아침 상이 그리 초라하지 않도다. 어느새 senior citizen의 班列(반열)에 올랐던지, coffee와 ice tea는 반값이요, bagel sandwich를 두 개나 청했건만 도합 5불 미만이다.

창 밖은 아직도 부슬 비 내리고
오늘 따라 coffee 맛이 한결 더 좋단다.
內外兼床(내외겸상)으로 無肉淡食(무육담식)에 coffee 風味(풍미).
異邦風情(이방풍정)이 이만하면 타국살이 푸념은 말아야겠다.

'McDonald's에서 아침을'

American Library

취미가 무엇이냐고 묻는다.

무슨 재미로 사느냐고들 한다.

뭐, 거창한 인생 철학이나 사상을 논하자는 것은 아닐 것이다.

누군가 내게 미국에 사는 재미가 무엇이냐 묻는다면, 서슴없이 도서관에 가는 재미, Book Sale에 가는 일이라 답하리라.

이민 살이 40년에 생업에 쫓기기도 하고, 생래의 東西南北之人인지라, 천방지축 웬간히 떠돌아 다녔으니 異邦(이방)의 낯 설은 고을에 가면 지방사에 호기심이 없지도 않아 우선 예방하는 곳이 local library다. 대도시 도서관 보다는 인접 교외의 소도시나, traffic signal도 없는 시골 town이면 더 좋다.

5년 전인가, Washington, D.C.와는 相距(상거)하기 15mile 서남에 있는 Fairfax에 '滿洲(만주) 이불' 보따리를 풀어 놓았으니, 北間島(북간도)가 아닌 洋間島(양간도)다.

흔히 Northern Virginia라는 지역의 일부로서, 남북전쟁 당시의 그 유명한 Robert E. Lee 장군이 A Commander of the Army of Northern Virginia—북 버지니아 군 사령관—였던 역사적 사실에서

연유한 것이다. 내 집에서 동서로 3mile 이내에 public library가 두 개나 있다.

서쪽으로 인구 5만도 못 미치는 Fairfax City에 Fairfax Public Library, 東으로는 Geroge Mason Public Library. 책을 공으로 빌려 볼 수 있는 즐거움과 Book Sale에 귀한 책을 헐값으로 살 수 있는 고마움, 일상이 단조로울 때나 俗累(속루)의 消遣策(소견책)으로 무시로 이 도서관을 드나드는 것이다. 그러나 때로는 뜻 아닌 화를 입을 때가 없지 않다. 법치국인지라 도서관 기강이 엄정하다. 이른 바 late charge란 명목으로, 내 미국살이 40년간 갖다 바친 돈 만도 백여불이요, 25년 전 California에서는 late charge로 13불을 강제징수 당한 일이 있어 그 땐 내심 분한 생각이 없지 않았으나, 근년엔 그 불명예로운 late charge를 voluntary donation으로 자위하며 기꺼이 상납하곤 한다.

한 번은 반환 기간이 지나 독촉장이 빗발치는데, 어쩔거나, 빌려온 책을 찾을 수가 없지 않은가. 며칠을 두고 찾다찾다, 급기야 도서관에 가서 당당히 자수하기를
"내 잃었노라"
했더니 책값 전액—아마 25불을 내고서야 免罪符(면죄부)—receipt 받았것다.

Book Sale은 연중 대행사다. 이 書淫(서음)의 애환이 여기 있는 것이다. "Lee's Last Stand"란 책임을 지금도 생생히 기억하고 있다. 내 또한 남북 相殘(상잔)의 後裔(후예)이기로 American Civil War 狂(광)이었었다.

Book Sale은 Spring Book Sale과 Fall Book Sale. 춘추로 두 번 장이 서면, 사방팔방에서 책 벌레가 꾸역 꾸역 모여든다. 4월 말께나 9월 하순 무렵에 목요일부터 일요일까지 나흘 장이 서는 것이다. 책값은 paper back와 hard cover로 나누어, 첫 날은 대개 1불에서 3불이나 주말에 가까울수록 값이 싸지다가, 마지막 날인 일요일이면 큰 brown shopping bag나 상자에 고봉으로 담아서 2~3불이라, 너나 할것없이, 등에 지고, 한아름씩 안고, 어깨가 처지도록 양손에 들고 야단법석이다.

난들 어찌 탐이 안나랴. 꼬박 여섯 달을 기다리지 않았던가. 주말까지 기다릴 수가 없다. 책 탐을 자제할 수 없는 것이다. 첫 날은 만 권 고서의 이 文字香(문자향) 書卷氣(서권기)의 유혹을 물리치고 두어 권만 산다. 최고가로 산 것이다. 자못 억울하다. 그러나 마지막 날이면 욕심이 대적이라, 제일 큰 상자를 고른다. 차곡차곡 눌러 담는다. 때로는 책이 넘쳐 굴러 떨어진다. 턱으로 누르며 자동차까지 간다. 신음소리 처량코 허리가 휜다.

앗차, 이 일을 어쩌랴. 트렁크를 열고 보니 洋書 한 상자가 나를 노려보고 있는 것이다. 지난 봄 Book Sale에 샀던 것이다. 반년동안 고스란히 감춰둔 것이다. 또 다시 一大食言(일대식언)을 했음에 놀라지 않을 수 없다. 책을 더 사지 않겠노라고 몇 번이나 선서했던가. 그러고도 Book Sale이면 영락없이 食言의 대죄를 범하기 마련이니, 아직 一縷(일루)의 염치는 살아있어 집으로 안고 들어갈 만용은 없는 것이다. 이리하여 내 자동차 트렁크는 비밀서고가 되고 말았다.

어쩔거나, 九月이 오면.
또 Book Sale이다.

江(강) 마을 人心(인심)

흔히 人福(인복)이 없다느니, 人德(인덕)이 없다고 푸념을 한다.
사람을 잘못 만났다는 말인가 보다. 사람을 잘 만난다는 것은 참 귀
한 福이다. 父母福이니, 妻福(처복)이니, 심하게는 弟子福(제자복)을
거론하기도 하나, 이웃 사람 잘 만난 福을 논한 이를 본 적이 없다.

이웃 四寸(사촌)이란 말이 있는가 하면, 이웃 怨讐(원수)란 말이 있
다. 이웃을 잘 만나면 疏遠(소원)한 사촌보다 낫고, 못 만나면 이야말
로 원수인 것이다. 조석으로 마주치는 이웃 사람과의 불화는 부부간
의 불화 못지 아니 괴로운 일이다. 이웃 사람과 언짢은 일 없이 서로
화목하게 수년 간 지낼 수 있다는 것은 복 중의 복이다.

내 칠십 평생을 돌이켜 보건대, 이렇다 할 福祿(복록)을 타고나지
못했건만, 십년 간이나 과분한 이웃 복을 누린 바 있기로, 이를 기리
어 "강 마을 인심"이란 글을 바친다. '강 마을'이란 Rappahannoc 강
변의 한적한 마을로 이 동네 이름이 'River Bend'요, 이 洋間島(양간
도) 客家(객가)의 십년 세월이 묻힌 곳이다.

이사를 하며 제일 먼저 놀란 일은, 우편함에 golden color로

'BYUNS'라는 내 이름이 새 주인을 기다리고 있었고, 변소마다 새 화장지 두 개씩 놓여 있지 않은가. 그리곤 이사 짐을 정리하는 중에 당황하리만큼 많은 이웃 사람들이 찾아와서는 하나 같이

"Welcome to the River Bend!"

라는 것이다.

'River Bend'를 내 曲江(곡강)이라 명명했겠다, '曲江里入住歡迎'이란 뜻이다.

江村人心이 이러했다.

집이랍시고 사고 보면, 외관상 우선 걱정거리가 정원관리 문제다. 시골이니 굳이 landscaping이랄 것은 없으나, 집터가 one acre나 되고 보니, 짚차만한 자동 mower를 타도 네 시간은 좋이 걸리는 작업이었다. 한동안 먼저 주인이 두고 간 자동 mower로 풀을 깎아 보기도 했다. 소위 professional landscaper를 고용하기도 했고, Charlie라는 이웃 high school boy의 신세를 지는 등, 그 신고가 이만 저만이 아니었는데, 벌써 15년 전 일로, 한 달에 100불은 주어야 하는 일을 이 Charlie에게는 그 부모의 제의로 한 번에 오직 8불을 주고 부린것이 내심 미안하여, 한 번은 2불을 더 붙여 10불을 주겠노라 했더니, 이 어인 일인가. Charlie의 부모께서 정색을 하며,

"Don't spoil him!"

하는 것이다. 이 이방의 나그네, 적잖이 놀랐겠다.

그 후 Charlie가 대학생으로 집을 떠난다기, 임금을 착취한 죄 값

으로 장학금 일봉을 두툼히 전한 바 있다.

내 평생 理財(이재)에 둔한 탓으로, 이 曲江里 집을 비워 둔 채, 85 마일 떨어진 남부 소읍에 5년간이나 어쭙잖은 追利外遊(추리외유)를 한 바 있었거니, 집을 비워두면 의례 도둑걱정이 앞선다. 그러나 우선 제일 큰 걱정은 풀 깎는 문제다. landscaper와 계약을 한 대도, 한 주일씩 건너거나 두 주씩 오지 않기도 하고, 때로는 한 달씩 방치해 두기도 했던 듯, 田園將蕪(전원장무)하면, 이웃 사촌들이 기꺼이 자원봉사를 했던 모양이나, 누가 언제 도와주었는지 알 길도 없었거니와 누구 하나 내가 깎았노라고 생색을 내는 이가 없었다. River Bend의 인정이 이리도 淳厚(순후)했던 것이다.

이에 감복한 우리 내외 동네 잔치를 하기로 했다. 오년 만에 曲江里에 돌아왔을 때다. 집 잘 지켜주고, 풀 깎아 주신데 대한 謝恩(사은) party다. 스물 두 가구 정도의 작은 River Bend는 강 마을로, old section과 new section이 거의 반반으로, 우리는 old section에 속하여 새 동네 사람들과는 별로 안면이 없기로, 서투른 영문 초청장을 집집마다 걸어서 돌리고 있을 때 뜻밖의 happening이 있었으니, 누군가의 우체통에 이 초청장을 넣으려는데, 자동차 한 대가 긴 drive way로 나오고 있기로 인사를 하려고 서 있었더니 본채도 않고 내 앞을 그냥 지나치는 것이 아닌가. 순간 나는 망설였던 것이다. 무언지 괘씸한 생각에, 초청장을 그 우편함에 넣을 것인가 그냥 갈 것인가 하고. 그러나 며칠 후에 또 다시 놀란 것은 東方禮義之國(동방예의지국) 後裔(후예)인 이 사람이었다. 하루는 길섶에 있는 나무를 치고 있었더니, 낯선 중년 백인 남자가 차를 멈추곤 인사를 하기를,

"Probably you may not know me. But I know you. My wife sent me to apologize to you."

나는 어리둥절할 수밖에. 내게 사과할 일이 있단다. 부인 대신 사과하러 왔다는 것이다. 알고 보니, 며칠전에 내가 초청장을 돌리던 중 어느 집인지 mail box 옆에 서 있을 때, 거들떠보지도 않고 자동차를 타고 획 지나가던 사람이 바로 이 신사의 마나님이었고, 그 날 황급히 병원에 가는 길이어서 그런 실례를 범했노라고 정중히 사과하는 것이 아닌가. 이에 輕忽(경홀)한 속단과 오해를 범한 자신이 부끄러웠다.

- 집을 팔고 떠나며, 새 주인의 이름을 우편함에 새겨 주고 떠나는 그 인정

- 한여름에 남의 집 풀을 깎는 귀한 아들이 spoil된다 하여 품값을 올리지 말라는 백인 부모의 愛之勞之(애지노지). 孔夫子(공부자)의 가르치심이 이 洋夷(양이)의 陋巷(누항)에 살아 있도다.

- 施恩(시은)을 가벼이 하라 했던가. 오른 손이 한 일을 왼손이 알지 못하게 하라 했던가. 五年이나 비워둔 이웃집 one acre 풀을, 누가 언제 몇 번이나 깎아 주었던고.

이 Korean-American에게 "Hello"하지 못한 단순한 죄를 사하기 위해 우정 찾아 온 이 純然(순연)한 人事(인사). 西方禮儀之國(서방예의지국)이 예 있더라.

이 모두 십여 년 전 옛 일이다. full name은 커녕 first name 도
이젠 거의 잊어버린 River Bend 이웃 四寸들. 그 人心 그 人情.

이런 情, 이런 마음이 Korean Community에 있을 것인가.
故國(고국)의 어느 강 마을엔 아직도 살아 있는가.

分外(분외)의 退職金(퇴직금)

평생 퇴직금을 두 번 받았다.

두 번이라면, 꽤 順坦(순탄)한 월급쟁이를 연상할 것인가. 한번은 고국에서, 마지막엔 洋間島(양간도) 이 미국에서. 두 번 다 내게 分外의 목돈이 주어진 것이라 잊을 수 없다. 그러나 그 情況(정황)은 너무나 대조적이다.

첫 번째는 유학생이랍시고 世人(세인)이 자못 부러워하던 직장을 팽개치고 떠났던 1967년, 내 나이 서른을 갓 넘은 청년이었다. 재직 기간 5년 만에 적잖은 퇴직금을 받았건만, 그야말로 積債如山(적채여산)으로, 그 거액의 퇴직금을 며칠만에 蕩盡(탕진)했으니, 이는 내 一生一代에 잊을 수 없는 恨事(한사)요, 두 번째는, 중국 식당 waiter 로 봉직한 데 대한 恩典(은전)이었으니, 실로 今昔之感(금석지감)이 없지 않다. waiter로 일하기 한 달 미만에 퇴직금을 받았다면 뉘 믿을 것인가. 이른 바 "명퇴"도 아니요, 20년간이나 장기 봉직한 중국인 bartender에게 폭행을 가한 이 朝鮮族靑年(조선족청년)에게 一週分(일주분) 퇴직금을 주신 華僑紳士(화교신사)가 계셨다면, 뉘 믿으시겠는가.

때 : 1968년 某月(모월)

　　40여 년 전이라 달은 기억이 없다.

곳 : 'Am Chi'라는 Chinese restaurant.

　　번지는 커녕, street name도 모른다.

　　Washington, D.C.의 downtown. 연방 정부 청사가 밀집한 곳.

職銜(직함) : waiter

　Dulles Airport에 내린 것이 1967년 12월 29일이었으니, 이 땅을
밟은 지 반년이 될락말락한 移民半年生(이민반년생). 'Am Chi'
(American Chinese Restaurant)는 내가 waiter로 일했던 두 번째
의 중국 식당이다. 좌석은 고작 40석의 소규모 식당이나 아담한
cocktail bar가 있고, cook 셋에, 주인은 'Mr. So'로 기억한다. 건장
한 중년 신사로, 寡默鄭重(과묵정중)하여, 여느 華僑(화교)와는 다른
품격이 있었다. 그리고 나오는 惡緣(악연)인 bartender 'Charlie'씨.

　그 무렵 내 식당 이력은 어떠했던가. D.C. China Town의 H
street에 있는 'China Doll'에서 두어 달 수련한 waiter경험이 있었
던지라, 웬만한 일은 춰나갈 수 있었으나, 이 식당은 bar business
가 다른 식당에 비해 바쁜 곳이요, 관공서가 많은 location 탓으로,
실로 특이한 rule이 있어 이 풋내기 waiter의 고충이 이만 저만이 아
니었는데, 설상가상으로, 중국인 bartender와의 불화는 及其也(급기
야) 이 穩健子(온건자)의 실력 행사를 誘發(유발)하기에 이르렀던 것
이다.

　그 事緣(사연)은 이러하다.

'Happy Hour'란 게 있었다.

오후 네시 반부터 여섯시까지 cocktail을 싸게 serve하는 시간이다. 공무원을 誘致(유치)하기 위한 상술이다. 다섯 시쯤 되면, 하급 공무원들이 떼를 지어 몰려오신다. 너 댓 사람씩, 때론 칠팔 명씩 우르르 몰려와서는 그 날의 stress를 푸노라 우선 cocktail 한 두 巡杯(순배) 돌기 마련이다. 초심자에겐 음식보다 cocktail order가 훨씬 어려운데, 이 식당 주인의 엄격한 house rule이 있었으니,

"Don't write down the drink order. You have no time to do it."
drink order를 받아쓰지 말라신다. 그럴 시간이 어디 있느냐다. 아, 이를 어쩔거나, 암기하라는 말씀이시다. 아, 그때 그 當惑(당혹)함이라니.

bloody mary니, gin tonic이니 whisky sour 같은 order는 비교적 간단하다. 그러나 martini는 on the rock이며 straight가 따로 있고, 여기에 orange나 lemon peel을 加味(가미)하시는 어른이 적지 않았고, 그 무렵엔 D.C.의 政街(정가)는 물론 일반 지식인들 사이에 vodka martini가 유행하던 시대였으니 나의 이 二次 퇴직금 事端(사단)은 바로 이 vodka martini에 있었던 것이다.

bartender는 내가 drink order를 할 때마다 내 발음 타박이다. 특히 vodka martini의 'vodka' 발음이 틀렸다는 것이다. 기실, 내 나름으로는 V字 발음에 유의했고 첫 음절에 분명히 액센트를 잊지 않았으니, 이 Chinese-American 보다 Korean-American의 발음이 단연 나았었다고 지금도 自負(자부)커늘, vodka martini를 order할

때마다 일부러 못 알아듣겠다는 시늉을 하며 비아냥거리고, 때로는 손님들에게까지 내 'vodka' 발음을 꼬집어 비웃는 것을 엿들은 적이 한 두 번이 아니었다. 그러던 어느 날, 불시에 kitchen에 들어갔더니, 이 bartender씨께서 cook들과 내 험담을 하며 히히대는 것이 아닌가. 다음 순간, 나는 격한 내 감정을 자제할 수 없었다. 그만 'Charlie'를 구석에 처박았던 모양이다. 지금도 내 기억에 남아있는 것은, 내가 'Charlie'의 목을 누르고 있었다는 것과 식칼을 든 중국인 cook들의 놀란 표정뿐이다. 그 날은 금요일, 주인은 공교롭게도 쉬는 날이었다.

다음 주 월요일 저녁, 뻔뻔스럽달까 충실하달까, 이 미욱한 朝鮮族靑年(조선족청년)은 예정대로 출근했것다. waiter의 제복인 golden jacket을 갈아입고 있을 때, 'Mr. So'께서 조용히 부르신다. 그리고 나직히 말씀하시되, 'Charlie'는 평생 자기를 위해 일한 사람인지라 어쩔 도리가 없다는 것이다. 그리고 말없이 내게 준 金一封(금일봉).

귀로에 洋間島(양간도) 木櫨酒店(목로주점)에서 홀로 自祝宴(자축연)을 베풀다.
봉투엔, 一週分(일주분) 임금 plus 一週分 임금의 퇴직금이 있었다.
'Mr. So'는 내가 처음이자 마지막 만난 中華紳士(중화신사)시다.

잊혀지지 않는 사람들

누구에게나 잊을 수 없는 이들이 있을 것이다.

좋은 뜻으로 못 잊는 사람, 나쁜 일로 잊지 못할 사람, 원한으로 잊혀 지지 않는 사람도 있고, 恩義(은의)로 잊을 수 없는 사람도 있을 것이요, 어떤 이는 恩怨(은원)이 서로 얽힌 묘한 인연으로 해서 잊을 수 없는 경우도 있을 것이다. 또는 남녀의 艶情(염정)으로, 혈육의 情(정)으로, 혹은 師弟(사제)의 義(의)로 잊을 수 없는 일도 있을 것이다.

어느덧 칠십 고개를 허위허위 넘고 보면, 잊혀지지 않는 이가 어찌 없을 것인가. 타국 살이 어언 사십년 세월, 외인들과의 인연 또한 없지 않으니, 오늘 이들과의 옛 정의를 잊지 못해 이 글을 쓰노니, 하나같이 귀한 사람이요, 고마운 이들이요, 실로 恩義(은의)의 인물이다.

1. Mr & Mrs. Lym (中國人. 林氏 부부)
   때 : 1968년 4월
   곳 : China Town, Washington, D.C.

벌써 39년 전 일이다.

내, 그야말로 隻影單身(척영단신)으로 이 땅에 온지 두 달도 채 되
지 않던 때다. 실로 浮萍草(부평초)마냥 헤매다 우연히 문을 두드린
곳이 이 林氏 부부의 Rooming House. 하숙이 아니다. 잠만 자는 곳
이다. 이층 작은 방이 내 숙소다. 방세는 주에 8불이었던가. 생업은
waiter요, 직장은 Georgia Ave.의 Seven Seas Chinese Restau-
rant. waiter 직업이란 참 묘한 것이어서, 치부는 할 수 없으되, 잔
돈은 끊이지 않는다. 가뭄에 콩 나듯, 어쩌다 1불짜리 green bill이
table에 놓이기도 하나, 대개는 quarter이고 dime과 nickel등 현금
치기였으니, 내 주머니엔, 胡(호)주머니가 아니라 洋(양)주머니엔, 이
런 주화가 넘쳐 나서 매일 번 돈을 주체할 수 없었던지라, 내 방 낡은
옷장 서랍이 바로 내 비밀 금고였었더니, 어쩔거나, 어느 날 청소하
던 임씨 부인께 들키고 말았던 것이다. 그러나 이럴수야. 이 후덕하
신 인정 좀 보소, 이후 林先生 부부께서는 양돈 벌이에 미친 이 異邦
의 나그네 대신 인근 은행에 친히 가시어 내 구좌에 입금해 주셨으니,
아, 그때는 1968년, 40년이 지난 2007년에도 이런 인정, 이런 믿음
이 있을 것인가.

2. Mrs. Davis (백인 미망인 약 50세)
   때 : 1969년 여름
   곳 : Arlington, Va.

이 무렵, 나는 Miss Fay가 경영하는 boarding house에서 먹고,
한 block떨어진 Mrs. Davis의 방 한 칸을 빌어 잠만 자고, 생업은 한
국어 접장 노릇을 하게 되었던 것이다. 복잡한 D.C.를 벗어나서, 말
하자면 강남으로 이사를 했던 것이다. 이곳에 두어 달 살다가 평생처

음으로 아파트랍시고 이사를 했더니 이 때 한 살림 차려 주신 이가 계셨다. 다름 아닌 Mrs. Davis.

살림목록 : Fork와 Spoon 몇 개
　　　　　담요 두 장
　　　　　냄비 하나
　　　　　Fry Pan 두 개.

단 한 가지 조건이 있었다. 담요 한 장은 돌려주시압. 아, 밥 한 술에 우는 게 인정이라던가.

3. Mrs. Keys(백인 미망인. 약 70세)
　때 : 1971년~1972년
　곳 : Cathedral Ave. NW. Washington, D.C.
　Rock Creek Park의 동물원 건너편 town house 이층 one bedroom apt.

Mrs. Keys는 한국동란 때 연대장을 지냈다는 아들이 Texas에 장모를 모시고 살고 있었고, 귀가 어두워 door bell대신에 종을 달아 놓았었다.

집세를 낼 때나, 어쩌다 만날 량이면, "Wansoo, I am lonesome, terribly lonesome"하던 Mrs. Keys. 왜 아들에게 가지 않느냐는 내 물음에, "Don't you think one woman is enough?" 한다. 장모를 모시고 있으니, 늙은이 하나만으로도 어렵겠거늘, 나까지야 어찌 또가 살겠느냐는 것이다. 그토록 외로우면서도, "I'm lonesome, ter-ribly lonesome"하면서도, 장모를 모시고 사는 아들을 원망하는 기색이라곤 전연 없다. 가끔 자식을 보러 간다고 할 때면, 공항에 모시고 간적이 몇 번인가 있었을 뿐, 이 외로운 노부인에게 恪別(각별)한 인정을 베푼 바 없었건만, 수년 후에 이 노부인은 아들과 함께 나를 찾아왔던 것이다.

내가 DC를 떠나 Texas 주의 Tyler에 살고 있을 때였다. 마침 5년 만인가 고국에 갔다 돌아왔을 때였다. 내 우편함에 봉투 없는 쪽지가 하나 기다리고 있었다. 내가 보낸 X-Mas card의 주소를 알고 있었던지, 아들 차를 타고 우정 이 異邦人(이방인)을 찾아왔던 것이다. 300mile은 좋이 되는 거리다. 어머니를 모시고 Korean boy를 찾아온 한국전 참전 연대장! 천리 길을 멀다 않고 찾아온 古稀(고희)의 노부인. 내 최초의 American Girl Friend다.

아, 情(정), 情.
情 주고 情 받음에, 뉘 東西古今(동서고금)의 別(별)이 있다는가.

아 잊을 수 없는 사람들!

White House에서 사흘을

속단을 마시라.

이 무슨 荒唐無稽(황당무계)한 수작이냐고.

글쟁이란 원래 거짓말쟁이라지만, 내 무슨 怨(원)이 있어 이 귀한 春夏秋冬(춘하추동)을 愚弄(우롱)할 것인가.

거짓말이 아니다.

White House에 묵은 적이 있다.

하루이틀이 아니다.

사흘이나 Washington. D.C.의 White House에서.

Only White House에서 말이다.

때는 1968년 1월 2일 오후 네 시경이었을 게다.

곳은 42년이 지난 오늘 내 기억을 더듬어 보건대, Washington, D.C.의 Northwest Section이요, 14th Street와 V Street 근처. Dulles Airport에 내린것이 1967년 12월 29일 밤 열한시경이었으니, 이 땅을 밟은 지 나흘만이었다. 어느 목사관에서 과세는 했으나, 正初逐客(정초축객)이랄까, 어느 한국 대학원생의 Volkswagen이 그야말로 氷天雪地(빙천설지)의 Washington, D.C.의 해설픈 거리에 이 天涯孤兒(천애고아)를 헌 신짝마냥 부려 놓고는 사라졌다. 그 때 내 행색은 어떠했던가.

여장이라야 가방 하나 뿐.
체중은 120 파운드의 六尺 瘦身(수신)에 검은 오버 코트. 복색은 그리 초라하지 않았을 게다. 통근 버스로 출 퇴근하던 월급쟁이 시절의 그 오버 코트였다. 그 코트 안주머니엔 미화로 거금 42불과, 그리고 아, 그 소중턴 대한민국 여권. 그 여권엔 분명 다음과 같이 기재돼 있었겠다.

성명 : 변완수 Wan Soo Byun
생년월일 : 1935년 3월 3일(실은 1934년)
여행목적 : 학생

나는 멍하니 서 있었을 것이다. 폭설이 왔던지, 거리는 곳곳에 눈 더미요 人道(인도)는 얼음판이었다. 그 방개 같은 volkswagen이 어디론지 사라지는 것을 망연히 바라보며, 석양판에 사투리도 통하잖는 이방의 거리에 넋을 잃고 한 동안 서 있었을 것이다. 四顧無親(사고무친)이란 도리어 사치스런 말이다.

거리엔 흑인들의 왕래가 빈번했고 연도엔 이층 벽돌집이 즐비했다. 사방을 두리번거리다 내 눈에 뜨인 것은 'Room to Let'란 sign이었다. 순간 '아, 셋방이다'하는 생각이 뇌리를 스쳐간다. 명색이 유학생이었던지라, 이만한 sign쯤은 판독할 수 있었던 것이다. 그 문을 두들겼다. 이 외로운 나그네의 knocking이 그리 당당치는 못했으리라.

이윽고, 'a little old lady'께서 문을 반쯤 조심스레 열고 빠히 내다 보신다. 평생 처음으로 대면한 백인 부인.

그때 이 半啞半聾(반아반롱)―반 벙어리에 반 귀머거리―이 무슨 말을 어떻게 했는지 거의 기억이 없다. 그러나 지금도 생생히 내 귓전에 울리는 말은, "…only white house…"일뿐. 아마 "This is the only white house in the area"라 했을 것이다.

아, White House라니. 이 부인의 거실에서 서투른 대담이 오간 다음에야, 이 집이 백인만을 받는 소위 rooming house라는 것을 알게 되었다. rooming house란 매주 방세를 내고 잠만 자는 곳이다.

속담에 사람 팔자 시간 문제라더니, 한 시간 전의 homeless가, 일약 이 White House의 國賓(국빈)으로 영접되었음은 이 무슨 운명의 作戲(작희)인가.

이층 독방에 침대가 둘. 60년대의 한국이라면, 부부 셋방살이론 만장 같은 곳이다. 창문이 둘이었으나, 북향인지라 한 낮에도 음침했다. 그날 밤, 그 푹신한 침대에서도 엎드리거나 모로 누워 새우 잠을 잘 수밖에 없었으니, 天作孼(천작얼)인지 人作孼(인작얼)인지, 고국을 떠나기 전부터 뜨끔 뜨끔하던 臀腫(둔종)이 장시간 비행으로 끝내 化膿(화농)하고 말았던 것이다. 앉지도 눕지도 못하는 만리 異國(이국)의 병객이었다. 저녁은 속절없이 굶었고, 그 날 밤 어떻게 밤을 새 웠는지, 변소 출입은 어떻게 했는지 전연 기억이 없다. 북향에 blind 가 드리워져 있어서 밤낮을 구분키 어려웠으니, 잠이 깬 것은 다음 날 아침 열시 경이었을 듯, 통증은 훨씬 나았으나 보행은 아직 불편했다. 저녁은 굶었건만, 신기한 일은 전연 허기를 느끼지 않았고, 오직 병원에 가야겠다는 생각과 치료비를 어떻게 감당할 것인가 하는 걱정 뿐이었다. 어제 일주일 분 방세를 내고 나니 내 手中(수중)엔 미화 30 불 뿐.

거리에 나간 것은 한낮이었을 것이다.

인도는 아직도 얼음판이요, 서울 추위만은 못했으나 한 추위였다. 어느 liquer store에서 나오는 중년 백인을 만났다. 바바리 코트를 단정히 입은 점잖은 미국 신사. 병원이 어디냐고 물었더니 따라 오란다. 의사 한 사람이 경영하는 동네 clinic. 먼저 의사를 보는데 돈이 얼마나 드느냐고 물었더니, 간호원이 12불이라 하자 이 백인 신사께서

"12 dollars?"

하시며 어깨를 으쓱한다. 난생 처음 본 그 멋있는 shrugging. 지금도 눈에 선하다.

병원에서 놀라운 일이 있었다. 의사가 전화를 받더니, 내게 같이 왔던 사람을 잘 아느냐고 묻는다. 그 사람이 내 치료비를 물겠다는데 받겠느냐, 그리고 이 근처엔 좋잖은 사람이 많으니 조심하라는 것이 아닌가. 나는 어안이 벙벙하여 한참 답을 못하다가, 비록 囊中(낭중)엔 고작 30불이 남았건만, 도움을 받지 않겠노라고 단호히 豪氣(호기)를 부렸으니, 평생 잊을 수 없는 일대 쾌거가 아닐 수 없다.

그 길로 미국 최초의 處方箋(처방전)을 들고, 최초의 미국 drug store에서 2불인가 내고 최초의 미국 약 한 재를 먹고는, 다음 날 오전 열 시쯤이었던가, 그 White House 국빈관을 떠나 雲水(운수)로 바랑도 없이, 勇躍(용약) 구직 행각에 나섰다.

동서남북을 분간했을 이가 없다. 눈에 뜨이는 식당마다 들어가서는 당당히 manager를 찾았으나, 얼마나 어설픈 konglish였겠는가. 내 행색이 딱해 보였던지 어느 젊은 행인이 China Town을 가보라고 한다. H street에 있단다. 그 때 들은 그 street name을 지금도 잊지 않고 있다. 그 날 미국 수도의 中國城—China Town—에 당도했을 때는 땅거미가 들 무렵이었고 그 날로 중국 식당 waiter로 특채되었음은 김장생씨의 덕택이었다. 식당 이름은 China Doll. 지금도 있다. 먼저 waiter로 일하고 있던 김장생씨, 어쩌면 그리도 반가이 맞아 주었던가. 이리하여 나는 waiter의 golden jacket을 걸치고, 난생 처음 걷어들인 tip이 3quarters. 어려움이 어찌 한 두 가지였으랴만, ice cream과 sherbet를 분간치 못했던 일이 지금도 잊혀지지 않는다. 그 China Doll에서 저녁을 먹은 것은 열 시경이었고, 그제사 온 종일 물 한 모금 먹지 않았음을 깨달았을 때, 怨도 아닌 恨도 아닌 나도 모르는 한숨이 절로 나왔다.

그날 밤 왕복 택시로 비상 철수 작전을 감행했으니, 그 호화로운 White House 영빈관으로부터 식당 근처의 YMCA Hotel에 잠복한 것은 子正이 넘어서요, 하루 벌이인 그 귀한 銀錢(은전) 세 개를 몽땅 맥주로 탕진했것다. 이로부터 내 질탕한 미국 살이가 시작된 것이다.

지금 사는 곳이 어디냐 묻지를 마시라.
오나 가나 洋間島(양간도).
寤寐(오매) 어디론지 훌쩍 떠나고픈 내 生來의 羈心(기심)을 달래며 이 글을 쓰는 곳은 Northern Virginia. 그 White House, YMCA 그리고 그 China Doll과 相距(상거)하기 15마일, Potomac 강 건너 江南(강남)에 산다.

人情 滿發(인정 만발)

금년 겨울엔 눈이 자주 왔다.

음력으로 歲前(세전)에 세 번, 마지막 두 번은 사흘 간격으로 큰 눈이 왔었다. 故國(고국)에선 臘前三白(납전삼백)이란 말이 전해오거니와, 이는 臘日(납일) 전에 눈이 세 번 오신다는 뜻이라는데, 이곳 美國 동북부엔 臘後(납후) 三白으로 큰 눈이 세 번이나 오신 셈이다. 수십 년만의 大雪(대설)이었다고 한다.

T.V.로 연일 간단없이 Blizzard, Blizzards of 2010. Tales of 2 Blizzards를 연발하는 大雪報(대설보)였다. blizzard는 積雪(적설)의 정도뿐이 아니라 暴風雪(폭풍설)을 뜻하는 것 같다.

이곳 Northern Virginia는 전번엔 이틀을 두고 細雪(세설)이 두 자는 좋이 왔더니 사흘이 멀다하고 또 한 자의 눈이 쌓이고 보니, 한 말로 눈 난리가 난 셈이다. 예년 같으면, Nature's Wonder라 하여 백설예찬을 아끼지 않더니, Nature's Fury니, 심하게는 Nature's Curse라는 등, 불경한 말이 輕妄(경망)한 인간의 口舌(구설)에 오르내리기에 이르렀던 것이다.

기실 이번 暴雪(폭설)은 美國 東北部를 휩쓴 일대 災難(재난)이었다. 자동차 수십 대가 뒤엉킨 고속도로상의 교통사고하며, Walmart

같은 현대식 건물의 지붕이 무너지는가 하면, 연방정부가 나흘이나 휴무하는 등 一大 異變(이변)이었으나, 亂世(난세)에 忠臣(충신)이 나는 격으로 人間到處(인간도처)에 Good Samaritan이 있기 마련이다. 여기 雪中人情佳話(설중인정가화) 한마당을 연출해 본다.

　내가 살고 있는 칸도미니엄 단지에는 열두 세대가 사는 삼층 건물이 12동인가 있고, 주차장은 Reserved Parking과 Open Space로 標識(표지)된 노천 주차장이다.
　자동차 간격이라야 고작 두 자인지라, 200여개의 Parking Space가 밀집해 있어, 평상시에도 이웃 사이에 하찮은 일로 감정의 마찰이 생기기 쉬운 터에 큰 눈이 오고 보면, 평상시엔 볼 수 없는 인심의 機微(기미)를 엿보게 된다. 평일에는 보이지 않던 개개인의 성격이 확연히 드러나기 마련으로, 자신의 편의만을 위한 要領派(요령파) 또는 忌避派(기피파)와 순수한 奉仕派(봉사파)로 그 人間 類型(유형)이 판별된다.

　자기 Space에 있는 눈을 슬금슬금 남의 차 뒤에 밀쳐놓는 얌체족이 있는가 하면, 이웃 사람의 차 뒤의 눈까지 제 일처럼 말없이 쳐 주는 두 angel이 있었으니, Mrs. 71과 Ms. 14. 이름도 모른다. 성도 모른다. 중년 백인이다. Mrs. 71은 우리 지정 Space인 #70의 왼쪽 Space #71의 주인이고, Ms. 14은, 내 또 한 대의 차를 우연히 세워 두었던 이웃 Space #14의 독신(?)여성이신데 작년 첫 눈이 왔을 때 눈치는 삽을 빌려 쓴 연고로 같은 건물의 basement에 살고 있음을 알 뿐이다.

Mrs. 71과 Ms. 14, 두 여성을 통해서 새로운 Lady First정신을 발견했으니, 실로 奇想天外(기상천외)의 사태가 발전했다. 즉, 남성이 여성을 먼저 공대하는 서양 재래의 Lady First주의가 아니라, 그 역으로, 여성이 남성을 위해 자발적으로 먼저 눈을 쳐 주는 Lady First 정신을 이번에 체험했음을 송구스레 자백치 않을 수 없다.

却說(각설)하고, Mrs. 71과 Ms. 14은, 이 新種(신종) Lady First 정신으로 내 자동차 두 대를 三尺雪中(삼척설중)에서 구출해 주신 angel이요, 나는 속절없이 除雪忌避者(제설기피자)로 轉落(전락)하고 말았던 것이다. 그러나 忌避(기피) 사유가 없지는 않았다. 첫째, 눈치는 삽이 없었으니 전투 불능이요, 공교롭게도 감기 기가 있기도 해서 어쩔 수 없이 몸을 사렸음이 사실인지라, conscientious draft dodger라 할까, 强辯(강변)을 농하자면, 한갓 良心的忌避者(양심적 기피자)라 하겠으나, 내 비록 白髮(백발)이 星星(성성)타 하더라도 六尺長身(육척장신)의 丈夫(장부)로 一縷(일루)의 罪責感(죄책감)이 없지는 않았으니, 삼층 내 집에 蟄居(칩거)한 채로 이 두 angel을 멀리서 바라 볼 뿐이었다.

며칠 후, Mrs. 14을 주차장에서 만났다. 내 慊然(겸연)쩍게 인사를 했더니

"Just say 'Thank You'" 뿐, 추호도 생색냄이 없는 것이다. 이 고마움을 내 서툰 영어로는 표현할 길이 없기로, Mrs. 14에게는 밀감 한 주머니를 그 문 손 잡이에 몰래 걸어 놓았고, Mrs. 71을 위해서는 포도주 한 병을 그의 차 위에 얹어 두었더니, 다음 날 포도주에 대한 Thank You Card가 내 차에 기다리고 있는 것이 아닌가. 이름이

Diane이란다. Mrs. 14의 이름은 아직도 알 길이 없다.

　　뉘 人情(인정)이 메말랐다는가.
　　雪中(설중)에 人情이 滿發(만발)했더니라.

　先人의 詩에,

　　誰看世事炎上火(수간세사염상화)
　　人情吾說霧中花(인정오설무중화)라,

　귀한 人情을 안개 속 꽃이라 했더니, 庚寅年(경인년) 정초에 나는
눈 속에 핀 두 개의 꽃을 보았노니, 이 雪中艷事(설중염사)를 平生 잊
지 못할레라.

참 稀罕(희한)한 세상을 살겠네

L84D8를 判讀(판독)해 보자. 많은 독자들이 고개를 갸우뚱하리라. 그리 貞淑(정숙)치 않은, 어느 유명한 여류의 자동차 License Plate였다면, 자, 몇 사람이나 더 판독할 수 있을 것인가. 세기의 재판이라 떠들썩하던 O.J. Simpson 사건은 모르는 이가 거의 없을 것이다. 이 L84D8는 O.J.의 前妻(전처) Nicole의 License Plate였으니, Nicole이 이승을 하직하기까지 타고 다녔던 자동차에 그의 遺言狀(유언장)처럼 붙어있었던 것이다. L84D8는 Late For Date란 뜻이다. Nicole의 인품과 그의 품행이 어떠했는지 짐작하기에 어렵지 않다.

이런 류의 License Plate는 Vanity Plate 또는 Vanity Tag라 불리는 것으로, 우리말로 굳이 옮긴다면, 虛榮板(허영판)이라 할까, 이 미국 땅에서만 볼 수 있는 Pop Culture다. 이런 Vanity Plate의 類型(유형)은 이 땅의 인종이 다양하듯 가지가지다. 흥미로운 것들을 소개해 보자. 지난 15년간에 걸쳐 수집한 것이다.

1. SINKIRS (Sink IRS)
   TAXD2X(Taxed 2 Times)
   UBUGME(You Bug me)

KOPH8TR (Cop- hater)

Sink IRS! IRS를 격침하라.

정부의 간섭이나 규제를 싫어하는 미국인의 individualism과 반정
부적 성향이 농후하다.

2. FRMGOD (From God)

MITYGZUS (Mighty Jesus)

REDEEMD (Redeemed)

JO4GSUS (Joe For Jesus)

URDAMD (You're Damned)

URWIRD (You're Weird)

敬虔(경건)한 福音派(복음파)의 示威(시위)요, infidel에의 叱咤(질
타)다.

3. DOUBTIT (Doubt It)

외로운 無神論者(무신론자)이거나 不可知論者(불가지론자)인가.

4. FOXYWUMN (Foxy Woman)

WINKME (Wink Me)

KNDLAD (Candy Lady)

SXYLAD (Sexy Lady)

DRSWIF (Doctor's Wife)

2L84U (Too Late For You)

MACHME (Match Me)

SXYMRS (Sexy Mrs.)

MSTFYME (Mystify Me)

DLITFL 1 (Delightful One)

CNONDRM(Conundrum)

URBLVD (Your Beloved)

JOYUSEV (Joyous Eve)

여성들의 허영과 嬌態(교태)가 밉지 않다.

5. GNFISHN (Going Fishing)

RIVRBUM (River Bum)

FUNLUVN (Fun-Loving)

NEVR2BZ (Never Too Busy)

PRFTMISFT (Perfect Misfit)

CRZ4GOLF (Crazy for Golf)

21세기의 洋夷版(양이판) 擊壤歌(격양가)다.

6. HPYHNPCT (Happy Henpecked)
행복한 恐妻家(공처가)

7. IAMANUT (I am a Nut)

ILUVIAM (I love I am)

XQUSME (Excuse me)

이런 Vanity Plate와 유사한 것으로 Bumper Sticker가 있다. 자동차 뒤 Bumper에 부치는 것으로, Vanity Plate와는 달리, DMV의 허락을 받을 필요도 없고 字數(자수)의 제한도 없는지라, 못할 말이 없는 것이다. 그 예를 들어 본다.

- I got confused and lost.
- I'm a proud parent of an honor student.
- Ignorance is more expensive than education.
- If you have to blow out blow your nose.
- Boycott hell, repent.
- If your god is your co-pilot switch seats.
- Nothing left to do but smile, smile, smile.
- The more people I meet the more I like my dog.
- Illegal Gun? Exile.(경찰 차에 붙었었다.)
- Impeach Clinton and her husband.

Clinton 대통령과 Hillary의 위치를 顚倒(전도)한 품이 자못 高手(고수)다.

- I'd rather have my sister in whore house than Clinton back in the White House.

Clinton이 재선되느니보다 내 누이가 창녀되는 것이 낫다니! 凶暴粗野(흉폭조야)하나 秀作(수작)과 걸작이 풍성하다. 소위 Monica gate로 온 세상이 들끓던 때를 상기해 보자. 속된 Bumper Sticker

도 그 수준이 이쯤 되면, 雅俗(아속)이 一如(일여)한 경지에 이르렀다 하지 않을 수 없겠다.

Clinton 사건이 잠잠해진지 10여년 후, 2010년 3월 어느 날, Virginia 주 Falls Church의 Rout 7 선상에서 낡은 Pick-Up Truck 뒤를 따라가고 있다가 눈이 번쩍 띄었다. 그 뒷면에 星條旗(성조기)와 太極旗(태극기)가 나란히 보이기에 가까이 따라가 보았더니 다음과 같은 포고문이 있었다.

Flag Burner Beware.
I'll use my Freedom of Speech to burn Your Attitude.

이 운전수가 어떤 사람이었는지, 그 신원을 밝히지 못한 채 놓치고 말았다.
참 稀罕(희한)한 나라에 살겠네.
淫亂(음란) 凶暴(흉포)한 License Plate를 달고 천하를 횡행하는 것도 국민의 자유인지라 누구하나 탓하는 이 없는 나라. 국가 원수를 모욕하는 Bumper Sticker를 pike-up truck 꽁무니에 붙이고 동서남북을 縱橫(종횡)한다 해도 不敬毀損(불경훼손)으로 다스리지 않는 나라. 백주 대로상에서, 신성한 星條旗(성조기)에 放尿(방뇨)하는 것도, 제 나라 國旗(국기)를 國會議事堂(국회의사당) 앞에서 불을 지르는 것도, 아! 表現(표현)의 自由(자유)란다. 言論(언론)의 自由란다.

참 稀罕한 나라에 살겠네.

The Freedom of Expression.

The Freedom of Speech.

백성 言路(언로)의 四通八達(사통팔달)함이여.

참 稀罕한 나라에 살겠네.

California의 황금 광맥을 가다.

인류의 역사는 우연의 연속인가 보다. 실로 획기적인 사태가 하찮은 곳에서 대스럽잖은 사람에 의해서 벌어지곤 하는 것이다. California의 황금이 발견된 경위가 또한 그랬다.

1848년 1월 24일 아침이다.

Colima로 알려지고 있는 해발 약 2천 피트의 개울가에서였다.

Sacramento에서 Highway 50을 따라 동으로 약 50마일, Highway 49를 따라 Placerville(일명 Hangtown)에서 북쪽으로 약 8마일 지점이다. 그 당시 지방의 유력자였던 Captain John Sutter의 수력 제재소 공사를 맡고 있던 목수인 James Marshall은 도랑의 물길을 돌려놓고 돌아서려는 순간, 도랑 바닥에 무언지 반짝이는 것이 눈에 띄었다고 한다. 도랑물은 무릎도 채 차지 않은 정도였단다. "I reached my hand down and picked up. It made my heart thump for I was certain it was gold." 가슴이 뛰던 그 순간의 감회를 이렇게 전했다.

이와 같이 우연히 발견된 gold nugget(금덩이)는 50 ¢ 에 불과한 것이었다고 한다. 그러나 이 평범한 목수의 50 ¢ 의 금이, 미 대륙뿐 아니라 전 세계를 소위 Gold Fever(황금의 열병)로 들뜨게 했고,

1849년의 이른바 Gold Rush의 불씨가 되었던 것이다. 역사의 변전은 때로 얼마나 어처구니없는 데서 비롯하는 것인가.

　바로 그날, 그때, 그리고 그곳에, 목수인 James Marshall이 없었던들 Golden State의 영광이 반 세기쯤은 늦어졌는지도 모를 일이요, 소위 49ers(Fourty-Niners)란 낭만적인 말도 생기지 않았으리라.
　49ers라는 말은, California에 처음 금이 발견된 1848년의 이듬해인 1849년에 금싸라기를 찾아 California의 Sierra 산맥에 몰려든 꿈의 사나이들을 가리킨다. California내에서 소규모의 Gold Rush를 촉발한 것은 금을 발견한 James Marshall이 아니고 Colima에서 General Store(萬物商 만물상)를 경영하던 Sam Brannan이었다. 그는 Gold Nugget가 든 물병을 들고 San Francisco의 Montgomery Street를 뛰어 다니면서 "Gold, gold from American River"라고 외치는 바람에 San Francisco는 일조에 흥분의 도가니가 되었다고 한다.

　대장장이는 망치를 버리고, 목수는 대패를 팽개치고, 미장이는 흙손을 집어던지고, 농부는 낫을 내동댕이치고 황금 찾아 너도 나도 떠났다고 한다. 어떤 사람은 마차로, 어떤 이는 목발을 짚고, 심하게는 들것에 실려서 떠났다고 전한다. 1848년에는 Mexico의 Sonora나 Oregon Territory에서 몰려든 사람들을 제외하고는 거의 California 출신이었으나, 1849년 초 Polk 미 대통령이 연두교서(State of the Union Address)를 통해 "The accounts of the abundance of gold in that territory are of such an extra ordinary character as would scarcely command belief."라고, 믿어지지 않을 정도로 금이 난다고 보고했을 때부터, 이 황금의 열병은 미국 동부지역 뿐만 아니라 대서양을 건너 영국을, 그리고 독일과 불란서를, 남미의 Chile 까지 휩쓸었던 것이다. 이것이 바로 California의 Gold Rush요, 약 320mile을 연하고 있는 golden chain을 따라 雨後竹筍(우후죽순)처럼 광산촌이 생겼으니, 오늘의 지도에 따르면 Highway 49의 남단인 Oakhurst에서 북으로 Mariposa, Coulterville, Sonora, Chinese Camp, Jamestown, Jackson, Placerville, Colima를 지나 Nevada주에 가까운 Sierra City에 이르기까지 황금에 미친 광부들로 장사진을 이루었다.

이 무렵의 광부들 수를 알 수는 없으나, 금이 처음 발견된 Colima 의 인구가 1848년에는 삼천 명 정도였던 것이 세계적인 Gold Rush 가 있었던 1849년에는 거의 일만 명에 이르렀고, Coulterville에는 한 때 중국인 광산 노동자만도 오천 명을 헤아렸다니, Sacrament의 인구가 한 때는 120명 정도였던 것을 미루어 보면, 이 Gold Rush의 규모를 짐작하기 어렵지 않을 것이다. Gold Rush없이는 California 를 생각할 수 없는 것이라면 San Francisco의 football팀인 "49ers" 는 가장 California적인 이름이요, 오늘의 Highway 49은 California에 Golden State의 영광을 안겨준 이들 광부를 기념하기 위하여 부쳐진 꿈과 낭만의 발자취다. 그들의 청춘이 묻힌 곳이요, 환희와 실의가 얽힌 천리 길이다. 이 길을 일러 Calfornia's Golden Chain이라 한다.

이 Gold Country를 찾은 것은 지난 삼월 중순경이었다. 동행은 신원을 밝힐 수 없는 묘령의 여인, 저무도록 지점 지점 나리는 봄비에 그리 싫지 않은 旅愁(여수), 이따금 눈에 띄는 연도의 능금 꽃, 연두색 옷을 걸친 oak tree들, 비에 젖어도 젖어도 곱기만 하다.

차가 어느새 Ghost Town의 어귀에 들어서면 유령이라도 나올 것 같은 Saloon이 길 건너에 있고 중국인의 冤魂(원혼)이 묻혔을 듯도 한 공동묘지가 멎은 차 창 너머로 멀찜이 졸고 있다. "주막도 비에 젖네 가는 나그네. 한 잔 술을 모르랴 쉬어갈 줄 모르랴." 나 시인 한하운의 시가 떠오른다. 자못 못 마땅해 하는 동행의 고운 손을 이끌고 saloon을 들어선다.

"Welcome to the Mother Lode Country"

문에 들어서자 낯 설은 異邦(이방)의 남녀에게 자못 다정한 인사를 한 것은 서양 여자의 낭랑한 음성. 그 음성의 주인공이 거의 200 파운드의 수두병한 중년 부인임을 알게 된 것은 Coors가 우리들 앞에 놓인 다음이었다. 실내가 퍽이나 어두웠기 때문이다.

채광이 나쁜 탓만은 아닌가 보다. 꽤 넓은 장소에 비해서는 저촉 등이 너댓 개 켜져 있을 뿐이나, 건물도 오래되면 사람의 표정처럼 어두워지기 마련인가 보다. 이 saloon의 이름은 Yosemite Sam's. State Highway 140 번과 49번이 교차하는 Mariposa에서는 북으로 약 20마일쯤 떨어진 Coulterville의 Main Street에 있는 술집이다.

한때 금광으로 흥청거리던 시절에는 'The 49ers Club'이라고 불리었던 곳으로, Gold Fever에 들뜬 숱한 사나이들의 목을 축여 주었으렷다. 1856년에 벽돌로 지은 Wells Fargo Building은 오늘날 Northern Mariposa Historical Center로 쓰여지고 있고, 고작 너

댓 평 됨직한 당시의 Jail은 그 형해만 남아 있다. 삼만 오천불에 사들였다는 오톤짜리 증기기관차—별명 Whistlin' Billie—는 Hanging Tree라고 불리던 나무아래 졸고 있다. 그리고 1851년에 진흙(adobe)으로 지었다는 Sun Sun Woo Co.(중국인 Grocery market)의 건물은 아직도 보존되어 1922년까지 중국인들의 소유였다고 하며, Hang Woo, Low Low, Ching, Kung Yee, 그리고 Sun Sun Woo 등 중국인의 이름이 지금도 지방의 역사적 기록에 남아 있을 뿐 아니라, Ching Cemetery라고 전해오는 중국인 묘지가 있으나 그 시체는 중국으로 이장했으리라고 한다. 수륙 수만리의 객사이고 보면 생전의 원한은 말할 것도 없으려니와 사후의 초혼인들 어찌 쉬웠겠는가.

1850년 무렵에는 술집이 스물네 개에 Hotel이 두 개, 사창이 몇 개나 되었으며, Main Street에는 많은 가게가 즐비해 있었다는 Coulterville. 지금은 겨우 주민 150명 정도의 Ghost Town으로 한 개의 초라한 주유소와 직원 셋에서 졸고 있는 듯한 한 개의 우체국, 그리고 두 개의 cafe와 두 개의 saloon이 지나는 길손을 기다리고 있나니, Yosemite와 Lake Tahoe의 수려한 경관을 외면하고 백주에 'The 49ers'에서 술잔을 대하고 있는 것은, 황금에 미쳤던 48ers와 49ers들의 苛烈(가열)한 性情(성정)이 이 Komerican의 그것과 氣脈(기맥)이 통하기 때문인지도 모른다. 자못 경건한 순례자의 심경으로 그들이 웃고 울고 간 Sierra산맥의 山峽(산협)을 더듬어 Mother Lode Country의 낙수집을 엮어 보려한다.

'Mother Lode'는 서반아어의 'Veta Madre' 즉 어머니의 광맥이란 뜻으로 1851년부터 널리 쓰여지게 되었으나, Sierra산맥의 西麓(서록)에 금광맥이 묻혀있다고 Californio (Spanish-Mexican계의 California 원주민)들 사이에 옛부터 전해져 왔던 것이다.

Mormon교도이자 明敏(명민)한 사업가였던 Sam Brannan이 American River에서 금이 난다고 San Francisco의 거리를 외치며 뛰어 다닌 것이 1848년 5월 12일이었으니, James Marshalle이 금을 처음 발견한 때로부터 거의 넉 달이 지나서요, Mexico와의 전쟁이 끝난지 삼 개월 후인 것이다. 그러므로 California는 미국 영토였을 뿐 아직 주정부로서 Union에 가입되기 전이어서 Monterey에 Military Governor인 Richard Mason이 주재하고 있을 때였다.

Mason이 보낸 특사가 California의 황금 sample과 보고서를 가지고 Washington에 도착한 것은 1848년 12월 7일이며 War Department에 진열된 그 sample을 본 New York Tribune의 한 기자는 "It's no more like mica than it is like cheese."라고 야유를 했던 그 다음 날, 미국 鑄造廠(주조창)의 분석 결과 진짜였음이 밝혀졌으니 純度(순도) 89.4에 市價(시가) $3,910.10이었다고 전한다.

이렇게 촉발된 소위 Gold Rush는 동부로, New Orleans로, Panama로, 그리고 최 남단인 Cape Horn에까지 파급됐는가 하면, 한편 유럽으로 그리고 또 한편으로는 중국과 호주까지 휩쓸었던 것이다. 이렇게 몰려든 꿈의 사나이들을 크게 48ers라 하고 세계적인 Gold Rush가 있었던 49년경에 온 광부를 49ers라고 하겠다. 대부분이 외국인이며, 탈영자, 배를 이탈한 선원, 그리고 전과자들로 범벅이 된 49ers에 비하면 48ers들은 비교적 순수한 편이어서 1848년을 일러 The Age of Innocence라고도 했다. 남의 것을 훔치기 보다는 노다지를 캐는 것이 쉬웠다는 때였다. 1848년의 여름을 Gilded Summer(금박이 여름)라고 부른 것은 바로 이 때문인데, 이는 결코 허망한 과장만은 아니었던 것 같다.

오늘날 우리가 알고 있는 State Highway 49에 연접한 Sierra의 산협에는 가는 곳마다 금이었던 모양이다. 천막을 치려고 땅을 파다가 삼 온스의 금을 주웠던 독일계 광부며, 나무 뿌리를 캐다가 오천 불 어치 금을 캐게 된 한 불란서 계 광부도 있었고, 나귀를 밤새 매어 두었다가 다음날 아침에 말목을 빼고 보니 그 구멍 속에 금덩이가 번쩍이고 있었다고도 한다. 육군 상사 출신인 James Carson은 Jack-knife 하나로 하루에 50불씩이나 벌었으며, 술이 몹시 취한 목사가 젊은 광부의 장례를 주제하고 있던 중, 한 광부가 갑자기 "Gold!"하고 소리치자, 이 목사는 한 눈을 감은 채 다른 한 눈을 살며시 뜨고 구덩이에 번쩍이는 금을 확인한 다음, "Gold, by God, and the richest kind of diggin's. The congregation are dismissed."하고 엄숙히 선언을 하고 시체를 한편으로 제처 놓고는 금부터 파기에 여념이 없었다. 물론 이 가엾은 광부는 인근의 명산—금이 날 가능성이 가장 희박한 곳에 묻혔으니 사후에도 금과는 인연이 끊기고 만 것이다.

Angels Camp에서 장사를 하던 Bannager Raspberry는 고장 난 그의 총을 수리하다가 오발한 총탄이 땅바닥의 암석을 갈라놓았는데, 뜻밖에도 거기에서 일만 불에 상당하는 금을 사흘 동안에 파낸 행운아였다고 한다. 그리고 1848년경에 비교적 큰 규모로 금광을 하던 사람으로서는 일곱 명의 백인과 50명의 인디언을 고용하여 칠 주 동안에 칠만 불을 벌었다는 John Bidwell과, 육십오 명의 인디언을 데리고 두 달 동안에 팔만 불 어치 금을 채굴한 Pierson Reading 등의 이름이 전해지고 있다.

보통 노동자들의 하루 벌이가 고작 일불 정도였고, 사병들의 월급이 칠불 내외였으며 당시 국회의원들이 일당 팔 불로 행세를 했던 1848년의 사정을 고려해 보면 이들 48ers들의 벌이는 엄청난 것이었다. 그러나 1849년에 접어들면서부터, 즉 49ers들이 세계 각처에서 몰려오면서부터 이 Mother Lode Country의 인정과 세태는 돌변하기 시작했다. The Age of Innocence에서 The Age of Violence로 변모하고 만 것이다.

각 인종 간의 반감과 질시는 급기야 살상의 참극을 빚어내기도 했었다. 상당한 광맥을 발견한 불란서 계 광부들이 그 광구에 불란서 기를 세워놓은 것이 화근이 되어, 떼를 지어 몰려온 미국인 광부들은 이들 불란서 인들을 폭력으로 몰아내고 거기에 'Old Glory'를 세우고 그 鑛區(광구)마저 빼앗아 버린 사태가 벌어졌으니 속칭 이를 'French War'라고 한다. 최초의 Lynching(법의 절차를 밟지 않고 군중에 의한 처형)이 있었던 광산촌은 오늘날 Placerville이라고 불리는 곳이었다. 영어를 못하는 세 사람의 외국 광부들이 한 노름꾼의 돈을 훔치려다 잡힌 것이 화근이었다. 서른아홉 번씩이나 채찍으로 매를 맞고 기진맥진한 그들을 가리켜 누군가가 지난 여름의 살인범이라고 고함을 치자 군중은 걷잡을 수 없이 흥분한 나머지 일언반구의 항변도 못하는 세 광부들을 교수형에 처하고 말았던 것이다. 이로부터 Hangtown이라는 이름을 남겼으며 지금도 바로 그 자리에 Hangman's Tree Cafe라는 술집이 성업 중인데 목을 매어달았던 나무의

밑둥치가 아직도 마루 밑에 묻혀있다고 한다.

 인디언들에 대한 학대와 착취 또한 이만 저만이 아니었다.
 1848년의 여름에서 가을까지 일백 오십만 불 어치 금을 걷어갔다
는 John Murphy는 여러 추장의 딸과 결혼을 할 만큼 간교했던 스
물세 살의 청년으로, 금 오 파운드를 가지고 온 인디언에게 담요 한
장으로 決濟(결제)를 했는가 하면, 인디언들이 금을 가지고 오면 2온
스짜리 저울 추 대신에 일온스짜리 추를 얹어 놓고 거래를 하는 예가
허다했으므로 'Digger Ounce'라는 隱語(은어)를 남기기도 했다.

 Indian 못지않게 푸대접을 받은 것이 Mexican이었다. 그들을 경
멸하는 뜻으로 'Grease'라고 불렀으니, 심하게는 법 조항 등 공식 문
서에도 'Grease'라고 했던 기록이 있을 정도였다. 이런 인종적 감정
은 드디어 1850년의 Foreign Miner's Tax Law(외국광부 세법)를
제정케 했고 외국인들은 월 이십 불의 세금을 물어야했던 것이었다.
그러나 이 법을 강행하기에는 여러가지 문제가 많았던 듯, 한 때는
sheriff에게 커미션을 주면서까지 돈을 걷으려고 했던 유명무실의 법
이었다.

 광산촌의 경기와 함께 제철을 만난 것은 술집과 유곽이었다. Ne-
vada City의 경우만 보더라도 불과 일천호 정도의 동네에 술집이 근
백 개나 되었고, Jackson의 bordelo(유곽)가 철폐된 것이 1956년도
였으니, 이 유서 깊은 풍류의 전당을 기념하기 위한 역사적 기념물에
다음과 같은 永世不忘碑銘(영세불망비명)이 새겨져 있음은 자못 흥
미롭다 하겠다.

"World's oldest profession flourished fifty yards east of this plaque for many years until this most perfect example of free enterprise was padlocked by unsympathetic politicians."

광부들의 낭비벽도 또한 보통이 아니었다. Buckshot라는 한 광부는 뜻밖의 bonanza에 흥분한 나머지 삼천불이라는 거액을 불란서 샴페인과 고급음식에 탕진했다고 전해진다. 또 이런 일화도 있다. Chapman Family라는 유랑 극단이 Sonora에서 공연을 했을 때의 일이다. 노래와 춤에 도취한 광부들은 저마다 가지고 다니던 Buck-skin Purse(금싸라기를 넣고 다니는 가죽 주머니)를 배우들의 발밑에 던지는 바람에 무대는 온통 금싸라기로 덮였다고 한다. Angels Camp에서 Brandied Peaches 란 별명을 얻은 불운의 사업가가 있었다. 특별히 주문한 상당량의 Brandied Peaches가 남미의 Cape Horn을 거쳐서 수송되는 동안 상하고 말았다. 그의 가게 뒤에 버려진 이 비싼 복숭아는 사흘 동안 동네 돼지를 취하게 했고, 그는 일조에 파산하고 말았던 것이다. 고급 요리 중 가장 진귀한 것으로는 Hangtown Fry라고 알려진 것인데, 계란, 베이컨 그리고 생굴을 섞어서 튀긴 것이니 한때는 최고급 식당의 명물이었다고 한다.

49ers로 알려진 gold seeker들의 운명은 결코 순탄한 것만은 아니었다. 황금을 bad medicine이라 두려워한 것은 원주민이었던 인디언들이었으니, 이 또한 역사의 아이러니라 하겠다. 금에는 화가 따르고 재앙이 도사리고 있는지도 모른다. 1848년에서 1850년경까지 California에서 채굴된 금이 십억 불에 상당한 것으로 추정되고 있으니, 한 때 부명을 떨친 사람이 한 둘이랴마는 이 財貨(재화)로 더불어

당대만이라도 복을 누린 argonaut(금광 탐험자)는 별로 알려진 바가 없다.

1848년에 gold rush를 촉발하였으며 1854년에는 California굴지의 부호가 되었던 Sam Brannan의 종말은 너무나 비참한 것이었다. 장례비용의 청산문제로 죽은 후 일 년간이나 묻히질 못하고 장의사 지하실에 방치돼 있었던 것이다. 금을 처음 발견한 James Marshall의 경우도 비슷했다. 독신으로 Sierra 산협을 방황하다가 1872년부터 California주로부터 월 이백불의 연금을 받게 되었으나, 그가 연금을 술로 탕진하고 있다는 이유로 1885년 그가 죽기 얼마 전에 연금이 중단되었으며, 죽은 지 오년 후에 구천 불을 들여서 그의 동상이 세워졌음은 이 또한 운명의 作戲(작희)라 하겠다. Colima의 Gold Discovery Site Historic Park에 있는 그의 동상을 찾아간 것은 삼월 중순, 봄비가 진종일 내리던 해질 무렵이었다. 그는 화강석 축대 위에 서서 1848년 1월 24일 그가 처음으로 금을 발견한 그 '魔(마)의 地點(지점)'을 鬱然(울연)히 가리키고 있었다.

"Don't touch it"
하는 소리가 등 뒤에서 들리는 것만 같다.

第六部
春夏秋冬(춘하추동)

虛空(허공)에 띄운 葉書(엽서)
—'春夏秋冬(춘하추동)' 마지막 글을 쓰며—

오늘 마지막 글을 쓴다.

칼럼 '春夏秋冬'을 위해서.

'春夏秋冬'은 주간지 Korea Monitor—일명 高句麗(고구려)—의 내 단독 칼럼의 自作題號(자작제호)였다.

'春夏秋冬 終焉(종언)'이라 할까, 이 글이 이 칼럼의 최종편이 되는지라, 내 어찌 한 가닥 感懷(감회)가 없으랴. 글제를 '虛空(허공)에 띄운 葉書'라 했다. 기실, 독자들께 드리는 이별곡이다. 그 간 未知(미지)의 독자들께 글을 썼고, 오늘 또한 미지의 讀書子(독서자)들께 이 訣別(결별)의 葉信(엽신)을 씀에, 어쩔거나, 주소지를 알지 못하는지라 虛虛(허허)로운 이 洋間島(양간도) 虛空에 띄우는 길 밖에 없지 않은가.

내 평생, 文字緣(문자연)을 귀히 여겼더니, 이 高句麗(고구려)와 文筆(문필)의 연을 맺은 것은 2006년이었을 듯, 숨 가쁜 내 인생 70 고개를 넘어선 때다. 以來(이래) 5년 세월에 걸쳐 근 100편의 산문을 이 '春夏秋冬'에 바쳤으나, 그 工拙(공졸)은 且置(차치)하고, 이 칼럼니스트의 哀歡(애환)을 아는 이는 그리 많지 않을 것이다.

因緣(인연)에 順逆(순역)이 있다면, Korea Monitor와의 文筆緣(문필연)은 비교적 順緣(순연)이라 하겠다. 첫째, 어떤 유의 글을 쓰느냐에 대해선 毫末(호말)의 간섭도 받지 않고 자유로이 글을 쓸 수 있었다는 것은 글 쓰는 사람으로서 至福(지복)이라 아니할 수 없고, 그간 적지 않은 글을 썼으되, 이렇다 할 혹평을 들은 적도 없거니와, 뜻밖의 筆禍(필화)를 입은 바도 없으며, 한 편 이 땅은 물론 고국에도 이 '春夏秋冬'을 아끼는 이들이 몇 분 계시다는 것을 風便(풍편)에 들었음은 이 외로운 文客(문객)의 欣然(흔연)한 慰藉(위자)였다.

무엇 때문에 글을 썼던가.
名慾(명욕)은 없었다.
이름을 사고 팔 생각은 없었다.
내 얼굴을 '春夏秋冬'에 팔아 본적도 없었다.
천박한 내 文筆閱歷(문필열력)을 과시한 일도 없었다.
시종, 卞完洙라 漢字(한자)만으로 소개하되, 姓名三字(성명삼자)만으론 저윽이 허전하기로, 晚翰 卞完洙라 自號(자호)를 앞세웠음은 내 古典趣(고전취)의 自然(자연)한 流露(유로)였다.

누군가 내게, 무엇 때문에 글을 썼느냐고 眞摯(진지)하게 묻는다면, 내 斷然(단연) 답하리라.
"文筆中興(문필중흥)을 위해서 썼노라"
또 누가 내게 Korea Monitor에 왜 그토록 心血(심혈)을 기울였느냐고 묻는다면, 내 또한 決然(결연)히 답하리라.
"우리 文筆의 中興을 위해서였노라"
즉, 使命感(사명감) 때문이었다. 어쭙잖은, 실로 어쭙잖은 使命感

때문이었다. 아무도 내게 이런 짐을 지운 바도 없다. 내 고국을 떠난 지 40여년이요, 시류에 소원한 탓인지는 모르나, 光復(광복) 전 후에 누군지 民族中興(민족중흥)을 거론한 이는 있었으나, 文筆中興을 논한 이를 알지 못하며 또한 이런 말을 들어 본 적도 없다.

中興(중흥)이란 말은, 旣往(기왕)의 衰殘(쇠잔)을 想定(상정)한 말 일진대, 光復(광복) 60년에 中興을 논할 필요가 없을 만큼 우리 文筆이 건전했던가. 우리 文化가 그리도 隆盛(융성)했던가.

外勢(외세)의 侵奪(침탈)에서 벗어났다는 것만으로 民族中興(민족중흥)이 이루어지는 것은 아니다. 지난 반세기의 정치상을 상기해 보자. 세계 경제대국의 班列(반열)에 올랐다는 것만으로 文化中興(문화중흥)을 이룩한 것은 아니다. 기실 물질적 풍요는 그 역으로, 우리 문화를 退俗(퇴속)케하지 않았던가. 洋소리 洋말로 우리 語文(어문)은 墮落一路(타락일로)로 駭怪罔測(해괴망측)해졌고. 따라서 文筆은 賤俗懦弱(천속나약)해졌거늘, 文筆中興은 커녕 文筆 墮落狀(타락상)을 慨嘆(개탄)하는 이도 많지 않았다면 이 얼마나 놀라운 일인가.

'春夏秋冬'에 '文筆中興'이란 글을 쓴 일이 있다. 그 일부를 이에 전재해 본다.

日帝의 패망으로, 빼앗겼던 나라는 되찾았건만, 잃었던 國語는 되찾았건만, 乙酉光復(을유광복)을 轉機(전기)로 해서 우리의 文筆은 급격히 저속해졌으니, 지난 반세기는 文筆衰世(쇠세)라기보다 차라리 文筆亂世(난세)라 함이 마땅하리라.

淺薄壅拙(천박옹졸)한 國粹君子(국수군자)들의 한글전용 및 漢
字排斥(한자배척) 운동으로 말미암아 우리 語文生活은 날로 零星
(영성)해오더니, 정부 수립 육십년에 文盲(문맹)은 줄었으나 제 祖
上(조상) 姓氏 한 자 제대로 못 쓰는 세대를 낳았고, 제 이름 두 자
도 바르게 발음하지 못하는 별난 識字人(식자인)을 양산하기에 이
르렀으니, 이런 文化的 風土에서 문학은 말할 것도 없고 人文이 어
찌 흥할 수 있을 것인가. 文化의 斷代的悲劇(단대적비극)이 있을
뿐이다. 무절제하게 받아들인 民主主義의 便宜主義的(편의주의
적) 平準化(평준화) 一邊倒(일변도)로, 이른 바 專攻人(전공인) 專
門人의 榮冠(영관)은 썼으되, 穿鑿(천착)의 깊이는 되려 얕아지고
硏鑽(연찬)의 폭은 오히려 좁아졌으니, 이런 人文 風潮(풍조)에서
文筆이 어찌 盛(성)할 수 있겠는가. 글을 쓴다는 이는 많아 졌으나,
정작 文筆은 飢饉(기근)이니, 半萬年의 歷史와 文華(문화)를 거론
함이 되려 부끄러운 일이 아닌가.

'春夏秋冬'의 持論(지론)이다. 이상의 論斷(논단)에 오류가 없다면,
뜻 있는 識者(식자)로 是日也放聲大哭(시일야방성대곡) 않을 자 없을
것이다. 속칭 '한글전용'은 조국의 수천 년 전통의 離叛(이반)이요, 民
族(민족) 文化(문화)의 大逆(대역)이다. 단순한 문자 개혁 운동이 아
니다. 文史哲(문사철) 人文(인문) 전반의 타락의 張本(장본)이었다.
漢字語(한자어)를 속칭 '한글'로 표기한 문장은 한갓 부호의 나열일
뿐이다. '한글전용'은 漢字(한자)의 생명인 語義(어의)와 語形(어형)
을 沒覺(몰각)한 虛飾(허식)이요, 欺瞞(기만)이다. 민족적 自欺(자기)
다. 漢字語를 그 소리만으로, 그 소리만 내고서, 그 뜻을 알았노라고
한다. 그러고는 文盲을 退治(퇴치)했노라 자랑이다. 이야말로 僞善(위

선)의 文化(문화)다.

이 狂亂(광란)의 '한글전용' 풍조를 '正漢幷用(정한병용)' 즉, '正音字+漢字(정음자+한자)운동'으로 止揚(지양)함이 없이는 文筆中興은 기약할 수 없는 것이다. 말은 文筆(문필)의 主軸(주축)이며 문필은 문화의 根幹(근간)이다.

이에 '반 한글전용 운동' 겸 '正漢幷用(정한병용) 운동'에 敢然(감연)히 白衣從軍(백의종군)한 것이 바로 이 '高句麗'요 '春夏秋冬'이다.

최대한 漢字語(한자어)는 漢字語로 썼다. 편의상 그 음을 괄호 내에 부기했다. 한글 一邊倒(일변도)의 滔滔(도도)한 時流(시류)에 항거한 과감한 결행이었다. 이처럼 漢字語(한자어)를 漢字語로 수용한 간행물은 고국에도 그 유례가 많지 않을 것이다. 독자의 눈치를 보지 않겠다는 것이 발행인의 신념이요, 저속한 독자의 인기 따위는 '春夏秋冬'의 안중에 없었다. 오직 文筆中興이란 문화적 使命(사명)에 殉(순)할 뿐이었다.

돌이켜 보건대, 참 多岐多趣(다기다취)한 글을 썼다. 一見 雜駁(잡박)한 칼럼이었다. 그러나 '春夏秋冬'의 主題(주제)는 문학이며, 그 用辭(용사)와 趣意(취의)는 多分(다분)히 古典的(고전적)인 것이었다.

그러면 '春夏秋冬'의 功過(공과)는 무엇인가. 오늘 마지막 글을 쓰는 오늘, 지난 5년간의 내 文筆行蹟(문필행적)을 悵然(창연)히 되돌아보지 않을 수 없다. 그러나 옛 聖賢(성현)께서

"良農能稼(양농능가) 不必能穡(불필능색)"

이라 하셨던가. 농군의 소임은 논밭갈이에 최선을 다하는 일일뿐, 작물의 결실이나 그 해의 凶豊(흉풍)은 시절의 順不順(순불순)에 달려 있는 것이어니, 功過(공과)는 내가 논할 바 아니다. 功(공)을 상줄 자도 독자요, 죄를 책할 자도 독자다.

'春夏秋冬'은 文筆中興(문필중흥)을 위한, 文壇無籍(문단무적)의 한 文筆人(문필인)의 몸부림이었을 뿐이다. 去國(거국) 수만리 이 謫配(적배)의 땅에서.

　(전략)
　創痍(창이)를 어루만지며
　내 홀로 쫓겨 왔으나

　세상에 남은 보람이
　오히려 크기에
　풀을 뜯으며
　나는 우노라

　꿈이여 오늘도
　曠野(광야)를 달리거라.

芝薰(지훈) 선생의 詩다. 나 역시,

　이 승에 태어난 서러운 보람이
　적지 않기로

못 다한 꿈을 못내 붙안고
異邦(이방)의 광야를 헤매일거나

메마른 풀잎을 씹으며
돌아서서 울거나

文質彬彬(문질빈빈)

文質彬彬의 출전은 다름 아닌 論語(논어)다.

文質은 文과 質을 말함이니, 形(형)과 實(실), 形式(형식)과 內容(내용), 外華(외화)와 實質(실질), 現象(현상)과 本質(본질) 등의 對語(대어)로 보면 좋을 것 같다.

文은 무늬요, 그러기에 꾸밈이며, 質은 바탕이니, 質이 없으면 文은 거짓이요, 文은 質의 존재 방편인 것이다.

中國 上代의 殷(은)나라는 흰 것을 숭상하여 尚質(상질)했고, 周(주)나라는 붉은 것을 귀히 여겨 尚文(상문)함으로서 文質(문질)의 경중을 달리하여, 각각 國家(국가) 指導(지도) 理念(이념)으로 삼았다고 한다. 이로 말미암아 宮室(궁실)의 衣食住(의식주)는 물론, 예악 祭禮(제례)뿐만 아니라 士庶人(사서인)의 생활과 문화전반에 적지 않은 영향을 끼쳤음을 짐작할 수 있겠다.

우리들 평상의복으로 비유컨대, 무늬나 색채가 요란한 것을 좋아하는 이가 있는가하면, 文樣(문양)이 우아한 것을 취하는 이가 있듯이, 이 文質의 문제는 개개인의 心性(심성)뿐 아니라 그들의 그 家風(가풍)을, 한 사회를 두고 본다면 그 시대 風潮(풍조)나 習俗(습속)을, 나

아가 文學(문학)이나 藝術(예술)의 영역에 있어서도 그 型式(형식)과 內容(내용)을 지배해 온, 우리 문화의 줄기찬 undercurrent와 같은 것이다.

論語(논어)의 原典(원전)을 살펴보자. 그 雍也篇(옹야편)에,

子曰(자왈) 質勝文則(질승문즉) 野(야)
文勝質則(문승질즉) 史(사)[註1]
文質彬彬[註2] 然後(연후) 君子(군자)

라 했으니, 이를 의역해 보면,

質이 文을 이기면 (質이 지나치면) 야비하고,
文이 質을 이기면 浮華(부화) 해진다.
文과 質이 알맞게 조화를 이루어야 君子(군자)다.

文과 質이 어느 한편으로 치우치지 않는 中和(중화)의 境界(경계)가 彬彬한 세계요, 그런 人格(인격)을 君子(군자)라 본 것이다.
孔子(공자)와 子桑伯子(자상백자)와의 고사를 소개해 본다.[註3]

註1) 古註에 多聞習事而誠或不足也 견문이 많고 경험은 많으나 성실성이 부족하다는 뜻이겠다. 즉 史는 野의 對語인 것이다.
註2) 古註에 猶斑斑 物相雜而適均之貌
註3) 孔子의 弟子:夫子奚見此人乎
　　　孔子 : 其質美而無文矣 子說欲爲文之矣
　　　子桑伯子의 弟子 : 奚見孔子乎

子桑伯子는 莊子(장자)에도 그 인물이 소개된 사람으로, 평소에 不衣冠而處(불의관이처)했던, 말하자면 잔달은 예절에 구애됨이 없는 老壯派(노장파)의 위인이다.

　어느 날 孔子와의 대면이 있었던 것이다. 이에 두 분의 제자들이 스승에게 발연히 항의했던 것이다.

　　孔門의 제자 : 어찌 이런 자를 만나십니까.
　　孔子 : 그 사람 바탕은 좋은데 無文함이 탈이라, 文을 좀 갖추
　　　　　라고 타이르고 싶었느니라.
　　子桑伯子의 제자 : 어찌 孔子 같은 자를 만나십니까.
　　子桑伯子 : 그 사람 美質(미질)이긴 한데 文이 너무 번거로워,
　　　　　그 文을 없애게 하고 싶었느니라.

　子桑伯子는, 孔子가 文이 지나침을 못마땅히 여겼고, 孔子는 상대편의 無文함을 애석히 여겼다. 孔子는 文을 가미하려 했는데 반해, 子桑伯子는 孔子의 文을 거세하고 質로 돌아가려는, 즉 去文反質(거문반질)의 사상을 주창한 분이다. 한 분은 文과 質의 조화를 이상으로 보았으나, 또 한 분은 文을 극도로 忌諱(기휘)했던 것이다. 文質 어느편을 중히 여기느냐, 先文而後質(선문이후질)이냐, 先質而後文(선질이후문)이냐 하는 문제가 여기 있는 것이다. 환언하면, 文과 質을 몇대 몇으로 보느냐 하는 문제다.

　子桑伯子 : 其質美而文繁矣 吾說而欲去其文矣
　이것은 「說苑」이 그 出典인 것으로 기억하고 있는데 「說苑」을 살펴보았으나 아직 찾지 못했음.

한 개인에 있어서는, 그 천품이나 후천적 수양에 따라 다르겠으나 대개 前半生은 文勝하고 후반에는 質勝하는 경향이 있고, 남녀를 비교컨댄, 남자보다 여자가 文이 勝하고, 經學家(경학가)는 詞章家(사장가)보다 質이 勝함이 상례이며, 儒家(유가)에 비해 道家(도가)나 禪家(선가)는 거의 無文(무문)이라 하리만큼 質勝(질승)한 편이요, 도시에 사는 사람들은 시골사람보다, 그리고 학력이 높은 이들은 낮은 이들보다 文飾(문식)이, 즉, 꾸밈이 많음이 사실일 것이다.

우리 文化史(문화사)를 통틀어 본다면, 上古時代(상고시대)로 거슬러 올라갈수록 거의 無文(무문)으로 質勝(질승)했던 것이, 후세에 문명이 발달됨에 이르러서는 역으로 거의 無質한, 無實(무실) 浮華(부화)한 粉飾(분식)의 시대로 전락한 것이 아닌가 한다. 孔孟(공맹)과 老壯(노장)만을 살펴보더라도, 簡古(간고)한 論語(논어)에 비하면 孟子(맹자)는 多辯(다변)文勝(문승)이요, 老子(노자)의 그 樸訥(박눌) 質朴(질박)이 壯子에 이르러서는 文으로 傾倒(경도)한 감이 없지 않으니, 그로부터 二千年을 격한 오늘이겠는가.

子桑伯子가 오늘을 다시 본다면 무어라 하실 것인가.
孔夫子께서 再臨(재림)하신다면 천하가 史化(사화)했음을 개탄하실 것이다.

質이 바탕이라면 文은 質의 방편이요 형식이며 그 형상일 뿐이다. 그러나 文이 없이는 質이 그 形을 상실키 마련이니, 文과 質은 不可相無(불가상무)한, 실로 서로 없지 못할 것이로되, 文은 그 속성이 流漫(유만)하여 質을 해하기 쉬우므로 부단한 절제가 요구되는 것이다.

文과 質의 理想的(이상적) 比率(비율)이 있을 수 있는 것일까. 古注(고주)의 소위 適均之貌(적균지모)라 함은 文質半半(문질반반)을 뜻하는 것이라면 文과 質은 5:5일 것이요, 또한 古注의 適宜相雜(적의상잡)이라 했음이 半半(반반)이 아닌, 즉, 文勝(문승)이나 質勝(질승)을 의미하는 것이라면, 文對質은 6:4 혹은 4:6일수도 있을 것이다.

그러나 質이 文의 근본이요 文은 質의 枝葉(지엽)일진대, 文이 質을 勝함은 본말의 전도인지라 당연코 質이 文을 勝함이 正理(정리)일 것이다. 適宜相雜을 適宜質勝으로 보아, 文勝一边倒(문승일변도)의 현대풍조를 反質(質로 돌아감) 運動(운동)으로 逆轉(역전)함이 바람직한 것이겠다.

假飾(가식)에서 眞率(진솔)로
多辯(다변)에서 寡默(과묵)으로
奢侈(사치)에서 質朴(질박)으로
外華(외화)에서 內實(내실)로
虛浮(허부)에서 忠誠(충성)으로,
그리하여 文質彬彬(문질빈빈)한 人格(인격)의 陶冶(도야)와, 또한 文質(문질)이 彬彬(빈빈)한 人類文化(인류문화)를 이룩함이 어떠랴.

過(과)

글제가 외字(자)다.

왠지 외로워 보인다. 허물이기 때문인가 보다. 그러나 누구에게나 그림자처럼 따라 다니는 것이다. 우리의 日常(일상)이, 그리고 우리네 一生이 過로 點綴(점철)된 것이 아니겠는가.

過란 잘못이요 그르침이요, 그러기에 허물이며 죄일수도 있다. 그러므로 不善(불선), 不仁(불인)의 責(책)을 면치 못하는 것이다. 그러나 개개인에 따라서 이 過는 過에만 머물지 않고 改過(개과)하여 遷善(천선)의 美德(미덕)으로 止揚(지양)될 수 있는 가능성을 지니고 있다면 이 얼마나 다행인가.

기독교서에는 悔改(회개)를, 불교에서는 懺悔(참회)를 설하고, 儒家(유가)에서도 마찬가지니, 論語(논어)를 중심으로 살펴보면, 過의 문제가 여러 군데 散見(산견)되고 있으며, 過를 過로 責(책)함에 그치는 것이 아니고, 항상 改過(개과)를 勸勉(권면)치 않음이 없고, 한편, 聖人君子(성인군자) 역시 이 過를 범할 수 있는 인간임을 용인하고 있음은 우리들 凡常人(범상인)으로 하여금 많은 것을 생각하게 하는 것이다.

論語 公冶長篇(공야장편)에, 공자말씀에,

"자신의 허물을 보고서 스스로 반성하는 이를 아직 보지 못했
느니라"

하고 한탄한 바가 있는가 하면 子罕篇(자한편)에는, 공자 말씀하되,

"忠과 信을 主로 하여, 나만 못한 이를 벗하지 말고, 자신에게
허물이 있으면 고치기를 꺼리지 말아라"

하고 改過(개과)할 것을 督勵(독려)했고, 衛(위) 靈公篇(영공편)에는

"잘못하고서 이를 고치지 않음이 바로 過이니라".

고 했음은, 過의 改過(개과)可能性(가능성) 뿐만 아니라, 고치지 못
하는 것이야말로 過라 지적한 것이다. 즉 실수한 다음에 각자가 이에
어떻게 대처하느냐에 따라 인간 수양의 進境(진경)이 결정되는 것이
다. 여기에 小人과 君子의 別이 있는 것이 아니겠는가.

子張篇(자장편)을 살펴보자. 子夏(자하) 말하기를,

"소인은 잘못하면 반드시 꾸민다".

고 했고, 같은 편에, 子貢이 말하기를,

"君子의 실수는 日蝕(일식)이나 月蝕(월식)과 같아서, 실수하
면 사람들이 모두 이를 알고, 이를 고치면 모두들 우러러 보
게 된다."

고 했다. 이 比喩(비유)의 멋을 賞味(상미)해 보자. 日月蝕(일월식)
이 缺(결)에서 圓(원)으로 回向(회향)하듯이, 어둠에서 밝음으로 歸仁
(귀인)하는것이 君子의 모습인가 보다. 한 인간이 痛切(통절)히 自省
遷善(자성천선)하는 모습은 참으로 귀한 것이다.

過를 범했음을 스스로 깨닫는 경우도 있겠으나, 다른 사람의 지적
이나 충고로 깨친 때도 있으니, 이 후자의 경우에 남의 말을 어떻게
받아드리느냐에 따라 그 사람의 사람됨을 알 수 있는 것이다.

"喜聞過(희문과) 不貳過(불이과)"

란 말이 전해온다. 이 喜聞過를 직역하면 허물을 듣기를 기뻐한다
는 뜻이겠으나, 構文上(구문상)으로는 이 過가 누구의 것이냐, 즉 자
신의 잘못이냐 남의 잘못이냐가 분명치 않다. 남의 실수를 듣기는 좋
아하되 자신의 잘못은 듣기를 꺼리는 것이 범상인의 常情(상정)이 아
닌가. 그러나 이 "喜聞過"의 출전을 살펴보면, 이 말의 전통적 含意
(함의)가 분명해 진다. 孔門(공문) 高弟(고제)의 한 사람인 子路가 바
로 喜聞過했던 역사적 인물이었다. 이 "喜聞過"로서 百世의 스승이
되었다고 程子(정자)께서 칭송했던 것이다.

喜聞過의 출전을 소개해 본다.

孟子(맹자) 公孫丑(공손축) 章句下(장구하)에,

"子路(자로)는 남이 자신의 잘못을 일러주면 기뻐했다."

고 했고 이에 朱子(주자)의 주석에,

"仲由(중유, 子路)는 자신의 허물을 듣기를 기뻐해서 그 훌륭
한 명성이 무궁하다. 금세의 사람들은 자신의 허물이 있더라
도 남이 諫(간)하는 것을 싫어한다".

고 했고, 論語 述而篇(술이편)에는, (전략) 巫馬期(무마기)가 孔子
께 告함에, 孔子께서는

"나는 幸이로구나. 내가 실수하면 남이 반드시 아는구나."

했다고 한다. 小人的인 文飾(문식, 변명)이 없다. 飾過(식과, 잘못
을 변명)의 口氣(구기)를 엿볼 수가 없다. 이것이 聖人의 風度(풍도)
인가 보다.

不貳過(불이과)는, 흔히 亞聖(아성)이라 칭송을 받는, 孔子의 愛弟
子(애제자) 顔回(안회)의 고사에서 비롯된 것이다. 不貳過를 字意(자
의)대로 풀어보면 過를 두 번하지 않는다는 뜻이니, 같은 실수를 거
듭하지 않는다는 말이겠다. 雍也篇(옹야편)에 哀公(애공)이 孔子께 묻
기를

"제자 가운데 누가 好學(호학)합니까?"

孔子 답하기를

"顔回가 好學해서 노여운 감정을 남에게 옮기지 않으며, 한
가지 실수를 두 번 범하지 않습니다."

했다.
子路의 喜聞過(희문과)에 비하면, 顔回(안회)의 不貳過(불이과)는
분명히 改過遷善(개과천선)의 실천적 경지에 이른 것이다. 亞聖(아성)
의 稱(칭)이 虛名(허명)이 아니다. 같은 실수를 몇 번이고 거듭하면서
죽는 날까지 改過치 못하는 범인의 行態(행태)를 생각해 보면 顔回의
이 不貳過(불이과)야 말로 우리들이 무릎을 꿇을만한 것이다.

過를 범치 않을 수 없는 凡庸(범용)한 인간으로서, 이 어찌 쉬우랴
만, 때로는 우러러 생각해 볼 일이 아니랴. 子路의 喜聞過를, 顔回(안
회)의 不貳過를.

焚稿(분고)

焚稿(분고)한 일이 있었던가.

글 한다는 이, 누구나 한 번쯤 생각해 보는 일인 것 같다.

焚稿(분고)란 원고를 태운다는 말이 아닌가. 筆禍(필화)를 입을까 두려워 분고하는 사례도 많았을 것이나, 대개는 자신의 글을 世人(세인)에게 보이기 부끄러워 불살라 버리는 것이다. 제 글에 제가 홀리고 보면 분고를 할 만한 峻烈(준열)한 자기 비평 정신을 상실하기 마련이다.

오늘 茫然(망연)히 내 書架(서가)를 둘러 보던 중 내 눈 길을 끈 책이 있다. 淵淵夜思齋文藁(연연야사재문고). 근세 漢文家(한문가)인 李家源(이가원) 선생의 초기 문집이다. 雅號(아호)를 淵民(연민)이라 했고 오년 전인가 세상을 뜨셨다. 섭섭하게도 이 어른과는 師弟(사제)의 緣(연)은 없었으나 선대의 世誼(세의)도 있었고, 내 평일에 그 학문을 欽仰(흠앙)해 왔던 사람으로 당신 생전에 명륜동 遲遲堂(지지당)에 몇 번인가 찾아 뵙기도 했었기로, 내 외람되이 私淑弟子(사숙제자)라 자칭했던 것이다. 내 서가에는 이 어른이 自署(자서)하신 문집이 여러 권 있는데, 이 淵淵夜思齋文藁에 "完洙君 惠存 戊辰 春 淵民"이라 모필로 自署(자서)하셨으니, 벌써 사십년 전 일임에 새삼 놀랍고 송구스럽다. 놀랍기는 세월의 빠름이요. 송구스럽기는 내 학업의 부진함 때문이니, 500 page가 넘는 이 純漢綴(순한철) 문집인지라, 수십 권의 사전을 동원한대도 어렵기는 예나 이제나 매 일반이다.

먼저 펼쳐 본 것은 바로 그 서문이다. 첫 머리에 있었기 때문에 그런 게 아니다. 불현듯, "분고"란 말이 내 뇌리에 되살아났기 때문이다. 연민 선생께서 젊으실 때 분고한 연고가 그 서문에 있음을 기억하고 있었기 때문이다.

嗚呼(오호)라!로 시작한 그 글에는 다음과 같은 焚稿之事(분고지사)가 적혀있다.

家源이 여섯 살에 서투나마 이미 글을 엮을 줄 알았으나, 열 세살 때 분고했고. 스물 세살에 다시 분고한 바 있었더니, 國中(국중)의 명산과 대처를 두루 둘러보기 수 년만에 집에 돌아 오니, 여든 일곱이신 老山(노산) 할아버님께서 내 글을 묶은 책 한 권을 내 놓으시며 이렇게 말씀하시는 것이다.

"이게 네가 쓴 글이니라. 너는 없애고 싶었으되 나는 이를 간직하고 싶었기로, 네 작은 애비와 네 아우를 시켜 번갈아 手寫(수사)한 것을 네게 주느니라. 할애비가 손자의 글을 모았으니, 이는 천하 고금에 이런 일은 내가 처음일게다."

이에 감동한 손자는 다시는 분고치 못했다 한다. 조부의 이런 정성으로 얻은 것이 바로 이 淵淵夜思齋文藁(연연야사재문고)라는 것이다.

아! 동서와 고금에 이런 일이 또 있던가.
아름다운 韻事(운사)라 하기에는 너무도 처절하지 않은가.

嘆聲(탄성)이 절로 나온다.
哭(곡)이라도 하고 싶지 않은가.
燕岩(연암)의 소위 "好哭場(호곡장)"이란 말이 있거니와, 이야말로 현대판 好哭場이다.
동서고금에 이런 祖孫(조손)이 있었던가. 어린 손자의 才氣(재기)를 輕妄(경망)히 面稱(면칭)키는 커녕 말없이 경계하던 할애비. 분고하는 귀한 손자의 문필 閱歷(열력)을 묵묵히 지켜보며, 몰래 그의 仲父(중부)와 아우로 하여금 手寫(수사)케한 이 老山翁(옹)의 깊은 心地(심지)를 보자. 小仁(소인)이 아니다. 大仁(대인)이다.
그리고 이런 神童(신동) 이런 詩魂(시혼)도 있었던가. 나이 여섯에 漢詩(한시)를 짓고, 열셋에 분고라니, 스물 셋에 再 焚稿(재 분고)라니. 수천년에 긍한 동양 문필 사상, 분고한 이가 어찌 한 둘이랴만, 열셋에 첫 분고하고 스물셋에 또 다시 분고한 이 예술혼을 뉘 흔하다 하겠는가.

焚研(분연)이란 고사가 전해온다.
晉書(진서) 陸機傳(육기전)에, 그의 아우가 형의 글을 보고서, 자신의 글이 변변찮음이 부끄러워 "輒欲焚其筆研(첩욕분기필연)"이라 통탄했다는 것이다. 즉, 필연이란 붓과 벼루니, 필연을 태워 버리고 다시는 문자를 농하지 않겠다는 뜻이다.

　焚稿(분고)한 일이 있었던가.
　焚草(분초)한 일이 있었던가.
　한두 편의 詩(시)가 아니다. 한 묶음의 詩稿(시고)를 내 손으로 불
살라 본 일이 있었던가. 일찍이 十代로부터 三十代에, 四十代 五十代
도 좋다. 제 종아리를 제가 치는 終生의 自己 楚撻(초달)이 없고서야
어찌 좋은 글을 쓰겠는가.

　勿爲自惚者(물위자홀자)!

우리 先人들의 말씀이시다.
제 글에 제가 반하지 말라고 하신다.

책 한 권의 무게

　여기 逸話(일화) 한 토막을 소개한다. 어느 잡지에 소개된 것을 내 기억을 더듬어 적어 본다. 다소 潤色粉粧(윤색분장)한 것이다.

　때는 1995년 경
　시절은 초여름
　곳은 일산
　白髮(백발)이 星星(성성)한 노인을 따라 初老(초로)의 부인이 버스에서 내린다. 한 사람은 옥색 명주 두루마기, 또 한 사람은 모시 치마 저고리에 백 목련 같다. 한적한 버스 정류소 행인들의 눈길을 끈다. 이 노 부부가 市井(시정) 雜輩(잡배)가 아님은 한 눈에 알 수 있다. 하류 아파트 단지의 완만한 언덕길을 두 사람은 조용히 걷는다. 肩隨之(견수지)는 아니되, 半步(반보)쯤 간격으로 걸어가는 이 노 부부의 行色(행색)에서 옛스런 내외의 법도와 그윽한 부부의 情分(정분)이 엿보인다.

　아파트 문을 두드리자 遑忙(황망)히 마중하는 이는, 무명 두루마기를 입은 육척 瘦身(수신)의 村老(촌노)다. 휑한 방안에는 두어 뼘 되는 낡은 書案(서안)과, 陶淵明(도연명)의 歸去來辭(귀거래사) 行書(행

서) 여덟 폭 병풍뿐, 초 여름에도 냉기가 감돈다. 염담 무욕한 主翁
(주옹)의 서실답다. 간단한 수인사가 끝나자 두 늙은이는 十年知己(십
년지기)만 같다.

찾아 온 사람은 한문 학자 車柱環(차주환) 선생이요, 이 귀한 손을
맞은 이는 수필가 尹牟村(윤모촌)선생이었다.

당대 굴지의 대 학자가 불우한 노 수필가를 예방한 것이다. 내실 마
님과 함께. 한 권의 책으로 말미암은 것이다. 한 권의 수필집을 받음
에 느껴움이 있어 부인과 함께 우정 어려운 걸음을 하신 것이다. 책
한 권이 천금보다 무거웠던가. 옛 글에 以文會友(이문회우)라 했더니,
글로 벗하고 글로서 마음을 허한 것이다. 한편의 글로 서로 意氣(의
기)가 投合(투합)하고 一面識(일면식)으로 知音(지음)을 얻은 것이다.

이 어른들의 오가는 人事(인사)를 살펴보자. 주고받는 禮節(예절)
말이다. 옛글에,

禮尙往來(예상왕래)
往而不來(왕이불래) 非禮(비례)
來而不往(내이불왕) 非禮(비례)

라 했다.
예는 오고 감을 숭상하나니, 갔음에도 오지 않음은 예가 아니요, 왔
음에도 가지 않음은 禮(예)가 아니란다.
가면 오고, 오면 가고, 받거든 나도 주고, 내가 주면 그도 준다. 이

것이 人事(인사)요 法度(법도)인 것이다.

　누가 이런 인사를 번거롭다 하는가. 뉘 繁文縟禮(번문욕례)라 책하려는가.

　천금보다 무거운 책을 써야겠다.

　한 권의 책을 받고서 나를 찾아줄 이는 없는가.

　한 권의 책을 보고서 내가 不遠千里(불원천리)하고 찾아 가고픈 이는 없는가.

情(정)

글이 사람이라면 언어는 민족이라 할 수 있을 것 같다.

Eskimo들은 눈(雪)의 질에 대한 말이 스무 가지나 되고, Tokelau 섬사람들은 coconut의 익은 정도에 따라 아홉 가지 말로 표현할 수 있다고 한다.

생존의 여건이나 자연환경에 따라서, 그리고 각 민족의 오랜 습관이나 그들 기질에 따라서 특정한 사물에 대한 언어가 惟獨(유독) 纖細(섬세)하고, 어떤 종족은 맛이나 감정의 기미에 더 敏感(민감)하여 자연히 이런 유의 말이 다양하게 발달되는 것 같다.

Alaska의 寒帶(한대)에서 살아온 Eskimo들은 눈(雪)을 떠나서는 그들 생존의 애환이 있을 수 없듯이, 熱帶(열대)인 남국에 살게 된 Tokelau 섬사람들에게 coconut는 일상식품의 하나일 뿐 아니라 이들 섬사람들의 삶의 윤기다. 즉 눈(雪)과 coconut에 얽힌 이들의 말은 가장 Eskimo的이며 Tokelau的인 것으로서, 이런 말의 어감이나 함축을 모르고서는 이들의 생활감정을 이해할 수는 없을 것이다. 이런 의미로 가장 한국인적인 말을 하나 들어보라고 한다면 "情(정)"을 앞세우기를 서슴치 않으리라.

"情(정)"

보기만 해도 눈시울이 젖어드는 글자다. 듣기만 해도 가슴이 뭉클해지는 말이 아닌가. 생각만 해도 콧마루가 뜨거워지는 말이다.

情은 우리의 마음이요, 한국인의 念願(염원)이며 또한 민족의 恨(한)인 것이다. 우리 민족정서의 原流(원류)요, 오랜 艱難(간난)의 역사를 支撑(지탱)해 준 원동력이다. 이 情이 없었던들 그 숱한 내외의 患難(환난)을 어찌 견딜 수 있었으며, 왕조와 관가의 收奪(수탈)을 어떻게 참을 수 있었겠는가. 그 기막힌 春窮(춘궁) 七窮(칠궁)도 이 情으로 배불리며 살아왔던 우리들이다.

情은 우리 민족의 濃密(농밀)한 體臭(체취)가 물씬 풍긴다. 거기에는 우리 선인들의 한숨이 서려있고 눈물의 그 소금기가 배어있다. 그리하여 우리 핏속에 淋漓(임리)히 흐르고 있는 이 情은 우리의 愛物(애물)이자 애물이며, 福(복)이면서 또한 業(업)이다. 그러기에 情은 우리 민족의 영원한 情人(정인)일 수밖에 없는 것이다.

'情'은 '사랑'과 異腹(이복) 姉妹間(자매간)인지도 모른다. 사랑이 서양문명의 영향을 받은 탓인지 어느새 서구적 성향을 띄게 된 요즘이건만, 이 情만은 그 순결을 그런대로 지니고 있음은 얼마나 다행한 일인가. 碧眼(벽안)의 六尺(육척) 미남의 유혹에도 그 정절을 지켜왔던 것이다.

사랑이 퍽이나 이기적이요, 技巧的(기교적)이며 多辯(다변)이요 達辯(달변)인데 반하여, 情은 무척 헌신적이요, 비 기교적이며 딱할 정도로 訥辯(눌변)이요, 답답하리만큼 寡默(과묵)하다.

사랑이 奸巧(간교)하고 打算的(타산적)이며 外向性(외향성)이라면 情은 그저 愚直(우직)하고 衝動的(충동적)이며 內向性(내향성)인 것 같다. 사랑이 화장기가 짙은 젊은 여성을 연상케 한다면, 情은 눈 언저리에 잔주름이 곱게 잡힌 중년의 어진 여인을 연상케 한다.

사랑을 間色(간색)의 세계에 비긴다면 情은 원색의 세계며, 따라서 간색을 불신한다. 사랑이 약간 귀족적인 냄새가 나는데 반하여 情은 다분히 서민적이다.

사랑은 퍽이나 색정적이지만 情은 이 색정의 영역 뿐 아니라 모든 情意生活(정의생활)을 포괄하는 한 고차원의 개념이라 하겠다. 남녀의 戀戀(연연)한 情은 물론 친구간의 우정과 형제간의 友愛(우애), 그리고 부모의 慈情(자정)과 자식의 孝心(효심)하며, 사제 간의 情分(정분)에 이르기까지 이 情에 뿌리하지 않은 것이 없을 것 같다. 우리 민족의 人間史(인간사)는 바로 이 情의 몸부림이라 해도 과언은 아닐 것이다.

情은 한국인의 숙명이다. 삶의 보람이다. 겨레의 신앙이기도 하리라. 하늘이 준 민족적 catharsis가 아니었던가.

아, 情(정) 情아!
너로 하여 우노라
너로 하여 사노라.

思母曲(사모곡)

　근간에 시조집 두 권을 조용히 읽게 되었다. 하나는 "舊園時調(담원시조)"요, 또 하나는 "노래는 아직 남아".

　"舊園時調(담원시조)"는 鄭寅普(정인보)선생의 글로, 舊園은 그의 別號(별호)이고, 爲堂(위당)이란 아호로 더 알려진 애국지사며, 한학자요 국학자가 아닌가. 1892년생이신데, 남북동란으로 이북으로 被拉(피납)되어 그 沒年(몰년)은 분명치 않다. 이 시조집(1972년 간)에 서문을 쓴 분은 庸齋(용재) 白樂濬(백낙준)선생과 无涯(무애) 梁柱東(양주동)선생인지라, 그 簡古典重(간고전중)한 글을 대함에, 袖珍本(수진본)같은 그 乙酉文庫(을유문고) 한권의 무게가 오히려 千斤(천근) 만 같다. 草紙張(초지장) 같이 얇아 빠진 시체 글에 비하면 실로 隔世之感(격세지감)이 없지 않다.

　"노래는 아직 남아"는 白水(백수) 鄭椀永(정완영)선생의 시조 전집이니, 2006년 土房(토방)에서 출판한 것이다. 822 page에 아마 2000首는 좋이 되리라. 내 書架(서가)에 白水 선생 서명하신 시조집 두어 권과 수필집 몇 권을 간직하고 있었던 것을, 이 사람 저 친구에게 읽으시라 권하다 보니, 한 권도 수중에 남은 것이 없어 자못 섭섭턴 차에, 吳度明(오도명) 시조인으로 부터 정초 선물로 이 "노래는 아직 남아"를 받게 됨에, 겨우 내 삭막하던 내 書齋(서재)가 立春(입춘) 전이건만 훈훈한 風情(풍정)이 감돈다.

먼저, 爲堂(위당)의 "慈母思(자모사)" 40수 가운데 그 3수만을 소개한다.

가을은 그 가을이 바람 불고 잎드는데
가신임 어이하여 돌아 오실줄 모르는가
살뜰히 기르신 아이 옷 품 준줄 아소서

반갑던 임의 글월 설움 될 줄 알았으리
줄줄이 흐르는 정 상기 아니 말랐도다
받들어 낯에 대이니 베이는 듯 하여라

바릿 밥 남 주시고 잡숫느니 찬 것이며
두둑히 다 입히시고 겨울이라 엷은 옷을
솜 치마 좋다시더니 *補空(보공)되고 말아라
*보공 : 입관할 때, 의복으로 관의 빈 곳을 채우는 것

자, 그러면, 白水선생의 단수 몇 편을 읽어 보자.
"思母曲(사모곡)"이라 題(제)하여, "한가위 고향에 와서"라는 副題(부제)가 붙어 있다.

감
눈물로 象嵌(상감) 물리면 배고파라 고향 하늘

어머님 켜놓고 간 등잔만한 설움으로
형수님 따주신 홍시를 차마 들질 못했었다

달빛
가신 길 하도 멀어 세월마저 가뭇하고
제 나이 甲年(갑년)인데 상기 말씀 남으셨나
저녁 상 물리고 나니 옆에 와서 앉는 달빛

끝으로 "어머님 碑石(비석)" 한 수를 더 음미해 보자.
이제는 발을 담글 시냇물도 없는 고향
그래도 어머님 푸념 쑥잎처럼 돋아나고
이끼 낀 빗돌이 하나 무릎 짚고 일어선다.

이상으로, 내 오래 私淑(사숙)해 오던 先達(선달)의 글을 소개해 왔
으니, 이 後來(후래) 늦깎이 時調人의 思母曲(사모곡) 몇 수를 읽어
주시압.

계신 듯 안 계신 듯
예순 겨우 사시고서
물 건너 마실 가듯
그리 훌쩍 가옵더니,
울 너머
낮 달로 뜨사
누굴 굽어 보옵니까

보리 누름 콩 밭 누름

春窮(춘궁) 七窮(칠궁) 못 잊히어
철철이 오옵니까
물 건너 산을 넘어,
아궁이
불기(氣) 있느냐
둘러 보고 가옵니까

검버섯 거뭇거뭇
풀기 없는 그 손으로
말 없이 주옵셔라
中鉢(중발) 만한 홍시 하나,
이 손에
저 승 꽃 피면
그 손 다시 잡으리까

이 자식
젊은 날을
천방지축 떠돌아도
사철을 하루 같이
사립 열고 계셨지요,
등 굽은
望七이외다
당신 뜰에 누우리까

그 옛날
어떤 이는

思母曲 千 가락을
하룻밤 퉁소 속에 피로 가득 울었다만,
우불지 못하는 자식
먼 하늘만 보겠네.

 이제, 爲堂(위당) 가신지 근 반세기는 될 듯, 그 특유의 作風(작풍),
鄙而不俚(비이불리)라 할까, 우리 고유의 古套(고투)가 오히려 古雅
(고아)한, 그 曲盡(곡진)한 가락을 다시는 더 접할 수 없음이 섭섭하
며, "鄭椀永 時調全集", "自敍(자서)" 끝에

 "2006년 5월 勝花日(승화일)
 八十八叟(팔십팔수) 老白和南(노백화남)"

 이라 白水翁 自署(자서)했으니, 금년으로 望百(망백)의 어른이심에
새삼 느껴움다.

 白水(백수)께서 白壽(백수)하시와 "鄭椀永 時調全集 Ⅱ"를 내시기를
洋間島(양간도) 한 後學(후학)이 멀리서 祝願(축원)한다.

三隅反塾(삼우반숙)

塾(숙)은 글방이니, 약 삼년 전에 한 서당이 문을 열었다.

이름하여 三隅反塾(삼우반숙)이다. 단연코 退嬰的(퇴영적)인 한글 학교는 아니다. 東洋古典 講讀(강독)을 위한 漢文 古典(한문고전) 書塾(서숙)인 것이다. 한글전용이라는 狂亂(광란) 반세기에 三隅反塾이야말로 奇警(기경)할 突然變異(돌연변이)라 하겠다. 所在는 洋夷(양이)의 땅. 洋間島(양간도) 一隅(일우)에 있다.

7203 Poplar Street
Annandale, Va. 22003
U. S. A.

주간 高句麗(Korea Mornitor)誌 부설 문화 강좌의 一環(일환)으로 2006년 여름에 개강하여, 自薦(자천)으로 명색이 훈장이 되었고, 塾生(숙생)들을 우리는 學人(학인)이라 한다. 賤俗(천속)한 학생이 아니다. 평생 배우기를 自任(자임)하는 바, 自稱(자칭) 他稱(타칭) 學人임을 모두들 내심 기뻐한다.

學人의 수는 10명 미만이요, 연령은 40대에서 望九(망구)에 이르니 學人들의 평균연령은 前無後無(전무후무)할 최고령이며, 開明(개명)한 21세기인지라 孔夫子의 그 男女七歲不同席(남녀칠세부동석)을 과감히 打破(타파)하여 남녀 同席(동석) 共學(공학)이요, 이 뿐이랴 白人인 한 중년 學人이 있어 稀有(희유)의 白一點(백일점)을 이루었겠다, 이 서당이야 말로 孔夫子의 이른바 有敎無類(유교무류)—無差別(무차별) 均等敎育(균등교육)—理想(이상)을 현세에 실천하고 있음에 夫子 조용히 굽어보시며 善哉(선재)라 快哉(쾌재)라 莞爾而笑(완이이소)하시리라.

三隅反塾은 입학자격 요건이 없다. 누구나 마음 내키는 대로 오고 간다. 학제도 없고 졸업이란 있을 수 없다. 누구나 平生學人이어야 하기 때문이다. 매주 토요일 일곱 시에 시작이요, 興(흥)이 진하면 파하는 것이다. 일정한 교과목이 따로 있는 것도 아니다. 漢文으로 된 典籍(전적)이면 우리 교재 아님이 없다. 三敎鼎立(삼교정립) 天下泰平(천하태평)이란 말이 전해 오거니와 三敎九流(삼교구류)가 모두 우리의 스승이다. 涉獵不精(섭렵부정)의 폐를 면치 못할지라도 一派一宗(일파일종)에 拘泥(구니)됨이 없이 逍遙自在(소요자재)한 독서인이면 족한 것이다. 사상은 논하되 특정 信敎(신교)를 宣揚(선양)치 않는다.

三隅反塾의 출전을 살펴보자.

論語 述而篇(술이편)
子曰 不憤 不啓, 不悱 不發
擧 一隅 不以三隅反 則 不復也

에서 취한 것이다. 먼저 諺解本(언해본)의 번역문을 현대 철자로 소개해 본다.

　子 가라사되,
　憤치 아니커든 啓치 아니하며
　悱치 아니커든 發치 아니하되
　一隅를 擧함에 三隅를 反치 못하거든
　다시 아니 하나니라.

　이를 다시 의역해 보면

　알지 못해 분해하지 않으면 열어주지 않으며
　표현치 못해 애타지 않으면 발명해주지 않으며
　한 귀를 보여 주어 세 귀로 돌아오지 않으면
　다시 반복하지 않으리라

　배우는 이가 스스로 發奮(발분) 노력함이 없으면 스승이 그 이상 啓發(계발)치 않으며, 四隅 중 一隅 즉 1/4을 가르치면 나머지 3/4을 배우는 이가 반문하거나 이해하지 못하면 그 이상 啓導(계도)하지 않는다는 뜻이겠다. 이야 말로 啓發主義(계발주의) 교육방법이다. 동양 舊來(구래)의 권위주의적인 주입식 교육 방법이 아니다. 약 2500년 전에 자발적 공부 방식과 계발주의적인 이런 훈도법을 제창했음은 이 얼마나 놀라운 일인가. 성인의 誨人之法(회인지법)이다. 사람을 가르치는 방법이 이러했던 것이다.

　강의실엔 의자가 여남은 개, 공용의 평상이 셋, 그리고 mark pen

으로 쓰는, 奸巧(간교)한 世人처럼 매끄러운 그 writing board가 아닌, 백묵으로 쓰는 綠板(녹판)—흑판 대신—이 있고, 그 위에 四字橫額(사자횡액)을 모셨으니, 姜一天先生께서 行書로 揮毫(휘호)하신 三隅反塾이다. 學人들을 굽어보며 "反三隅하라 反三隅하라"고 독려하고 있는 것이 아닌가. 그러나 三隅로 反함이 어찌 그리 쉬우랴. 二隅로 反한대도 우등이다. 오직 自彊不息(자강불식)할 일이다.

옛 어른의 말씀에

　　學而不厭(학이불염) 誨人不倦(회인불권)

이라 하셨으니 이 三隅反塾의 강단에 선 者 그 所任이 어찌 가벼우랴.

절(拜)(1)
-절(拜)에도 절하고 싶어라-

近年(근년)엔 무시로 생각하는 것이 있다. 절이다. 절하는 일이다. 받는 절보다 이편에서 절하고 싶을 때가 있다. 親姻戚(친인척) 어른이나 學德(학덕)이 높은 長上(장상)께 큰 절을 하고 싶은 생각이 문득 문득 나는 것이다. 큰 절을 받는 기쁨도 좋겠으나, 큰 절을 할 수 있는 어른이 계시다는 것은 얼마나 貴(귀)한 福(복)이겠는가.

丹齋(단재) 申采浩(신채호) 先生은 선 채로 세수를 했다고 한다. 상해 망명시절의 일이다. 그러니 소매는 말할것도 없거니와 저고리며 바지도 세수물에 젖을 수밖에 없었던 것이다. 側近(측근)의 어떤 이가 그 까닭을 물었더니, 四圍(사위)를 둘러보아야 머리를 숙일 곳이 없어서 그리 하노라 했다고 한다.

爲堂(위당) 鄭寅普(정인보) 선생의 절도 많은 後進(후진)의 입을 빌어 전해오고 있다. 노상에서 어느 노인을 만나자 무릎을 꿇고 큰 절을 했다고 한다. 소낙비가 쏟아지는 西大門(서대문) 거리였다는 이도 있고, 봄눈이 녹아 질척한 雪泥(설니)의 대로상에서였다는 이도 있다. 陪行(배행)하던 젊은이가 너무도 놀라워, 절을 받은 분이 누구냐고 물었던 것이다. 爲堂 답하시되 "내 어릴 때 千字文을 가르쳐 주신 어른이니라".

1968년이던가, Time지에 실린 사진과 토막 기사가 아직도 생생히 기억에 살아있다. 등 의자에 꼿꼿이 앉은 깡마른 노 부인과, 큰절을 하고있는 백발이 성성한 대장부. 그 사진 밑에는 이런 말이 있었다. "No one is too great in front of his mother" U. N. 사무총장 시절의 우 탄트(태국 출신)가 오랜 外遊(외유)에서 돌아와 어머님께 伏拜(복배)하는 장면이었던 것이다.

절에 얽힌 이런 이야기는 어떤 이에게는 虛荒(허황)한 上代의 奇話逸談(기화일담)일 수도 있고, 陳腐(진부)한 봉건 遺習(유습)이라하여 嗤笑(치소)의 대상이 될 수도 있을 것이다. 그러나 정작 우리네 일상에서 잃은 것은, 번거로운 그 형식만이 아니라 祖先(조선)이나 神佛(신불)께, 그리고 長上과 師友(사우)에 대한 禮讓(예양)과 尊崇(존숭)의 美德(미덕)인 것이다.
　노상에서 큰 절을 한 爲堂은, 광복 직후에 監察院長(감찰원장)이라는 當路(당로)의 貴人(귀인)이요, 五十客(오십객)의 當代(당대) 碩學(석학)이었고, 큰 절을 받으신 분은 爲堂 幼時(유시)에 千字文(천자문)을 가르치신 寒微(한미)한 글방 선생이었음을 잊지 말아야 한다.

丹齋가 사위를 둘러보아야 머리를 숙일 곳이 없다고 한 말은, 머리를 숙일 만한 사람이 없다는 뜻이 아닌가 한다. 그는 자신이 머리를 숙일만한 인물이 없노라고 傲世(오세)하는 것이 아니라, 稀代(희대)의 學識(학식)과 天下(천하)를 傲視(오시)할만한 그 자존으로도, 오히려 큰 절을 할만한 이가 없는 조국과 그 시대를 그는 개탄했던 것이리라. 큰 어른께 큰 절을 하고 싶었던 분이었을 것이다.

우 탄트의 기사 역시 많은 것을 생각케 한다. 慈情(자정)이란 항용 流漫(유만)하여 절제를 잃고 法道(법도)를 해치기 마련이나, 그 어머니의 자세와 모색에서 사랑하되 절도를 허물지 않는, 즉 慈而不流(자이불류)하는 그 기품을 엿볼 수 있었다. U.N.사무총장이란 세계적 정치인일지라도 그 어머님 앞에서는 오직 그 恩愛(은애)에 誠服(성복)하는 큰 절이 있을 뿐, 毫末(호말)의 驕傲(교오)도 허하지 않는 것이다.

전통적으로 官家(관가)와 私家(사가)의 別에 따라, 또는 長幼(장유), 尊卑(존비), 親疎(친소) 등 정황에 따라 그 형식이나 法道(법도)가 다를 것이다. 神佛(신불)과 師傅(사부)에의 伏拜(복배)며, 父祖(부조)에의 拜禮(배례)와 同輩間(동배간)의 맞절이라든가, 그리고 어찌 잊으랴, 우리 朝鮮(조선) 부녀들의 절하는 그 태깔이라니. 한 무릎 단정히 고이고, 옷고름 치렁치렁, 섬섬옥수 뒤로 접고서, 蛾眉(아미) 조아리는 그 姿態(자태)라니. 이 얼마나 아름다운 습속이었던가.

절은 나를 낮추는 수련이요, 謙讓(겸양)의 美德(미덕)이다. 祖先(조선)에의 追慕(추모)요, 恩愛(은애)에의 보답이며, 學德(학덕)에의 悅服(열복)인 것이다.

절을 하고 싶어라.
아버님께 그리고 어머님께 門外拜(문외배)를 하고 싶어라.
대청에 무릎 꿇고, 허리도 꺾고, 斑白(반백)의 머리 조아리며
때 묻은 무명치마에 매달리던 그 童子心(동자심)으로 말이다.
아! 이젠 절(拜)에도 절하고 싶어라.

절(拜)(2)

절(拜)이란 글을 쓴 일이 있다. 그 글에 "절에도 절하고 싶어라"라는 부제가 붙어있고, 그 文尾(문미)에,

"절을 하고 싶어라.
아버님께 그리고 어머님께 門外拜(문외배)를 하고 싶어라.
대청에 무릎 꿇고, 허리도 꺾고, 斑白(반백)의 머리 조아리며.
때 묻은 무명치마에 매달리던 그 童子心(동자심)으로 말이다.
아! 이젠 절(拜)에도 절하고 싶어라."

고 쓰여 있다.

이 글을 쓴 것은 내가 육십대였거니, 십년이 지난 오늘에 이르러도, 절하고 싶은 생각은 더 切切(절절)해지는 것이다. 물론 이 글에서 말하는 절이란 우리 수천 년 문화 전통인 伏拜(복배)를 이름이다. 沒風情(몰풍정)한 佛家(불가)의 五體投地(오체투지)도 아니요, 꼿꼿이 선 채로 허리만 꺾는 倭式(왜식) 경례는 물론 아니요, 어중간한 揖(읍)도 아니다. 넙적 업디어 내가 절하고 싶은 분은 天倫(천륜)과 恩愛(은애)로 因緣(인연)한 집안 어른들이다.

반 평생 유랑타가
천륜이 하 그리워

대청에 무릎 꿇고
門外拜(문외배)를 하렸더니

어른님 뜨옵신 자리
내가 앉아 받습네

고국에 가서 門外拜(문외배)를 받았을 때의 글이다. 벌써 십여년 전
인가 보다. 십일년 만에 고국을 찾았을 때, 壯年(장년)의 家姪(가질)
로부터 옛 法度(법도)에 따라 門外拜를 받았을 때 이 遊子(유자)의 感
懷(감회), 실로 喜悲萬感(희비만감)이 교차하는 것이었다.

이제 내 나이 七十 中半에 접어들고 보니, 조부모는 말할 것도 없
거니와, 아버님 어머님 가신지도 까마득 옛 일이요, 삼촌 두 분마저
세상을 뜨신 후로는 내가 절을 할 어른이라면 伯兄(백형)과 從兄(종
형) 한 분이 계실 뿐, 이제 내게는 "대청에 무릎 꿇고, 斑白(반백)의
머리 조아리며" 門外拜를 할 어른은 한 분도 아니 계신다. 그러나 先
山(선산)에 계시다.

진달래 베개하고
솔 바람 들으시며
跌宕(질탕)한 자식이라
외면하고 계시는가,

꾸지람
하늘 같아라
등을 치는 솔방울

십년 세월 죄만 같아
멧 뜰 짚고 우러르니
立春節(입춘절) 殘雪(잔설) 이고
어메 봉분 따사코녀,
흘러간
그 나달이
春窮(춘궁)처럼 아려오네.

異邦(이방)의 山河(산하)를 流轉(유전)하는 이 蕩兒(탕아)의 先山時
調(선산시조)다. 언제 가 보아도 매양 텅 빈 고향, 이젠 그리운 건 先
山(선산)뿐이다.

이 자식
젊은 날을
천방 지축 떠돌아도

사철을 하루 같이
사립 열고 계셨지요,

등 굽은
望八(망팔)이외다

당신 뜰에 누우리까

어머님께, 꼭 오십년만의 어리광이다.

아, 절하고 싶어라.
이 멧뜰, 저 멧뜰에 절하고 싶어라.

文字緣(문자연)
—作故文筆人(작고문필인) 招待席(초대석)—

언제부터였던가.

文字緣(문자연) 文筆緣(문필연)이란 말을 가끔 써왔다. 말로, 그리고 글에.

오늘 이 글을 쓰면서, 호기심에 처음으로 큰 字典(자전)을 모두 살펴보았으나, 뜻밖에도 類似語(유사어)로는 文字交(문자교), 文字飮(문자음)이 있을 뿐, 文字緣이란 말은 실려 있지 않다. 아, 이 섭섭함이라니. 二十一世紀를 살아남은 洋間島(양간도) 이 流民(유민)의 造語(조어)라 하자. 그러나 글 줄이나 읽은 이라면 이 말의 뜻을 吟味(음미)하기란 그리 어렵진 않을 것이다. 우리 어문의 語彙(어휘)가 날로 빈약해가는 요즘, 文雅風流(문아풍류)로운 이 文字緣이란 말을 소개함에 一縷(일루)의 自負(자부)를 讓(양)하지는 않으리라. 조국을 위해서 장래의 辭書學者(사서학자)들께 新造語(신조어)를 하나 바치는 바이다.

文字緣이란 文字로 말미암은 인연이다.

文字交나 文字緣이나, 超俗的(초속적) 含意(함의)가 있음은 마찬가지나, 文字交가 직접적인 交分(교분)을 의미하는 것이라면, 文字緣은 더 넓은 의미의 인연이라 하겠다. 소매만 스쳐도 인연이라 했거니, 한 번도 만난 적이 없고, 단 한 번의 音信(음신)을 주고 받은 일도 없는 동시대인이거나, 生沒(생몰)이 相距(상거)하기 백년 또는 수백 년 혹은 천년이라 하더라도, 때로는 평생의 知己(지기)를 얻고, 필생의 師友(사우)의 연을 맺게 되는 것이다. 이 아니 귀한 일인가.

주간 高句麗 (Korea Monitor)에 稀有(희유)의 칼럼이 생겼다. 작고한 분들이 참여하는 곳이다. 이름하여 作故 文筆人 招待席. 우리와 幽明(유명)을 달리한 분들의 글을 청하여 독자들께 귀한 文字緣을 맺어주는 칼럼이다. 다시 말하자면 생존문필인과의 인연이 아니라 作故文筆人과의 인연이며 이분들이 남긴 글과의 文字緣인 것이다.

왜 새삼스레 作故文筆人을 모시는가.
한 말로 글이 다르기 때문이다. 옛 것을 진부하다고 짓밟는, 소위 新進(신진)과 現代(현대)를 標榜(표방)하는 時體(시체) 글과는 너무나 다르기 때문이다. 광복 이후 6.25사변을 계기로 해서, 우리 수 천년의 國字(국자)인 漢字를 소외하며 한글을 전용한 狂亂(광란) 반세기에, 우리 글 우리 文筆은 무참히도 저속해진 것이다. 文筆 終焉(종언)이라 해도 과언은 아닐 것이다.

그간 作故文筆人招待席에 모신 분들을 소개해 본다.

李秉岐, 鄭寅普, 文一平, 高裕燮, 趙芝薰, 金瑢俊,
李泰俊, 徐廷柱, 金晉燮, 尹五榮, 安炳昱, 柳致環,

실로 開化期(개화기) 이래의 우리 민족의 文筆家들이다.

文脈(문맥)이 整然(정연)하다.
用辭(용사)가 典雅(전아)하다.
語彙(어휘)가 풍부하다.
文體(문체)가 多樣多趣(다양다취)하다.
思惟(사유)의 깊이를 보자.
文史哲이 살아 있다.
이미 반세기를 버티어온 근세 古典(고전)이다.
현대판 best seller가 무색할 것이다.

글을 좋아하는 이들이여!
매주 이 作故文筆人招待席에 오시라.
그리하여 이 옛 선비들의 그 음성을 듣고, 그 風貌(풍모)를 우러러
이 어른들과 文筆의 佳緣(가연)을 맺으시라.

이야말로 讀書人(독서인)의 特惠(특혜)요 特典(특전)이며, 淸福(청
복)이다.

靑藜杖(청려장)

뜻밖의 眷率(권솔)이 늘었다.

晚得(만득)의 옥동자라도 생겼나보다 하고 놀라는 이도 있을 것이다.

기실 내겐 그만 못잖이 귀한 것이다.

지팡이다.

명아주 지팡이다.

올곧은 선비들의 愛玩物(애완물)이었던 것이다. 옛 어른들은 靑藜杖(청려장)이라 일러 그 韻致(운치)를 한결 더했던 것이다. 주인이 집에 있을 땐 말없는 문지기요, 문밖에 나서면 그림자처럼 따르니, 한 집 眷屬(권속)만 못할 게 없고, 忠直(충직)하기로야 어느 자식이 이만하랴.

이 지팡이는 天外(천외)의 선물이었다.

夏亭(하정) 卞海仁丈이 주신 것이었다.

愛蓮家(애련가)로 養荷家(양하가)로 이름이 있는 분으로, 前庭(전정) 後園(후원)이 온통 蓮(연) 밭인데, 이 명아주를 우정 그 뒷 뜰에 심어서 손수 다듬어 주신 것이다. 성품이 탈속하여 유기농 주의자인지라, 化肥(화비)는 금물이다. 그래서 아래로는 오직 자연한 그 地氣

(지기)를 먹고, 위로는 甘露(감로) 荷香(하향)으로 성장한 淸淨身(청정신)이니, 이의 貫鄕(관향)을 뉘 卑賤(비천)타 할 것인가.

   길이는 한 석자.

   색깔은 회백색에 潤氣(윤기) 없기로 더 귀하다.

   그리고 또한 가벼워서 萬步(만보) 산책에도 짐스럽지 않다. 짚으면 좀 휘는 듯 하나, 보기 보단 强骨(강골)이어서 내 육척 瘦身(수신)을 부축하기엔 걱정이 없다. 그리고 곧고 옹이진 품이 대(竹)와는 사뭇 다르다. 울퉁 불퉁한 옹이며, 손잡이의 꺼칠한 감촉이, 선량한 老農(노농)의 불그러진 손 마디 같아 더 미더웁고, 그 質朴(질박)한 품으로는 竹杖(죽장)도 이에 미치지 못하리라. 우리 선인들이 靑藜杖(청려장)을 귀히 여긴것은 늙은 몸을 가누기 위해서만이 아니다. 명아주의 이 無文(무문) 無飾(무식)한 風貌(풍모)를 기린 까닭이다.

   燕山朝(연산조)에 賜死(사사)된 바 있는 虛白堂(허백당) 洪貴達(홍귀달)이 벼슬을 팽개치고 남산 기슭에 초옥을 짓고는 幅巾(폭건)을 쓰고 명아주 지팡이로 유유히 소요했다는 기록이 野史(야사)에 보이거니와, 靑藜杖(청려장)은 예로부터 동양에서는 超俗(초속)한 隱者(은자)나 野人(야인)들이 好尙(호상)했던 것으로 恬淡(염담) 無慾(무욕)한 氣節(기절)의 상징이요, 멋이며 風流(풍류)였던 것이다. 내 무슨 염의로 이들과 그 기상을 겨루리오만, 消遣世慮(소견세려)랄까, 내 한낱 凡常人(범상인)으로 無斷(무단)히 心思(심사) 愁亂(수란)커나 세간사에 부대끼다 못해 이악한 市井(시정)을 벗어나고픈 충동을 걷잡지 못 할 때면, 훌쩍 집을 뛰쳐나가기 마련이니, 가느니 들이요 오르느니 山이다. 이 적막한 無伴(무반) 산책길에 나를 따르는 것은 이 충순한 명아주 지팡이다. 내 유일한 道伴(도반)이다.

　내 어쩌다 이 '아난 골'(Annandale, Va) 句麗村(구려촌)에 또 다시
客中客(객중객)이 된 것이 한여름이었더니, 四時(사시) 不忒(불특)이
라 했던가, 이제 그 불타던 단풍은 간곳이 없고, 어느새 落木(낙목)
蕭條(소조)한 늦가을, 지팡이는 무시로 나를 충동하여 山行(산행)을
재촉한다. 행선은 Madison District Park. 완만한 야산의 trail이다.
한적한 숲 길이다. 五體(오체) 一臀(일둔)을 뒤 흔드는 power walk-
ing을 위해서가 아니다. 散步(산보)와 漫步(만보)를 위해서니 med-
itative walking이라 해도 좋을 것이다. 週中(주중)이면 그 많은 파
랑 눈, 노랑 머리도 볼 길이 없다. 나와 지팡이, 산새와 다람쥐 뿐,
120 acre의 야산이 온통 내 것이로소이다. 山監(산감 mountain
ranger)도 없다. 古來(고래)로 山은 山을 사랑하는 이의 것이로소이
다. 閑人(한인)의 뜻이 貪(탐)에 있지 않음을 山인들 어찌 모르랴. 靑
藜杖(청려장)의 소임이 남을 해침에 있지 않음을 산 새는 안다. 다람
쥐도 안다.

　밟히는 낙엽이 발목을 덮는다.
　散策(산책)엔 時制(시제)가 없다. 山川(산천)에 무슨 曆日(역일)이
있다더냐. 일정한 路程(로정)도 없다. 발길 가는대로, 지팡이 이끄는
대로, 마음 내키는대로, 나는 봄날 풀어 놓은 빈 배가 된다. 앞 서거
니 뒤 서거니, 그저 無心(무심)일 뿐 先後(선후)를 다투자는 게 아니
다. 지팡이에 끌리기도하고 내가 끌기도하고, 때로는 여린 명아주의
부축임을 받기도한다. 가파른 산길을 오를라치면, 나도 모르게 휘청
이는 다리, 아무데고 길섶 고목 등걸에 한숨 돌리기도하고, 어쩌다 가

랑잎에 미끄러져 몸을 가누지 못할양이면, 지팡이는 한 一字로, 나는 큰 大字로, 둘이선 하늘 天字로, 자(尺)로 쌓인 낙엽에 스스럼없이 드러눕고 마는 것이다. 어느 보료가 이리도 편하랴. 어디선지 들려오는 산골 물소리. 그리고 아, 그 藍碧(남벽)의 Virginia 하늘. 仁王山 그 높푸르던 가을 하늘 같고나. 내 고향 聞慶(문경)새재 그 하늘 빛이다. 四十年前 고국의 그 티 없는 가을 하늘이 예 있고나.

"언덕에 바로 누워
아슬한 푸른 하늘 뜻 없이 바래다가

나는 잊었읍네 눈물 도는 노래를
그 하늘 아슬하여 너무도 아슬하여"
                    (김영랑, "언덕에 누워")

顔施(안시)

어느덧 十二月.

아이들 어른 할 것 없이 들뜨는 달이다.

例年(예년) 熱病(열병)이랄까. Season's Greetings라 하여 X-Mas card며 年賀狀(연하장)이 十二月 중순께면 벌써 날라오기 시작한다. 十二月을 Season of Giving이라고들 한다. 주는 季節(계절)이다. Joy of Giving이라는 말도 있다. 주는 기쁨을 宣揚(선양)하는 것이다. 우리 말로 옮기자면, 施與(시여)의 계절, 施惠(시혜)의 기쁨이라 하겠다. 또한 十二月을 Season of Love니, Season of Goodwill이라고도 하겠으니, 사랑과 선심을 베푸는 달이다. 聖誕(성탄)을 讚揚(찬양)하며 갖가지 선물을 주고 받는 西洋(서양) 名節(명절)이며, 美俗(미속)이다.

佛家(불가)에서는 二施(이시)라 하여 두가지 布施(보시)를 일렀으니, 財施(재시)와 法施(법시)가 그것이요, 이 二施에 無畏施(무외시)를 겸해서 三種施(삼종시), 즉 세가지 布施(보시)를 권하고 있다. 또한 顔施(안시)란 것도 전해 온다. 편의상 이를 物施(물시)와 心施(심시)로 大分(대분)해도 그리 妄發(망발)은 아닌 것 같다. 우리의 身養(신양)을 위한 物施와, 神養(신양)을 위한 心施가 없다면 人世의 표정이 얼마나 어둡겠는가. 모두 귀중한 德目(덕목)이 아닐 수 없다. 이 가운데 내가 가장 귀하게 여기는 것이 바로 이 顔施(안시)다. 顔施는 분명 心施(심시)에 속하는 것이다.

顔施(안시)와의 邂逅(해후)가 어디서였던가. 아마 十五六年前 法頂(법정)스님이 쓴 어느 글에서였을 것 같다. 일반 대 사전을 두 권이나 뒤져 보아도 수록돼 있지 않다. 참 섭섭하다. 다시금 우리 辭書(사서)의 貧弱(빈약)함을 痛嘆(통탄)치 않을 수 없다. 그러나 顔施의 出典(출전)을 찾지 못했음이 저윽이 섭섭하기는 하나, 或如(혹여) 顔施가 前無(전무)한 말이라면 내 文筆하는 사람으로 이 含蓄無盡(함축무진)한 말을 창제한 명예를 마다하지 않을 것이요, 顔施의 뜻을 굳이 어설픈 사전에만 기대할 바도 아니다. 그리 어려운 말이 아니기 때문이다. 顔(안)은 얼굴이요 施는 布施(보시)한다는 뜻이니, 顔施는 한말로 "얼굴 보시다". 배고픈 이에게 밥을 주는 것이 食施(식시)라면 顔施는 얼굴로 베푸는 것이다. 그 출전이나 종교적 含意(함의)가 어떠했던 간에, 顔施라는 말의 그 字意(자의)와 그 趣意(취의) 자체가 귀한 것이라면 이를 우리 일상생활의 보편한 덕목으로 삼아 손색이 없을 것이다.

우리 근세사에 이 顔施를 唱導(창도)한 분이 있다. 島山(도산) 安昌浩(안창호)선생이시다. 방그레 빙그레 벙그레 운동을 高唱(고창)한 분이 바로 島山선생이 아니었던가. 내 기억으로는, 젖먹이는 방그레, 젊은이는 빙그레, 노인은 벙그레 웃자고 하셨으니, 시체 말로 하자면 島山선생은 세계 최초의 Smile Advocate였던 것이다. 얼마나 귀한 뜻이었던가. 그러나 이런 운동을 勸勉(권면)케 된 情況(정황)은 어떤 것이었던가. 島山께서 계시던 1930년대의 재미 교포들의 표정은 어떠했으며, 이 시대의 조선 사람들의 표정은 어떠했던가. 생각이 이에 미치면 자못 울적해짐을 어쩔 수 없다.

"Smile is contagious"란 말을 들은 적이 있던가. Smile은 전염성이 있다는 말이다. 늘 웃음이 그득한 어느 미국 친구에게 그 웃음을 칭찬했더니 내게 들으라는 듯 이렇게 일러 주는 것이었다. 이 뿐인가. "Smile! What's wrong with you? Life is too short. Smile!"하던 미국인 친구도 잊혀지지 않는다. 내 코앞에다 대고 삿대질을 하며 말이다. 그러나 그의 얼굴엔 "빙그레 웃음"이 가득 해 있었으니, 이 洋夷(양이)의 무례한 짓거리를 탓할 수는 없었던 것이다. 그저 겸연쩍게 웃음을 짓지 않을 수 없었다. 이들은 Smile의 미덕을 진심으로 전도한 無宗派(무종파) 선교사였던 것이다.

무심코 거울 앞에 섰을 때 소스라쳐 놀란 적은 없었던가. 잔주름이나 斑白(반백)의 毛髮(모발)에 놀라기도 했을 것이다. 그러나 더 놀랍기로는, 타인처럼 나를 지켜보는 그 섬뜩한 표정은 아니었던가. 거리에서 만났으면 외면하고 싶었을 그런 험상궂은 모색은 아니었던가. 대체로 우리의 일상 표정은 너무 어두운 편이다. 顏施缺乏症(안시결핍증)이다. 어쩌다 마주치는 낯 설은 동포님들의 冷冷(냉냉)한 표정에 그만 茫然(망연)히 먼 하늘을 바라 본 적은 없었던가. 西洋人들의 뜻밖의 친절이나 웃는 얼굴에 되려 당황한 때도 있었으리라. 顏施의 濫觴(남상)이 印度(인도)라면, 顏施의 문화가 開花(개화)한 곳은 이 나라 이 사회가 아닌가. 남남 간에 오가는, 서양인들의 저 빙그레 웃는 얼굴 밝은 표정. 우리는 너 나 할 것 없이 모두 빚쟁이다. 웃음 빚쟁이다.

顔施(안시)는 빙그레 웃는 얼굴, 소리 없는 供養(공양)이다. 늙은이 젊은이 長幼(장유)도 없다. 누구에게나 베풀어 親疎(친소)의 別(별)도 없다. 언제나 어디서나 無時施(무시시)요 無處施(무처시)다. 顔施는 純(순)한 마음, 和顔(화안)이요, 怡顔(이안)이며 溫顔(온안)이다. 결코 奸巧(간교)한 웃음이 아니다.

새해에는 우리 모두 빚 좀 갚으며 살아 볼꺼나. 그간 밀린 顔施債(안시채) 말이다. 원금은 물론, 이자는 複利(복리)로 후하게 쳐서.

人生 大學院(대학원)

文筆家(문필가) 金素雲(김소운)의 글에, 圖書館大學(도서관대학)이란 말이 있다. 그의 이른바 恩讎(은수)의 나라 日本에서의 求職行脚(구직행각) 중에, 學力이 무엇이냐는 물음에 圖書館大學을 나왔노라고 一喝(일갈)했던 것이다.

기실 그는 제도적인 학교를 별로 다닌바 없으나, 소위 최고학부를 나왔다는 當代의 文筆人이 無色(무색)하리만큼 韓日 양국에서 文筆로 一家를 이루었던 분이니, 자신의 학력을 圖書館大學이라 했음은 謙辭(겸사)요, 圖書館大學院을 나왔노라고 했다 해도 그의 文筆을 아는 이 이를 탓하지 않았을 것이다.

素雲은 獨學自修(독학자수)한 분이다. 등록금이 없는 圖書館이 그의 학교이며 수강료를 강요치 않는 책이 그의 스승이었던 것이다. 말하자면 그는 人生大學院을 살다간 분이라 해도 좋을 것이다.

산다는 것은, 필경 배우는 과정이 아니겠는가. 學問이나 文筆한다는 이에게는 인생은 究竟(구경) 부단히 탐구하는 과정이며, 배우는 路程(노정)일 것이다.

이른바 學齡期(학령기)라 볼 수 있는 十代로부터 二三十代는 人生七十의 前半에도 못 미치는 기간이요, 한 때의 제도적 受業(수업)을

畢業(필업)이라 본다면 中壯老年期(중장노년기)의 圓熟(원숙)을 어찌 기대하겠는가. 학문의 進境(진경)은 한이 없는 것이다. 학창을 떠나면서 학구의 열이 식어지면 學問夭折(학문요절)의 弊(폐)와 秀而不實(수이불실)의 嘆(탄)이 없지 않을 것이다. 나이와 함께 老成(노성)하는 사람도 있고 年齒(연치)가 높아질수록 퇴보하는 이도 많다. 학자의 결심의 정도에도 관계가 있겠으나, 好學與否(호학여부)의 天稟(천품)이나 資質(자질)의 문제가 아닌가 한다.

好學(호학)이라면, 먼저 생각나는 분이 있다. 孔子다.

孔子만큼 배우기를 좋아한 사람도 많지 않을 것이다.

筍子(순자)도 學至乎沒而後止(학지호몰이후지)라 하였으니 죽을 때까지 배우기를 그치지 않은 분이겠으나, 筍子는 意志的(의지적) 學究型(학구형)의 면이 느껴지는데 반해, 孔子는 배우지 않고는 배기지 못하는 천품의 好學型인 것 같다. 물론 當代의 學이나 學問의 개념은 오늘날의 學知的(학지적) 경향과는 달라, 知德行(지덕행)등을 겸한 것이겠으나, 孔子는 天生의 好學哲人(철인)으로 論語(논어) 등 고전에 그 好學의 風貌(풍모)가 宛然(완연)하다.

論語 第一篇이 學而篇(학이편)으로 그 劈頭(벽두)에, 學而時習之 不亦說乎(학이시습지 불역열호)—배우고 때맞추어 익힘이 또한 기쁘지 않은가—라고 했으니, 기쁘다는 이 說字(열자)가 우연한 것이 아닐 터이고, "十室의 마을에도 忠信으로는 나만한 사람이 있으나 好學하기로는 나만한 사람이 없다"고 不好學하는 時俗을 개탄했던 것이다. 그는 남에게서 배우고 남에게 묻기를 부끄러이 여기지 않았고, 下問함도 不恥(불치)했던 분이었다. 三人行이면 배울 사람을 찾고, 배우기를 즐겨 忘食 忘憂(망식망우)했을 뿐 아니라, 자신의 늙어감도 잊을

정도요, 自身이 德을 닦지 않을세라 學을 게을리 할세라, 늘 걱정했던 분이다. 生而知之(생이지지)는 커녕 多學而識者然(다학이식자연)하지도 않았으며, 오로지 好古敏以求知(호고민이구지)하는 사람으로 自處(자처)했던 분이다. 그리고 聖人도 常師(상사)없었음을 후세에 그 본을 남겼고, 만년에 周易(주역)에 心醉(심취)하여 韋編三絶(위편삼절)이란 古事成語(고사성어)를 만대의 후진에게 물려주었으니, 凡常(범상)한 才稟(재품)을 가진 우리네 보통 사람이야 오직 困而知之(곤이지지)로 평생 好學 精進(정진)하는 길이 남아있을 뿐이겠다. 즉 平生 大學院에 적을 두고 終生(종생)의 學生이 되는 것이다.

人生大學院은 평생의 학원이니 學制(학제)가 없다. 들고 남이 학생의 任意(임의)요, 입학 자격요건이 있을 理 없다. 학문에 畢業(필업)이 없는지라 졸업장이 없으며, 간판을 위한 학업이 아닌지라 학위가 있을 수 없는 것이다. 도서관에 산적해 있는 책이 바로 내 책이요, 우리 책이 아닌가.

孔子 같은 성현도 常師(상사)를 고집치 않았거니, 한 스승, 한 學脈(학맥)에 집착함이 없이, 東西洋(동서양)을 逍遙(소요)하며 古今의 典籍(전적)을 涉獵(섭렵)하며 悠悠自適(유유자적)함이 어떠하랴.

평생을 배우는 사람으로,
남을 위함이 아닌 爲己(위기)의 학도로,
머리 공부만이 아닌 마음공부 즉 心學(심학)의 학도로,
人生 大學院 학생이 되는 것이다.

舍廊文化(사랑문화)

시속에 따라 人情(인정)도 변하고 物情(물정)도 바뀌고 風物(풍물)
도 사라지기 마련이니, 지난 반세기에 우리 생활, 우리 文化에서 거
의 종적을 감춘 것이 허다하다. 그런 것 중에 잊을 수 없는 것이 하나
있다. 舍廊(사랑)이다. 그 舍廊文化(사랑문화)다.

소위 개화기로부터 乙酉(을유) 해방과 6.25 동란에 이르는 그 격동
의 반세기는 우리의 문화 전반을 근저부터 흔들어 놓았으니, 內室(내
실)과 舍廊의 別(별)이 없어지고 말았던 것이다.

우리 재래의 주택구조를 생각해 보면, 안방이 있는 안채와 바깥채
즉 舍廊채가 따로 있었고, 행세를 하던 이들은 노비들이 거처하는 行
廊(행랑)채를 별채로 지었으며, 이렇게 별채를 갖추지 않더라도, 夫
婦有別(부부유별)에 男女(남녀)가 또한 有別인지라, 內堂(내당)과 外
堂(외당), 內室(내실)과 外室(외실)의 別(별)이 엄했던 것이다.

안방과 舍廊 사이에는 보이지 않는 法道(법도)의 경계가 있어 成文
律(성문률)보다 더 엄한 不文律(불문율)이 지켜졌었다. 夫婦(부부)가
一體(일체)이되 異房(이방, 방을 따로 씀)하는, 즉 樂而不淫(낙이불
음)하는 절제의 美學(미학)이 여기 살아 있었고, 內間事(내간사)는 안

어른이 주재하고, 外間事(외간사)는 바깥 어른이 전담하여, 상호 불간섭주의로 內外의 主權(주권)을 침해하지 않았다. 시체 말을 빌면 二權分立(이권분립) 원칙을 준수했던 것이다. 그러나 대외적으로는 舍廊이 靑瓦臺(청와대)요, 가부 동수로 중대사를 결정할 경우에는 家長(가장)의 재량에 따랐던 것이다. 이리하여 안방은 아낙네들의 세계를, 舍廊은 남정네들의 세계를 영위하며 우리 句麗人(구려인) 특유의 內外文化가 형성되었던 것이다.

子女를 양육하며 一家(일가)의 滋養(자양)을 供(공)하는 것이 內堂(내당)의 본분이었으니, 뒤주의 열쇠는 당연 內堂 마님 차지일터이고, 內房文化(내방문화)가 혈연중심인 內緣性(내연성)文化인데 반하여, 舍廊文化(사랑문화)는, 친인척은 물론, 타성과의 교섭에 의한 남성 중심의 外緣性(외연성) 文化라 하겠으니, 舍廊은 일종의 Local Community Center요 Cultural Center였으며, 왕왕 Free Country Inn이기도 했던 것이다.

배고픈 乞客(걸객)과 신원 불명의 過客(과객)이며 密敎(밀교)의 전도사도 새우잠을 자고 가고, 쫓기던 東學徒(동학도)며 우국 충렬의 思想家(사상가)도 쉬쉬하며 묵어갔고, 한 많은 소리꾼과 절름발이 환쟁이며 등짐진 붓장수도 무료 일박이요, 불우한 詩客(시객)이며 초속한 山林處士(산림처사)들도 詩酒(시주)로 하룻밤을 유하던 곳이 바로 이 舍廊이 아니었던가.

舍廊이야말로, 오 갈곳 없는 나그네의 refuge(피난처)요, 時局(시국)을 통탄하는 비분강개의 토론장이며, 仁義(인의)와 忠孝(충효)의 강당이었고, 子姪(자질)의 私塾(사숙)이었으며 詩書畵(시서화) 風流(풍류)의 멋진 亭子(정자)이기도 했던 것이다.

그러나, 오늘날 남은 것이 무엇인가. 舍廊은 구둘이 내려앉고 축대가 무너지고 고래등 같던 舍廊채는 폐허가 되고, 산악처럼 우러러보던 남정의 威勢(위세)는 안방 마님 Master Bedroom의 더부살이 신세로 전락하고 말았던 것이다.

　헛기침 소리만으로, 지팡이 소리만으로, 재떨이 몇 번 장죽으로 치는 것으로, 떠들썩하던 안채가 쥐 죽은 듯 조용해지던, 그 威風(위풍)은 찾을 길이 없다. 아, 현대 남성의 몰골이라니. 우린 너무나 많은 것을 잃지 않았는가. 정작 잃어야 할 것은 무엇이며 되찾아야 할 것은 무엇인가.

　舍廊을 되찾아 보자.

　舍廊의 體統(체통)을 되찾아 보자.

　Master Bedroom에는 Permanent Resident로서의 적은 두되, 무단 포기했던 본원의 그 男性國籍(남성국적)을 단호히 회복하는 것이다. 나를 되찾는 일이다. 남성의 Identity 말이다. 정신적 Masculinity 말이다. 남성의 꿋꿋한 意氣(의기) 말이다.

　안방은 情(정)의 거처로 족한 것이다. 舍廊은 뜻을 키우는 곳이다. 情이 과하면 心地(심지)가 약해진다.

　자, 집집마다 舍廊房(사랑방) 하나씩 꾸며보자. "舍廊"이란 현판을 큼직히 그 門楣(문미)에 모시는 것이다. 향수내가 풍기는 "사랑방"이 아니다. 송진내가 물씬 나는 그 舍廊 간판을 내 걸고, 당당한 丈夫(장부)의 처소임을 공고하는 것이다. 뜻에 살고 義(의)에 죽는 大丈夫(대장부)의 舍廊임을 만방에 선포하는 것이다. 그리하여 허물어진 그 舍廊文化의 中興(중흥)을 다짐해 보지 않겠는가.

倭人(왜인) 書齋 巡訪帖(서재 순방첩)

이런 장면을 상상해 보자.

어느 젊은 기자가 당대의 碩學(석학)을 방문케 되었다.

使童(사동)의 안내로 書齋(서재) 앞에 당도했을 때, 뜻밖의 毛筆(모
필) 橫額(횡액)에 압도되어 저도 모르게 발걸음이 멎었다.

不讀千卷書者無得而入此室(부독천권서자무득이입차실)

순간, 이에 萎縮(위축)된 젊은 기자는 이 懸板(현판)을 우러러 멍하
니 서 있었다. 文意(문의)를 미처 깨치기도 전에, 賤俗(천속)한 雜人
(잡인)의 犯接(범접)을 금하고 있음을 직감했기 때문이다.

不讀 千卷書者 無得而入 此室

일견 생소한 글귀였다. 다년 고전을 가까이 해온 그였건만, 그 뜻
을 대충 파악한 것은 두어 차례 吐納(토납 : 심호흡)을 하고서 다소
마음이 가라앉은 뒤였다.

천권의 책을 읽지 않은 자 이 서실에 들지 말지어다.

그는 선채로 붙박이 돌부처가 되었던 것이다. 잠시 후 서재의 문이 조용히 열렸을 때, 또 다시 소스라쳐 놀란 이는 물론 이 젊은 기자였다.

"왜 들어오지 않는가?"
"…아니, 아…, 저…저 글이 도무지…"
"허 허 허, 그 문지기에 놀랐던가? 허 허 허 놀라기만 해도 다행일세. 이번엔 내가 용서함세."

이리하여 노(老)학자의 서재에 入室(입실)이 許(허)해졌던 것이다.

이 일은 어느 일본 기자의 懷古談(회고담)이다. 이 書室(서실) 주인의 自慢(자만)을 꾸짖을 것인가. 진실로 天下를 傲視(오시)할만한 학자가 있다면, 도리어 무릎을 꿇어도 좋으리라.

千卷書란, 잊지 말자, 발길에 채이는 身邊雜記(신변잡기)나 저속한 통속 소설류도 아니며 허울 좋은 best seller도 아니다. 평생 모아온 學術(학술) 論著(논저)요, 累千年(누천년) 인류 문화를 支撐(지탱)해 온 古典(고전)인 것이다.

자, 그러면 우리도 학자의 書室(서실)을 巡訪(순방)해 볼거나. 일본 책 〈나의 서재 I · II〉(1977)에 약 30명의 일본 학자들이 소개돼 있기로 倭人 書齋 巡訪帖(왜인 서재 순방첩)을 엮어 보았다. 독서인을 위해서 書癡(서치)를 위해서. 거개가 대학 강단에 적을 둔 문학자들이나, 경제학, 심리학 등 사회과학자도 있고, 수학자, 공학자, 야금학자, 도예가에 서점주인 등 다양한 분야에 各(각) 一家(일가)를 이룩

한, 넓은 의미의 문필가들이다.

1. **출생연대** : 1800년 말에서 1920년대

2. **藏書(장서)** : 대부분 10,000권 이상 70,000권 소장. 서실 하나
로는 부족하므로 예외없이 서실을 몇 개 쓰거나,
書庫(서고)를 몇 개씩 따로 가지고 있고, 鐵筋(철
근)으로 書庫(서고)를 지은 이도 있음. 井上(이노
우에)라는 학자는 200,000권의 소장 도서가 있었
다 함.

3. **奇癖(기벽) 및 逸話(일화)**
向坡氏(1897년생, 경제학, 사회주의자)
장서 50,000~70,000. 서재는 인생에 가장 오래 머문 곳. 그러나
어느 책이 어디에 있는지 거의 앎.

중학교 삼학년 때, 서점을 출입하다 외상값이 늘게 되자 주인이 아
버지에게 청구서 보냄. 혼이 났음. 그러나 이 버릇은 종신토록 고치
지 못해 외국 유학시에도 책 빚이 많았음.

친히 지내던 외국 서점 주인이 종전 후에 편지가 왔다. 그 내용인
즉 "向坡가 살았는가 죽었는가. 살아 있거든, 옛날 책값은 탕감할 터
이니 다시 거래하자"고.

"책이 몇 권이나 있느냐구요? 물을 때마다 50,000권이라고 20년
간 같은 답을 하지요. 이 책을 모두 읽었느냐구요. 책은 생각하기 위
해 있는 겁니다."

桶口氏 (1909년생, 고고학자)

책은 자기의 생명. 서재를 대대로 淸齋(청재)라 함.

학생시절부터, 잠은 다섯 시간. 새벽 네 시부터 아침 아홉시까지 자고 저녁 먹은 후에는 일절 食飮(식음)을 전폐. 대개 책이 어디에 있는지 알고 있으나 필요한 책을 찾지 못할 때는, 서점에 뛰어가 다시 사서 봄. 결과는 같은 책이 여러 권 쌓임. 근 50년간 서재를 정리 한적이 없음. 학자로서, 평생 삼분의 이를 여행. 그러므로 호텔에서 집필. "호텔 서재"라 함.

系川氏(1912년생, 공학박사)

전공 외에 취미 다양. 문학, 무용에 첼로도 연주.

당시의 학자들과는 달리 서재에 집착이 없음. "온 세계가 나의 서재지요. 서재에서 벗어나 적극적으로 밖의 세계에 뛰쳐나가야지요. 여행 중에는 마음에 드는 책이면 세 권쯤 사서, 보존용을 한권 두고는 나머지는 여행 중에 읽으면서 차중에 두고 내립니다. 책은 읽고 싶을 때 읽고 남을 위해서 버려야지요. 음식도 먹고 싶을 때 바로 먹고, 책도 보고 싶은 것은 그 자리에서 사지요. 책값은 다른 물가에 비하면 얼마나 쌉니까? 매월 외국에서 우송되는 책만도 서른 권이 넘지요."

河盛氏 (1902년생, 불문학자, 문예평론가)

"나는 난독파요, 향락파지요. 책은 즐겁게 읽어야. 누워서 책을 읽기를 좋아하지요. 서재는 일년에 한 번쯤 정리하는데, 뜻 밖에 이런 책이 있었던가! 하고 놀랄 때가 많습니다. 독서인의 즐거움이 이런 거지요. 내가 경도대학에 다닐 때는 고서점을 거의 매일 드나들었는데 어느 서점에 무슨 책이 어디 있는지 거의 알고 있었지요. 그리고 저는 장서 취미는 없고, 초판이나 호화장정에는 관심이 없습니다."

南條氏(1908년생, 경제학자, 역사 소설가)

서재에는 별로 관심 없음. 독서는 응접실에서. 리서-취는 서고에서. 원고는 萬年床(만넨도꼬)에서 엎드려서 씀. 학창시절엔 책 탐이 있어서, 아침 점심은 먹지 않고 저녁 일식으로 책을 샀음. 그 중에 어느 외국 소설가의 전집을 샀다가 돈이 궁하여 팔았던 것을 20년 후에 바로 그 전집을 다시 산적이 있음.

"나는 술도 않고 기박에도 관심이 없고, 품행이 단정한 편이지요. 하 하 하. 가장 즐거운 것은 학문이라 할까요. 여자도 한 때 방탕하고 보면 싫증이 나지요. 학문보다 더 즐거운 게 없지요."

荒氏(1913년생, 문예평론가, 공산주의자)

"서재란 부엌일 수도 있고, 거실이라도 좋고, 침실이어도 상관없지요. 내가 아는 언어학자는 변소와 목욕탕에서 주로 책을 읽은 분입니다. 독서도 마찬가지지요. 추리 소설은 거꾸로 읽기도 합니다. 나는 공산주의자지만, 공산주의 일변도의 생활을 하지는 않지요. 交遊(교유)는 다양합니다. 인간은 상대적인 동물이어서 사물의 한계성을 벗어날 수 없지요." 원고는 주로 서고에서. 그리고 서고의 정리를 위해 조수 한 사람이 있음. 공산주의로 일년간 투옥되었을 때, 읽을 책이 없어 고민하던 중에, 간수 몰래 "英和(영화)사전"을 구하게 됨에 이 사전을 송두리째 암기했음.

植草氏 (1908년생, 문필가, 영화평론가)

"江戸趣味人(애도 취미인)"이라 불리기도 함.

그는 書齋(서재)라기보다 書庫(서고)라 하며, 자고 읽고 쓰는 곳이다. 한때는 창고로 매월 12,000앵 씩 내기도 했음.

그의 일기에 어느 달 책을 산 기록이 다음과 같다.

1일	불란서 문학사전		
2일	2권	16일	15권
5일	3권	17일	15권
10일	20권	19일	10권
11일	7권	20일	11권
12일	6권	23일	27권
14일	17권	24일	10권

도합 144권

일 년에 한 번쯤 정리하려고 하고 있으나 여의치 않음. 때로는 필요한 책을 찾기에 밤을 새움. 매년 4개월간 New York에 여행하는 버릇이 있음. 그 간 New York에 세 번 갔을 때 사들인 책이 물경, 6,000권이란다.

池田氏(1914년생, 국문학자, 민속학자)

젊을 때 "벌거벗은 風土記(풍토기)"란 책이 best seller가 됨에, 그 인세로 서재를 만들고 이를 "裸漢洞(나한동)"이라 했음. 어디에나 책을 늘어놓는 버릇이 있어, 낭하 계단 할 것 없이 책으로 난잡했으며, 별채에 서고를 둠. 그간 공동편저를 포함해서 저술이 100권을 넘어 거의 等身大(등신대).

초판이나 稀覯本(희구본)을 모으는 취미는 없고, 책을 감당치 못해 두어 차례 처분했으나 돈을 받지는 않았음. 책을 써서 생활하는 사람으로 珍本(진본)이라해서 비싸게 돈을 받는 것은 수치로 생각함. 약 20년간 오전 4시 반에 일어나 종일 裸漢洞에서 책을 읽거나 글을 씀. 대학교수로서 연간 100,000앵의 책대가 나오고 있으나, 이를 쓴 적은 거의 없음. 책은 내 돈으로 사서 내 책으로 공부하고 싶음.

加藤氏(1898년생, 도예작가, 도기 대사전 편찬)

도예가이므로, "나는 서재의 인간이 아니라 陶窯(도요)의 사나이지요. 학문과 예술의 차이는 결국, 지식의 세계와 감각의 세계의 차이지요."

탐이 나는 책은 눈에 띄었을 때 흥정하지 않고 그 자리에서 삼. 서재는 책으로 덮여있어 앉을 자리도 없음. "특히 침실에는, 지금은 내 서재로 쓰고 있습니다만, 아무도 손을 대지 못하게 했죠. 지금 침실에 있는 책은, 캄캄할 때도, 어느 책이 어디에 있는지 손으로 더듬어 찾아내지요."

楠本氏(1922년생, 俳人)

書庫(서고)가 셋. 소 도서관임. 서고에서 책을 찾아주는 이는 그의 부인. 혹 찾지 못하면 바로 또 한권을 삼. 서재는 그의 집필실. 그러므로 타인의 출입을 엄금. 글은 여행을 자주하는 탓으로 차 중에서도, 비행기 내에서도 원고지를 펼치고 글을 씀. 책은 초등학교 시절부터 자전거로 고서점 출입. 지금도 이 때 샀던 책이 서고에 있음.

"금년에 낸 책이 벌써 열권인데, 금년 내로 열권 더 낼 예정이지요."
"글을 쓰는 일도 중요하지만, 책을 읽어야 한다는 강박관념에 시달리고 있고, 그래서 눈이 나빠지면 어떻게 할까고 늘 걱정인데, 이 때문에 안경을 사는 버릇이 생겨서 벌써 안경이 쉰 개가 넘는답니다." "저는 가끔 일 년에 10,000 page 이상 독서할 것을 권합니다. 독서는 精神(정신) 美容(미용) 體操(체조)라고 생각합니다.

田辺氏(1905년생, 서점 주인, 작가)

서재가 침실이다. 누워서 읽고, 요 위에 이불 덮고 엎디어 글을 씀. 초등학교 이학년 때부터 책에 미쳤기 때문에 집안에서 책방 주인이 될 것이라고 했음. 그는 어느 영화에 출연하게 되었는데, 어느 call girl에게 얻어맞아서 산더미 같이 쌓인 책 위에 넘어지는 역할을 맡게 되었으나, 감독에게 "책 위에는 엉덩방아는 찧지 않겠어요. 책은 내 생명이니까요."하고 단호히 거절했다 함.

다음에는 句麗人 書齋 巡訪帖(구려인 서재 순방첩)을 엮어 볼거나. 태평양 건너 저 두고 온 山河(산하)를 누비며.

不讀 千卷書者 無得而入 此室이 저 矮小島人(왜소도인)의 風度(풍도)라면, 高句麗 學者의 門楣(문미)에는, 千卷書가 아닌 萬卷書로, 不讀 萬卷書者 無得而入 此室이란 橫額(횡액)이 이 洋間島(양간도) 書生(서생)을 기다리고 있으려나.

일 만권 책을 읽지 않은 자, 이 서실에 들지 말지어다.

先山(선산)(1)

시절은 벌써 九月.
쉬 秋夕(추석)이란다.
이맘때면 버릇처럼 달력을 드려다 보곤 한다.
老伴(노반)에게 수다스레 묻기도 하고, 안경을 걸치고 음력이 적혀
있는 달력을 나날이 짚어 보기도 한다. 秋夕이 어느 날인가 하고.

二十四節氣(절기)로는 秋分(추분) 무렵이다. 白露(백로)가 지나고
寒露(한로) 전에 秋夕이 든다. 秋夕은 우리네 歲時名節中(세시명절중)
의 명절이다. 한자로는 嘉俳(가배)라 적고, '가위' 또는 '한가위'라 했
으니, 一年中 큰 名節이기 때문이다.

秋夕이라면 먼저 생각히는 것이 무엇인가. 감 감나무 감골 생각이
난다. 송편도 잊을 수 없는 것이다. 감은 우리네 句麗人(구려인)의 情
(정)이며 萬古(만고)의 가을 風情(풍정)이 아닌가. 아낙네들의 손자국
이 묻어나는 그 송편, 솔잎내 나는 그 감칠맛이라니. 휘영청 中天에
뜨신 八月 보름달. 연중 어느 달 보다 밝다해서 秋夕이랬단다. 그러
나 정작 내 뇌리에 깊숙히 자리잡고 있는 것은 두고온 내 고향이요, 先
山(선산)인 것이다.

故鄉(고향)이란 내가 나서 잔 뼈가 굵은 곳이라고들 한다. 무언지 섭섭한 辭書的(사서적) 해석이다. 先山이 있기로 내 고장이요, 내 故鄉이 아니겠는가. 先山이란 累代(누대)의 祖上이 묻혀있는 곳이다. 그러게 先塋(선영)이라고도 했던 것이다. 우리네 父祖(부조)가 여러대를 두고 世居(세거)해왔던 곳이요, 후손을 위해 一生一代를 경영하시다 묻히신 곳이다. 그러기에 故鄉이요 故土며, 故里요 故山이라고도 했던 것이다.

故國을 떠난 지 어언 三十三年. 까닭 모를 이 謫配(적배)의 땅 亞米利加(America)에 반평생을 살아온 셈이다. 十年이면 강산도 변한다 했거니, 어느 故鄉인들 옛 같으랴. 몇 년만에, 때로는 十年만에 찾아간 "내 고장 七月은 청포도가 익어 가는 시절"도 아니요, "해설피 금빛 울음"을 우는 황소는 찾을 길이 없다. 옛 살던 초가도 헐리고 門外拜(문외배)를 받으실 어른들 다 뜨시고, 옛 이웃도 가고 人情(인정)도 가고. 분명 내 그리던 故鄉은 아니었다. 그러나 이 얼마나 기찬 慰藉(위자)인가, 先山이 거기 있다는 것은. 마을 건너 솔밭 넘어, 이 골짝 저 등넘어 十餘代(십여대) 어른들이 계시다는 것은 얼마나 눈물겨운 淸福(청복)인가. 죄 많은 이 무릎을 그 묏뜰에 꿇으면, 들리는 것은 朝鮮(조선)솔 그 솔바람 소리와 어메 할매 한숨 소리며, 아배 할배 기침 소리 지팡이 소리. 異邦(이방)의 山河(산하)를 유리하는 이 耳順(이순)의 나그네는 눈물도 잃었었다. 뉘 꾸짖을 것인가 이 洋間島(양간도) 流民(유민)을, 눈물을 모른다해서. 어금니로 울어본 사람은 안다.

先山은 永遠(영원)하다.
先山이 있기로 내 고장이 있다.
先山이 있기로 내 祖國이 있는 것이다.
先山은 永遠한 내 心鄉(심향)이다, 마음의 고장인 것이다.

先山(선산)(2)

先山이란 글을 쓴 적이 있다.

내 단독으로 간행했던 인문 종합지 "四海"의 "卷尾 隨想"에 바쳤던 것이다. 이 글의 末尾(말미)만을 옮겨 본다.

故國을 떠난 지 어언 三十三年. 까닭 모를 이 謫配(적배)의 땅 亞米利加(America)에 반평생을 살아온 셈이다. 十年이면 강 산도 변한다 했거니, 어느 故鄕인들 옛 같으랴. 몇 년만에, 때 로는 十年만에 찾아간 "내 고장 七月은 청포도가 익어 가는 시 절"도 아니요 "해설피 금빛 울음을 우는 황소"는 찾을 길이 없 다. 옛 살던 초가도 헐리고 門外拜(문외배)를 받으실 어른들 다 뜨시고, 옛 이웃도 가고 人情(인정)도 가고. 분명 내 그리던 故 鄕은 아니었다. 그러나 이 얼마나 기찬 慰藉(위자)인가 先山이 거기 있다는 것은. 마을 건너 솔밭 넘어, 이 골짝 저 등 넘어 十 餘代(십여대) 어른들이 계시다는 것은 얼마나 눈물겨운 淸福(청 복)인가. 죄 많은 이 무릎을 그 묏 뜰에 꿇으면, 들리는 것은, 朝 鮮(조선)솔 그 솔바람 소리와 어메 할매 한숨 소리며, 아배 할 배 기침소리 지팡이 소리. 異邦(이방)의 山河(산하)를 流離(유 리)하는 이 耳順(이순)의 나그네는 눈물도 잊었다. 어금니로 울어본 사람은 안다.

　先山은 永遠(영원)하다.
　先山이 있기로 내 고장이 있다.
　先山이 있기로 내 祖國이 있는 것이다.
　先山은 永遠한 내 心鄕(심향)이다, 마음의 고장인 것이다.

꼭 십년 전에 쓴 것이다.
　몇 차례 읽어 보았다. 남의 글처럼, 남의 인생인양. 그 때 내 나이 육십 중반이었다. 고국을 떠난 것이 서른을 갓 넘은 때였던지라 내 육십 평생의 절반 이상 異邦(이방)의 山河를 流離(유리)했었으니, "無題"란 單首에 이런 詩가 있다.

　음력으로 生을 받아
　양력으로 환생하여

　朝鮮(조선)땅에 三十年
　洋間島(양간도)에 四十年을,

　無斷(무단)히
　섭한 마음에
　萬歲曆(만세력)을 뒤지오

이어서 先山 時調 六首를 더 옮겨 본다. 連作(연작)이 아니다. 複首(복수)도 아니다. 單首로 쓰인것이다. 遊子吟(유자음)은 單首가 호흡에 맞나보다.

진달래 베개하고
솔 바람 들으시며

跌宕(질탕)한 자식이라
외면하고 계시는가,

꾸지람
하늘 같아라
등을 치는 솔 방울
        *****
윤 二月 보리 고개
산지기 어디 가고

배고픈 한 나절을
졸고 있는 삽살개,

구구구
멧 비둘 소리
후둑이는 진달래여
        *****
열 여섯 더벅머리
까닭 모를 죄인이라

몸 둘 곳 바이없어
서성이는 이 뫼 저 뫼,

열두 살
산지기 딸년
映山紅(영산홍)아 映山紅.
　　　*****
산지기 훌쩍 뜨고
삽살 개도 간 데 없고

주인 없는 감나무에
한가위만 익어가고,

한 평생
風月(풍월)턴 분이
床石(상석)없이 제 계시고
　　　*****
십년 세월 죄만 같아
뫼 뜰 짚고 우러르니

立春節(입춘절) 殘雪(잔설) 이고
어메 봉분 따사코녀,

흘러간
그 나날이

春窮(춘궁)처럼 아려오네.

*****

포성은 향방없이
동네 방네 뒤 흔들고

산지기 간 곳 없이
볼 붉은 감이 하나

한 가위
창창한 하늘
비행운에 떠 가네

그 후, 허위허위 칠십 고개를 바라보며, 다음과 같은 "思母曲(사모곡)" 한 首를 바쳤으니,

이 자식 젊은 날을
천방 지축 떠돌아도
사철을 하루 같이
사립 열고 계셨지요,
등 굽은
옇七이외다
당신 뜰에 누우리까

이제 고국을 떠난 지 어언 사십년, 숨 가쁜 칠십 중반을 넘어선 오늘, 先山에의 내 向念(향념)은 어떤 것인가. 故 金素雲(소운) 先生은,

만년에, 素雲을 巢雲(소운)으로 고쳐 썼다거니와, 십년 세월을 격한 오늘의 내 심경은 분명히 변한 것이다.

　내 고향 내 先山은 "마음의 고장"만이 아니다. "영원한 心鄕(심향)"일 수만은 없다. 한갓 감상적 그리움의 대상이 아니라, 이젠 回歸(회귀)의 心向處(심향처)로, 이 遊子(유자)의 歸心(귀심)을 무시로 재촉하는 것이다. 人間 到處(도처)에 어디라 靑山이 없으랴만, 십여년전 "葉落歸根(엽락귀근)이란다. 어쩔래? 이젠 돌아와야지"

　하시던 門長의 말씀이 이따금 내 腦裏(뇌리)에 되살아나곤 하는 것이다.

　어머님께,

　　"등굽은
　　望八(망팔)이외다
　　당신 뜰에 누우리까"

　하고, 여쭤 보아야겠다. 내 고향 鎭嶝(진등) 東麓(동록)에 계시는 어머님께.

和顔悅色(화안열색)

顔施(안시)란 글을 쓴 적이 있다.
그 글 일부를 옮겨 본다.

　顔施(안시)와의 邂逅(해후)가 어디서였던가. 아마 十五六年
前 法頂(법정)스님이 쓴 어느 글에서였을 것 같다. 일반 대 사
전을 두 권이나 뒤져 보아도 수록돼 있지 않다. 참 섭섭하다. 다
시금 우리 辭書(사서)의 貧弱(빈약)함을 痛嘆(통탄)치 않을 수
없다. 그러나 顔施의 出典(출전)을 찾지 못했음이 저윽이 섭섭
하기는 하나, 或如(혹여) 顔施가 前無(전무)한 말이라면 내 文
筆하는 사람으로 이 含蓄無盡(함축무진)한 말을 창제한 명예를
마다하지 않을 것이요, 顔施의 뜻을 굳이 어설픈 사전에만 기
대할 바도 아니다. 그리 어려운 말이 아니기 때문이다, 顔(안)
은 얼굴이요 施는 布施(보시)한다는 뜻이니, 顔施는 한말로 "얼
굴 보시다". 배고픈 이에게 밥을 주는 것이 食施(식시)라면 顔
施는 얼굴로 베푸는 것이다. 그 출전이나 종교적 含意(함의)가
어떠했던 간에, 顔施라는 말의 그 字意(자의)와 그 趣意(취의)
자체가 귀한 것이라면 이를 우리 일상생활의 보편한 덕목으로
삼아 손색이 없을 것이다.

顔施는 빙그레 웃는 얼굴, 소리 없는 供養(공양)이다. 늙은이 젊은이 長幼(장유)도 없다. 누구에게나 베풀어 親疎(친소)의 別(별)도 없다. 언제나 어디서나 無時施(무시시)요, 無處施(무처시)다. 顔施는 純(순)한 마음, 和顔(화안)이요, 怡顔(이안)이며 溫顔(온안)이다. 결코 奸巧(간교)한 웃음이 아니다.

顔施(안시)의 出典(출전)을 찾지 못해 애를 쓴 것은 사실이었다. 그러던 중에 故 李圭泰의 "스마일 파업"이란 破格的(파격적) 글을 읽다가 뜻 밖에도 나의 十年宿滯(숙체)가 풀렸던 것이다.

顔施의 출전은 雜寶藏經(잡보장경)이요, 顔施는 無財七施(무재칠시)의 으뜸이라고 한다. 재물보시인 財施(재시), 佛法布施(불법보시)인 法施(법시), 그리고 두려움을 없애주는 無畏施(무외시)를 일러 三種施(삼종시)라하고, 無財七施의 항목을 들어보면,

眼施(안시)-눈으로 하는 布施
和顔悅色施(화안열색시)-부드럽고 기쁜 표정으로 하는 것.
言辭施(언사시)-말 보시
身施(신시)-몸으로 베푸는 것.
心施(심시)-마음으로 하는 보시
座上施(좌상시)-자리로 베푸는 보시
房舍施(방사시)-잠자리를 베푸는 보시

이를 크게 유별해 보면, 無財施 財施 法施 無畏施의 四種施로서, 法施와 無畏施는 形而上의 境界(경계)로 범상인으로는 쉽게 접할 수 없

는 것이겠으나, 財施와 無財施는 形而下의 것이니, 財施는 속세간에서 행해온 시주에 속하는 것이며, 無財七施(무재칠시) 중 유독 필자의 눈길을 끄는 것은 和顔悅色施다. 顔施란 말은 佛典(불전)에는 없는 것인 듯, 아마 眼施와 和顔悅色施를 후세의 사람들이 顔施라 칭한 것이 아닌가 한다. 眼施와 心施도 좋거니와 和顔悅色施란 얼마나 귀한 것인가.

和顔과 悅色으로, 온화한 얼굴과 기쁜 표정으로 베푸는 것이다.

이 和顔悅色이란 말을 처음 대하게 된 것은 東京 市長을 지낸 바도 있는 소설가 石原愼太郎의 글에서였으니, 그 내용은 대충 다음과 같다.

불치의 병으로 오래 병원에 누웠다가 세상을 뜬 그의 아버지는 의사나 간호원은 물론 다른 병원 직원들 사이에 "아주 인기 있는 노인"이었단다. 그 이유는 직역하면, "아주 좋은 얼굴"을 가지고 있었다는 것이다. 결코 미남이란 뜻은 아니다. 멋쟁이 노인이어서 그런 것이 아니다. 그의 표정 그의 순연한 모색에 감동했던 것이다. 즉, 그의 和顔과 悅色에 반했던 것이다. 그는 삭막한 병원 일실에서, 온화한 얼굴과 기쁜 표정으로 생을 마친 늙은이었다고 한다. 그리 쉬운 일은 아니다. 그러나 생각해 볼 일이다.

내 얼굴은 타고났으되,
내 표정은 나의 소치다.
和顔이냐 怒顔(노안)이냐는 내게 달려 있는 것이다.

悅色이냐 怨色(원색)이냐는 각자의 책임이 아닌가.

人世의 最惡(최악)의 公害(공해)는 怒顔怨色(노안원색)이다.
人世의 最善(최선)의 施惠(시혜)는 和顔悅色(화안열색)이다.

새해부턴 보시 좀 해야겠다.
돈 한 푼 안 드는 이 無財施(무재시)말이다.
和(화)한 얼굴로, 기쁜 표정으로.

한 가정이, 한 사회가 한결 밝아지렷다.
온누리가 한결 더 밝아지렷다.

市隱山(시은산)이 제 것이로소이다.

驛馬煞(역마살)이 끼었던가.

이 洋間島(양간도) 더부살이 四十年은 고사하고, 지난 오년간 이사가 퍽 잦았다. 한 해에 한 번 꼴이었다. 人生 七十의 生涯(생애)가 그리 順坦(순탄)치 못했던 것이다. 그러나 내게도 分外의 福이 없지 않았으니, 뜻 아니 "市隱山(시은산)이 제 것이로소이다." 내 이를 餘年(여년)의 淸福(청복)이라 한다.

'하늘 萬坪(만평) 사두었다'던 金元重 詩人이 생각히거니와 근년에 野山萬坪(야산만평)을 샀노라면 뉘 믿으랴. 더욱이 이 洋夷(양이)의 首都(수도) 근교에 말이다. 예로부터 한 치의 땅, 한 자의 地境(지경)을 다투어 온 이악한 이 爭畔(쟁반)의 人世에, 泰山一脈(태산일맥)의 壯山(장산)을 탐함은 과분한 것이로되, 다소곳 草家十餘戶(초가십여호)쯤 그 산자락에 품어주는 野山이 내 것이라면 虛慾(허욕)이라 꾸짖는 이는 많지 않을 것이다.

3931 Lyndhurst Dr. #304

Fairfax, Va. 22031
U. S. A.

아직도 낯 설은 내 주소다. 지난 일년 간 老伴(노반)과 함께 살아 온 속칭 칸도미니엄이다. 沒風情(몰풍정)한 洋間島 주소다. 그러나 내 어설픈 風水之明(풍수지명)으로 경건히 占福(점복) 卜居(복거)한 곳인 지라, 이로부터 市隱山 淸福이 내게 點指(점지)된 것이다. 이제 그 市隱山 由來(유래)를 밝혀본다.

Fairfax는 City of Fairfax라 칭하는, 인구라야 고작 四萬에도 못 미치는 小都市로, 首都인 Washington, D.C.와는 약 15마일 거리에 있다. 이런 小都市에 공원이 네 곳이나 있다. 그 중에 수목이 鬱鬱(울울)한 한 자연 공원이 있으니, 면적은 50 에이커, 萬步(만보) 平方이라하자. Daniel's Run Park란다. 沒風流(몰풍류)한 그 이름이 못 마땅하기로 海東의 好事家(호사가)께서 再 命名하시기를 '市隱山'이라 했것다, 그 멋이 자못 吟味(음미)할만 하지 않은가.

採根譚(채근담)에 大隱(대은) 隱於市(은어시)라 했던가.

超逸(초일)한 隱者(은자)는 저자에 숨나니, 市隱山의 그 風貌(풍모)가, 그 氣骨(기골)이, 그리고 저자를 끼고 村邑(촌읍)에 깊숙이 들앉은 품이 정히 大隱(대은)이시다.

岩石(암석)이 없는 土山이요, 그 緩慢(완만)한 山勢(산세) 또한 威壓(위압)함이 없어 情다웁고, 四時 울창한 松柏(송백) 없음이 자못 섭섭하기는 하나, 낙엽 叢林(총림)의 그 季節的(계절적) 風趣(풍취)가 松柏의 그것만 못하지 않다. 오솔길이 저자와 마을로 四通八達(사통팔달), 世俗(세속)을 향하여 豁然(활연)히 문은 열어 두었으되, 그 山精樹靈(산정수령)만은 무엄히 犯(범)치는 못하리라. 累百歲(누백세)의 아름드리 상수리 나무들. 齷齪(악착)한 人間百歲가 可笑(가소)롭단다.

> 市隱山은 내 道場(도량)이다.
> 雅俗(아속)을 兼全(겸전)한 만인의 道場이다.
> 禮佛(예불)도 없고 參禪(참선)도 없다.
> 목탁을 치는 이도 없고,
> 풍경소리도 없다.
> 들리느니
> 바람소리
> 낙엽 소리
> 그리고 간간이 지절대는 산골 물소리.
>
> 내 道伴(도반)은 충직한 靑藜杖(청려장) 뿐,
> 내 어쩌다 까닭 없이 心思 愁亂(수란)하여
> 명아주 지팡이 이끄는대로 飄然(표연)히 집을 나서면,
> 아, 藜杖(여장) 百步程(백보정)에 深山幽谷(심산유곡)이 있나니,
> 이가 市隱山이시다.
>
> 누구였던가.

옛 사람 글에,

風不錢(풍부전) 月不錢이라 했거니

風月(풍월) 아는 이면 市隱山 또한 不錢이라.

푼전없이 "市隱山이 제 것이로소이다."

古來로 靑山은 山을 좋아하는 이의 것이로소이다.

나의 淸福(청복).

自號 有感(자호유감)

晚翰(만한)이라 自號(자호)했다.

삼년 전이었던가. 高句麗(Korea Monitor)誌에 칼럼을 쓰면서, 언제부터였던지, 가끔 晚翰이란 號를 쓰기 시작했더니, 그 후 '春夏秋冬'이란 단독 칼럼을 쓰면서부터는 칼럼니스트로서의 대명사인양 내 姓名 三字 앞에 의젓이 자리 잡게 되었다.

글제를 自號有感이라 했으나, 실은 自號의 嘆(탄)이라 함이 더 좋을 것 같다. 自號란 제 號(호)를 제가 지었다는 말이니, 自號의 嘆이란 스스로 號를 지은데 대한 별난 恨歎(한탄)이겠으나, 내 솔직한 심경으로는 號를 받지 못한 남모르는 恨(한)이 도사리고 있는 것이다. 號를 받지 못했다는 것은, 내게 있어서는 師友(사우)의 緣(연)에 薄福(박복)했다는 것이다. 내게 號를 주실만한 스승을 모시지 못했고, 내가 號를 청할만한 知己之友(지기지우)가 없었다는 것은 내 一生一代의 一大 恨事(한사)가 아닐 수 없다.

晚翰이란 늦을 晚字에 붓 翰字가 아닌가. 늦게 붓을 들었다는 말이다. 늦게야 글을 쓰기 시작했고 늦게야 글을 발표하기 시작했다는 뜻이니, 한말로 늦깎이다. 늦깎이란 그 어원으로는 늦게야 중이 된 이

를 지칭하는 말로, 僧家(승가)에서도 그리 반가운 존재는 못될 터이
며, 소위 文壇(문단)이라는 旣成組織(기성조직)이 쌍수로 환영하기는
커녕, 그 출신 성분이며 문학적 소양을 자못 輕忽(경홀)히 여기는 경
향이 없지 않은지라, 솔직히 쓰자면, 이 晩翰이란 自號에는 늦깎이로
서의 自嘲(자조)와 自慢(자만)이—七分自嘲, 三分自慢이랄까—숨어
있는 것이다. 이 호는 실은 약 이십 년 전 '東西南北'과 함께 胚胎(배
태)된 것이다. '東西南北'은 이 異邦(이방)의 Virginia에서 낸 내 최
초의 文集(문집)이었고, 그러므로 晩翰은 文筆人(문필인)으로서의 내
自畵像(자화상)이라 해도 좋을 것이다. 그러나 그 淵源(연원)은 '東西
南北'을 낳게 한 내 왕년의 칼럼 '東과 西'였고 이 '東과 西'는 수필가
이신 尙村 韋辰祿 詞伯의 月刊 Korean News에 바친 칼럼이었으니,
어언 20여년 전 일로, 그때 五十客의 부끄러운 내 머리를 깎아준 분
이 바로 이 尙村先生이었다. 이에 늦깎이로서의 내 운명이 비롯한 것
이다.

號란 글하는 이의 멋이다. 雅趣(아취)다.
내게 처음으로 號를 물은 분은 淵民 李家源先生이시다. 師弟(사제)
의 義(의)는 없으나, 私淑弟子(사숙제자)로 존경하던 어른이었다. 팔
년 전이었던가, 고국 방문 중에 明倫洞(명륜동) 遲遲堂(지지당)을 찾
아가 뵈었을 때였다. 그 전에도 붓으로 自署(자서)하신 책을 몇 권 받
은 일이 있었으나, 그 날은 뜻밖에
"자네 號가 뭔가?"하고 물으신다.
약간 당황하기도 했고, 왠지 송구스러워
"예, 저--, 만--한이라고……
"무슨 잔가?"

"저 늦을 晩자에…"

"늦을 晩? 그럼 한은 무슨 잔가? 붓 翰잔가?"

"예, 그렇습니다."했더니.

먹을 가시더니 이내,

晩翰世友莞存(만한세우완존)

이라 毛筆自署落款(모필자서낙관)하신 貞盦文存(정암문존) 한권을 주시는 것이다.

종신 잊을 수 없는 일이다.

십년 전 일이다.

California에 사시는 篆刻家(전각가)요, 書藝家(서예가)이신 荷農 丈(하농장)께서, 爲晩翰이라 하시고 陶淵明(도연명)의 詩 한 폭을 써 주신일이 있었더니, 그 후 어쩌다 전화로 安候(안후) 여쭐 때면 "晩 翰"하고 불러주실 때의 그 투박한 咸鏡道(함경도) 語套(어투)에 이 慶 尙道(경상도) 後學(후학)의 기쁨이 어떠했는지 알 사람은 이 늦깎이 뿐이다.

근간에 號만으로 서로 부르게 된 平交의 知己를 두 분 얻었다. Vir- ginia주 Centreville에 사는 佛文學者 玄也(현야) 李容炫교수요, 또 한 그의 소개로 글로 許交(허교)해 주신 慕何(모하) 李憲祖 詩伯(시 백)이니, 고국의 漢詩社(한시사) 蘭社(난사) 同人이며 Korea Mon- itor와도 文字의 緣이 있다. 太平洋 건너 6000mile, 대륙을 隔(격)하 기 3000mile, 衛星(위성)을 타고 울려오는 "晩翰", 아! 그 소리. 十 年 故舊(고구)의 情이 통한다.

號의 世界는 文雅風流(문아풍류)의 境界(경계)다.

　　七十 中半을 허위허위 넘어 선 오늘.
　　父執(부집)의 어느 선비 계시어
　　내 부끄럽잖은 號 하나 주신다면
　　꼬장턴 이 무릎 꿇고
　　斑白(반백)의 머리 조아리며
　　엎디어 두 손 모아 받으리라.

春窮(춘궁)
—대추나무 새순 날 때 딸네 집에 가지마라—

'한글+漢字 문화'란 월간지가 있다.

수년간 정기 구독하고 있는 유일한 韓國語—단연 한글이 아님—정기 간행물이다. 금년 五月號에 洪光植氏의 時調 칼럼에, '故鄕無常(고향무상)'이라는 時調 三首가 실렸다. 그 첫 首 初章,

"풋보리 훑어 모아 풀죽 끓여 연명했다."

에 이어, 그 中章,

"대추나무 새순 날 때 딸네 집에 가지 마라"

에 이르자, '아, 春窮 春窮'하고 나도 모르게 歎聲(탄성)이 절로 나왔다.

벌써 양력으로 五月도 中旬.

꽃 한 철 피었단 지고, 異邦(이방)의 봄은 어느덧 濃綠(농록)의 늦은 봄이다. 타국 살이에 草草營營(초초영영)타가 節氣(절기)도 잊은 채 봄이 왔대도 春窮을 모르고, 陰(음) 七月 그 七窮(칠궁)도 잊고 살아온 것이다. 飢寒(기한)의 아픔을 모르고 산다는 것은 얼마나 다행한 일인가. 그러나 春窮七窮이 鄕愁(향수)인양 그리워짐은 어인 까닭인가.

  그 故鄕無常 전문을 옮겨 본다.

    풋보리 훑어 모아 풀죽 끓여 연명했다
    "대추나무 새순 날 때 딸네 집에 가지 마라"
    그 俗談(속담)
    아리게 맺혀
    어린 時節(시절) 눈물 난다.

    굶주려 주럭들고 추위 견딘 무명 홑 옷
    삼동의 기나긴 밤 무쪽 씹어 虛飢(허기) 쫓고
    가난에
    길든 이웃들
    서로 돕고 情(정) 나눴다.

    衣食住(의식주) 넉넉한데 고향 지킬 사람 없다
    등 굽은 村老(촌로)들만 양지에 모여 앉아
    행여나
    고운 손(客) 올까
    맞이 고개 凝視(응시)한다.

    *대추나무가 가장 늦게 봄 눈 튼다. 이 때가 春窮期(춘궁기) 막바지다.

이영도의 時調 한 首를 더 곁들여 보자.

麥嶺(맥령)
사흘 안 끓여도 솥이 하마 녹 슬었나
보리 누름 철은 해도 어이 이리 긴고
감꽃만 줍던 아이가 몰래 솥을 열어 보네.

제목은 '麥嶺', 속칭 '보릿고개'다.

秋穀(추곡)으로 간신히 겨울을 나고, 봄 들어 보리 이삭이 익기까
지, 그 배고픔이 오죽했으면 이를 '보릿고개'라 일렀겠는가. 이 '보릿
고개'의 어려움을, 이 '麥嶺'의 困窮(곤궁)함을 春窮이라 했던 것이다.
풋보리 풋바심으로 풀죽으로 연명했던 그 '보릿고개'. '대추나무 새순
날 때 딸네 집에 가지마라'라니. 이런 속담은 한두 해에 생긴게 아니
다. 수백 년, 아니 수천 년의 한숨이, 우리 할배 우리 할매의 恨(한)
이 숨어있는 것이다.

굶다굶다, 浮黃(부황)난 어버이 시집 간 딸네 집을 찾아갔으리라.
媤父母(시부모)를 모시고 있는 딸네 집을 말이다. 친정보다는 덜 窘
塞(군색)했을지도 모르는 딸네 집을. 그러나 春窮期(춘궁기)에 오는
손을 반길 사돈은 그리 많지 않았다. 땅 떼기나 부친다는 집도 '보릿
고개' 넘기기 어려움은 매 일반이었다.

받 어버이 사랑에 드셨다는 말씀을 들었을 때의 딸의 놀라움, 허리
굽은 안 어버이 소리 없이 부엌에 들어섰을 때의 딸의 심경은 어떠했
을까. 고작 하루나 이틀을 묵고 떠났으리라. 시어머님 몰래 쌀 한 됫

박을 동구 밖까지 내다주었는지도 모른다. 그리고 보라, 주린 배 견디다 못해 감꽃 따먹고, 행여나 솥뚜껑을 열어 보는 이 순한 머시마. 솥뚜껑 소리에 애간장이 녹아난 애미야 어찌 이 女流詩人(여류시인)만이었겠는가.

그러나 그땐 情(정)이 있었다. 배는 고팠으나 人情만은 살아있었다. 새 千年, 이 豊饒(풍요)의 21세기를 謳歌(구가)하는 오늘 날, '등 굽은 村老(촌로)들'이 '맞이 고개'에서 기다리고 있는 '고운 손'이란 누구인가. 무엇인가. 情이다. 豊饒(풍요)가 무참히도 앗아간 朝鮮 사람의 그 情이다. 春窮(춘궁)에 울던 春窮世代가 人情饑饉(인정기근)에 울고 있는 것이다.

끝으로, 내 思母曲(사모곡) 한 首를 읽어 보실까.

보리 누름 콩 밭 누름
春窮(춘궁) 七窮(칠궁) 못 잊히어

철철이 오옵니까
물 건너 산을 넘어,

아궁이
불기(氣) 있느냐
둘러보고 가옵니까

어쩌면 지금도 철철이 와 보시는지도 모른다. 이 만리 타국에 Electric Rice Cooker를 만져 보시고, 후유! 한숨 쉬시고는 훌훌히 돌아

가시는지도 모른다.

고향하면 춘궁이요
춘궁하면 어매 생각,
다시 한 번
넘고싶어라
그 고개
그 보릿 고개,

내 영원한 노스탈지아

妙(묘)한 恨事(한사)

실상 굳이 恨事(한사)랄 것도 없는 일이다.

艶事(염사)는 커녕, 뭐 그리 대단한 일이 나로 말미암아 있었던 것도 아니요, 내 무슨 못할 일을 하여 남의 怨(원)을 산 것도 아니니, 스스로 책해야 할 이유라곤 별로 없는 것이었다. 그러나 한 가닥 자책의 念(염)이 이십여년간이나 부질없는 내 心域(심역)에 무시로 되살아나곤 하는 것이다.

20여년 전인가 보다.

내가 California 주 Long Beach에 살고 있을 때였다.

그제나 이제나, 古書店(고서점) 行脚(행각)이 메마른 내 생활의 즐거움이었던지라, 내가 가끔 찾아가는 고서점이 있었으니, 'Acres of Books.' downtown에서 다섯 블록 북쪽으로, Long Beach의 중심 도로인 Long Beach Boulevard에 있었다.

아마 세계에서도 屈指(굴지)의 古書店이었을 것이다.

one acre라면 약 70미터 평방이라, 내 어릴 때 다니던 초등학교 운동장만하니, 다소 허풍을 쳤다더라도 이 'Acres of Books'의 크기나 藏書(장서)의 규모를 짐작하기 그리 어렵지 않을 것이다.

문을 열고 들어서자, 一瞬(일순) 내 視野(시야)를 가로 막는 書架(서가)와 百萬卷(백만권) 古書(고서). 놀랍다기보다 壓倒(압도)되는 것이다. 우리 秋史先生(추사선생) 예 계신다면, 文字香(문자향) 書卷氣(서권기)만으로도 陶然一醉(도연일취)하실 것이요, 燕岩公(연암공) 여기 듭시면, 아마 泰西第一好哭場(태서제일호곡장)이라 한 바탕 통곡치 않을 수 없으리라.

내가 첫 날 무슨 책을 뒤져 보았던지, 어떤 책을 샀던지, 전연 생각이 나질 않는다. 그러나 지금도 잊혀지지 않는 것은, 'Unsung Poets' 'Unsung Novelists'라는 도서 분류 표지였다. 그것은 내겐 충격이었다. 아, 'Unsung Poets' 'Unsung Novelists'라니. 20여년이 지난 오늘은 이른바 'Unsung Hero'니 뭐니해서, 'unsung'이란 말이 賤俗(천속)한 유행어가 되고 말았으나, 그날 그때까지 'Unsung Poets' 'Unsung Novelists'란 용례를 들어본 적도 없었거니와, 이런 식으로 분류하여 불우한 文筆人(문필인)의 책만을 따로 모셔놓은 古書店을 오늘까지도 나는 본적이 없다.

이제, 한 'unsung novelist'의 悲話(비화)를 소개해 본다.
한 불운의 소설가 哀話(애화)를 적어 본다.

백발이 星星(성성)한 初老(초로)의 신사.
'Acres of Books'의 단골 손님이시다. 옷은 단정히 입고 있으나 그의 窮色(궁색)은 감출길이 없다. 이름은 Charlie로 통한다. 아무도 그의 full name을 아는 이가 없다. 그는 매일 이 고서점에 온다. 주 7일, 일년 열 두 달, 삼백 예순 날, 하루도 거르지 않는다. 대개 매일 아침, 문을 여는 종업원과 같이 서점에 들어선다. 그는 도시 말이 없다.

"Hi, Charlie"하면,

"Mornin'"할 뿐.

서점에 전등이 모두 켜지기도 전에 그는 성큼성큼 서점의 동북쪽 구석으로 걸어간다.

'Unsung Novelists' section이다. 즉 무명 소설가의 소설만을 모셔둔 곳이다. 이 section은 누구보다도 잘 안다. 그는 robot 마냥 매일 일정한 자리에 멈칫 섰다가는 획 돌아 선다. 돌아 올 때의 걸음 걸이는 의례 갈 때 보단 힘이 없다.

Charlie는 소설가란다.

단 한 권의 소설을 냈을 뿐, 한 말로 빛을 보지 못한 悲運(비운)의 소설가다. 이야말로 'unsung novelist'다. 언제 출판한 것인지, 어떤 경향의 소설인지, 그리고 그 소설의 題名(제명)조차 아는 이가 없다. 그 제명을 아는 이는 단 한 사람. Charlie 뿐이다. 그 소설이, 그 단 한 권의 소설이, 이 'Acres of Books'에 있다. 즉 'Unsung Novelists' section에 秘藏(비장)돼 있는 것이다. 어느 書架(서가), 어느 칸, 몇 번째에 꽂혀 있는지 Charlie는 안다. 매일 아침 와서 보고 가기 때문이다.

그 책이 보고 싶어서 오는 것이 아니다.

없어지기를 바라 오는 것이다.

행여, "누군가 사 갔으려나."하고 매일 온다.

"어쩌면 오늘은…" "행여나 누군가…"
하고 Charlie가 왔다간 돌아가기 몇 년이었던가. Charlie도 이젠 모른다. 그는 曆日(역일)을 잊은 지 오래다.

이상 episode는 나의 飜案(번안)이다.
20여 년 전, L.A. Times 기사를 본 내 퇴색한 기억을 더듬어.
나는 Charlie가 잊혀지지 않는다.
나도 모르게 소매라도 스친 인연이라도 있었던가.
나는 이 異邦人(이방인)을 잊을 수가 없다.
때로 나는, 남의 말 하듯, 나를 꾸짖는 것이다.
"예끼, 이 인색한 사람. 진작 그 책 한 권 사줄 것이지"

칼債(채)

매주 칼럼을 쓰고 있는 탓이랄까, 德(덕)이랄까, 그야말로 자나 깨나 寤寐(오매) 글 걱정이다.

杜子美(두자미)도 천여년전에 酒債尋常行處有(주채심상행처유)라, 평생 술 빚에 시달렸던 모양이나, 詩聖(시성)이시라 詩債(시채)는 지지 않았던 듯. 이 사람은 전생의 무슨 業(업)인지 晚來칼債夢不閑(만래칼채몽불한)으로, 늘그막에 글 빚에 쫓기어 잠을 달게 자 본적이 없다. 빚도 가지 가지지만, 酒債(주채)라면 그래도 一抹(일말)의 浪漫(낭만)도 없지 않을 것이요, 詩債라면 그런대로 興趣(흥취)도 있음직하건만, 이 빚이 극히 산문적인 文債이고 보면 쓴다는 것이 고역인데, 이보다 더 괴로운 것이 칼債인 것이다.

칼債란 이 洋間島(양간도) 칼럼니스트의 造語(조어)다. 東과 西의 튀기 造語다. 아직도 "칼債라니! 이게 무슨 말이야"

하고 고개를 갸우뚱하는 이가 있다면,

"Wake up and have a coffee"

라고 一喝(일갈)하랴. 이 필자를 탓할 것인가 독자를 책할 것인가. 어쩌면,

"아 칼債라니!"

하고 洞然(통연)히 開悟(개오)하시고 무릎을 치는 이도 계시렷다.
근래 流行語(유행어)인 콤맹—콤盲—以來로, 俗氣(속기)와 satire에
다, 이처럼 wit가 閃閃(섬섬)한 튀기 造語를 들어 본 적이 있던가? 칼
債란, 칼럼債, 즉 column 빚을 이름이니 이 아니 별난 빚인가.

　빚이라면 우선 생각히는 것은 돈 빚일 것이다. 즉 錢債(전채)다. 그
돌고 돈다는 돈이건만, 한 평생 빚에 졸리지 않고 산 사람은 별반 많
지 않을 것이다. 나 역시 七十平生을 이 債鬼(채귀)의 시달림을 면치
못했더니, 이 무슨 文字의 惡緣(악연)으로 老來에 이 駭怪(해괴)한 칼
債의 수렁에 또 다시 빠지고 말았다.

　굳이 내 글 빚의 연원을 따지자면, 25년 전 옛날로 거슬러 올라가
야겠다. 내 최초의 칼럼 '東과 西'로부터 연유했으니, 이 '東과 西'는,
지난 2년간 Korea Monitor에 '클래씩 음악'을 연재하고 있는 尙村
韋辰祿선생이 주관하시던 월간 'Korean News'에 5년간 매월 글을
쓴 칼럼이었고, 이에 이어 American Life(발행인 손영환씨)에 또 약
3년인가 '東西南北'이란 단독 칼럼을 쓴 바 있으나, 이 역시 월간지여
서 비교적 부담이 덜했음에도 마감일이 임박해서는 종종 밤을 새운
적이 있었더니, 이제 Korea Monitor '春夏秋冬'에 매주 글을 쓰게 되
었겠다, 사실상 월간지에 비하면 네 배의 공력이 들고 내 生來의 遲
筆(지필)인지라, 이 칼債란 新造語(신조어)가 이 땅에서 이 사람으로
말미암았음은 우연이라 하지 못하리라.

　칼債란 참 별난 것이다. 돈과는 무관한 것이기 때문이다.
　빚을 내지 않고도 빚을 진, 別種(별종)의 부채다.

금전적인 負債(부채)라는 것은, 금전의 貸借(대차)가 있고서야 채무가 있고, 채무가 있어야 채권이 성립되는 것이데, 칼럼 빚은 원금이 없는 빚이로되, 매주 글을 써 바친대도, 그 원금이 줄지 않는 묘한 빚이어서, 붓을 꺾지 않는 한 채무의 決濟(결제)란 것이 있을 수 없는, 일방적이요 무기한의 채무인 것이다. 이 얼마나 억울한 일인가.

옛 글에 혹독한 稅吏(세리)가 범보다―죽음보다―무섭다더니, 이 칼債의 독촉이야말로 執達吏(집달리)보다 더 무서운 것이다. 빚이야 幾萬(기만) 幾十萬(기십만)의 거금일지라도 사정에 따라서 빚 잔치로 半減(반감)하거나 蕩減(탕감)하기도 한단다. 이 칼債에 주야로 부대끼다보면, 때로는 幾百弗(기백불) 幾千弗이라도 贖(속)을 바치고 이 칼債를 벗고 어디론지 훌훌 떠나고 싶은 때가 없지 않다. 그러나 누굴 탓할 것인가. 내가 스스로 짊어진 빚인 것을. 自業自得(자업자득)이다. 죄는 내 文字癖(문자벽)에 있는 것이다.

칼債란 風流債다.
이 메마른 세상에 文雅風流(문아풍류)의 빚이다.
돈 빚은 부끄러운 일이나 글 빚은 風流로운 것이 아닌가.
追利(추리)의 俗債(속채)도 아니요, 때로 脫稿(탈고)의 남 모르는 기쁨도 없지 않거니, 어쩌랴, 푸념을랑 좀 덜하고, 갈 수 있는 데까지가 보아야겠다. 이 異邦(이방)의 이 "春夏秋冬"을 기다리는 이 있다면.

누군가, 어디선가, 기다리는 이 있다면.

文筆中興 (문필중흥)

언어는 時俗(시속)에 따라 변한다고 한다.

어떤 時流나 時代 思想이 새로운 말을 요청하게 됨은 일견 당연한 歸趨(귀추)라 하겠으나, 政治的 思想的 禁忌(금기)나 文化的 便宜主義(편의주의)로 말미암아 典重(전중)한 말이 廢語(폐어)처럼 우리 평상언어에서 驅逐(구축)되는 사례를 우리는 지난 백년사에서 허다히 보아왔다.

文筆이란 말을 생각해 보자.

이른바 文人으로 自任(자임)하는 이들의 평상 대화에서 이런 말을 들어본지 얼마나 오래 되었던가. 詩人이며 學者며 隨筆人이라 自處(자처)하는 이들의 글에, 文筆人 또는 文筆家란 말이 쓰여진 예를 지난 반세기의 출판문화 속에서 얼마나 자주 보았던가.

光復(광복) 직후인 1945년 12월, 左翼系(좌익계) 인사들을 중심으로 '朝鮮文學家同盟(조선문학가동맹)'이 발족하자, 이듬해인 1946년 3월에 爲堂 鄭寅普(위당 정인보) 先生을 대표로 한 右翼(우익) 단체 '全朝鮮文筆家協會(전조선문필가협회)'가 결성되었더니, 이로부터 文學家란 말은 理念的 赤性語(적성어)로 斷罪(단죄)되어, 오늘에 이르기까지 破門(파문)의 화를 입고 말았는가 하면, 이 典雅純一(전아순

일)한 文筆家란 말도, 애석하게도 우리 어문생활 무대에서 막후로 밀려나고 말았으니, 이 '文筆家協會'가 결성된 때가 文筆家란 말이 공식적으로 쓰여진 최초의 예이며, 또한 마지막이었는지도 모른다. 文筆 한다는 이 어찌 애통치 않으랴.

文이 燕巖(연암)에 와서 죽었다고 한다면, 우리 文筆은, 光復과 6.25 事變(사변)과 함께 죽었다 하리니, 지나친 언사라 책하는 이 없지 않을 것이다.

日帝의 패망으로 빼앗겼던 나라는 되찾았건만, 잃었던 國語는 되찾았건만, 乙酉光復 (을유광복)을 轉機(전기)로 해서 우리의 文筆은 급격히 저속해졌으니, 지난 반세기는 文筆衰世(쇠세)라기보다 차라리 文筆亂世(난세)라 함이 마땅하리라.

淺薄壅拙(천박옹졸)한 國粹君子(국수군자)들의 한글전용 및 漢字排斥(한자배척) 운동으로 말미암아 우리 語文生活은 날로 零星(영성)해 오더니, 정부 수립 육십년에 文盲(문맹)은 줄었으나 제 祖上(조상) 姓氏 한 자 제대로 못 쓰는 세대를 낳았고, 제 이름 두 자도 바르게 발음하지 못하는 별난 識字人(식자인)을 양산하기에 이르렀으니, 이런 文化的 風土에서 문학은 말할 것도 없고 人文이 어찌 흥할 수 있을 것인가. 文化의 斷代的悲劇(단대적비극)이 있을 뿐이다. 무절제하게 받아드린 民主主義의 便宜主義的(편의주의적) 平準化(평준화) 一邊倒 (일변도)로, 이른 바 專攻人(전공인) 專門人의 榮冠(영관)은 썼으되, 穿鑿(천착)의 깊이는 되려 얕아지고 硏鑽(연찬)의 폭은 오히려 좁아졌으니, 이런 人文 風潮(풍조)에서 文筆이 어찌 盛(성)할 수 있겠는가. 글을 쓴다는 이는 많아 졌으나, 정작 文筆은 飢饉(기근)이니, 半

萬年의 歷史와 文華(문화)를 거론함이 되려 부끄러운 일이 아닌가.

文筆人을 찾는다.

협의의 文學의 영역을 넘어 歷史 文化 社會 哲學等 人文을 두루 涉獵(섭렵)한 文筆人을.

詞章(사장)과 經學(경학)을 겸한 文筆人을 찾는다.

正音字(정음자)와 漢字 병용으로 韓漢彬彬(한한빈빈)한 文筆人을 찾는다.

우리 민족의 文筆中興(문필중흥)을 위하여, 人文中興을 위하여.

座右銘(좌우명)

座右銘이란 항상 자기 자리 오른 편에 두고 자신을 경계하기 위한 金言(금언)이니, 자기 수양을 위해 마음에 새겨두는 것이다. 그러므로 한 사람의 座右銘으로 그 인품을 가늠할 수 있는 것이다. 뜻있는 人士(인사)로 座右銘 하나 쯤 아니 가진 이 없으니, 이 座右銘이란 말은 중국 後漢(후한)의 崔瑗(최원, 77~142년)에게서 비롯했다고 한다. 호를 子玉(자옥)이라 했다. 학문과 정치에 名望(명망)이 높았던 이다. 그의 座右銘에 感發(감발)되어 唐代(당대)의 白樂天(백낙천)이 續座右銘并序(속좌우명병서)를 썼으리만큼 유명한 것이다.

崔子玉의 座右銘 일부를 소개한다.

1. 無以嗜慾殺身(무이기욕살신)
   嗜慾(기욕)으로 殺身(살신)하지 말라
   官能的(관능적) 慾心(욕심)으로 亡身(망신)하지 말라.

2. 無以貨財殺身(무이화재살신)
   財貨(재화)로 殺身(살신)하지 말라
   物慾(물욕) 때문에 亡身(망신)하지 말라

3.無以政事殺民(무이정사살민)

政治(정치)로 殺民(살민)하지 말라.

잔악한 政治(정치)로 百姓(백성)을 죽이지 말라.

4.無以學術殺天下(무이학술살천하)

學術(학술)로 天下(천하)를 죽이지 말라.

不穩(불온)한 言說(언설)로 天下(천하)를 亡(망)치지 말라.

천여년간 후세의 수양인들에게 膾炙(회자)되어 온, 이른바 四不殺
銘(사불살명)이다. 즉, 죽이지 말라는 네 가지 座右銘이다. 거개의 座
右銘이 그렇듯이, 좋은 일을 勸勉(권면)하기 보다는 患亂(환란)을 경
계한 것이다. 네 가지 걱정거리 즉, 嗜好(기호)와 財貨(재화), 爲政(위
정)과 言說(언설)로 말미암은 四患(사환)을 마음에 새겨 잊지 말라는
것이다.

1.과 2.는 慾情(욕정)과 物慾(물욕)에 대한 것이요, 3.과 4.는 政治
(정치)와 言說(언설)을 논한 것이다. 前者(전자)는 개개인을 위한 私
的(사적)인 銘(명)인데 반해, 後者(후자)는 政治(정치)와 學術(학술)
을 自任(자임)한 公人(공인)을 위한 公的(공적)인 銘(명)이다. 前者(전
자)가 修己(수기)의 銘(명)이라면 後者(후자)는 治世(치세)의 銘(명)
이라 보아 손색이 없는, 실로 修己治世(수기치세)의 名座右銘(명좌우
명)이다.

이 네 가지 중에 특이한 것은, '學術'로 天下를 죽이지 말라는 不殺
天下銘(불살천하명)이다. 學術이라는 말은 일반 통념으로 人世에 유
익한 것이고 그러므로 사회에 존귀한 것으로 생각하기 마련이나, 子

玉이 학술이 인류에게 끼치는 부정적 면을 지적하고 있음은 실로 凡常(범상)한 眼目(안목)이 아니다. 그의 學術은 우리 인간의 사상적 語文活動(어문활동) 전반을 포함한 광의의 것이다. 이런 의미로 學術을 想定(상정)한다면, 학술의 부정적 심각성을 이해하기 그리 어렵지 않은 것이다. 그가 정치의 殺民性(살민성)을 限地的(한지적)으로 본데 비하여 학술의 弊害(폐해)는 세계적인 것으로 본 것이다.

이른바 學者(학자)나 思想家(사상가)라는 위인들이 그들의 異端(이단)과 邪說(사설)로 얼마나 인간을 眩惑(현혹)하고 人類(인류)를 殺傷(살상)케 했는지 지난 百年史(백년사)만으로 족히 알 수 있는 것이다. 소위 惑世誣民(혹세무민)이란 그 張本(장본)이 바로 이 言說(언설)이 아니던가. 이른바 이데올로기의 虛名下(허명하)에 종교나 사상의 美名下(미명하)에 세계적 變亂(변란)이 끊이지 않았거니, 이런 言說(언설)의 弊害(폐해)를 殺天下(살천하)라 한 것은 결코 과한 말이 아니다.

말과 글로서 한 사회의 公人(공인)으로 自任(자임)한 이 들, 즉 學者(학자)며 敎育者(교육자)며, 宗敎人(종교인)과 論說人(논설인), 그리고 文筆人(문필인)들의 책임은 爲政者(위정자)보다 결코 가벼운 것은 아니다. 이 四不殺銘(사불살명)은 개개인을 위한, 위정자를 위한, 학술인을 위한 21세기의 地上垂訓(지상수훈)이다.

오늘부터 이 귀한 銘(명)을, 내 座右(좌우)뿐 아니라 내 座左(좌좌)에도 모셔야겠다. 座右銘(좌우명)이요 座左銘(좌좌명)이다. 그리고 위성 통신으로 태평양 건너 이 四不殺銘(사불살명)을 보내야겠다. 韓半

島(한반도) 내 祖國(조국)에 말이다.

정치로 殺民(살민)하는 자 없는가.
학술로 殺天下(살천하)하는 자는 없는가.

崔子玉의 座右銘 몇 가지를 추가한다.

　無道人之短(무도인지단)
　남의 단점을 말하지 말라
　無說己之長(무설기지장)
　자신의 장점을 말하지 말라

　施人愼勿念(시인신물념)
　남에게 베푼 것은 삼가 생각지 말라
　受施愼勿忘(수시신물망)
　베품을 받은 것은 잊지 말라

　世譽不足慕(세예부족모)
　세상의 명예란 바랄것은 못되니
　唯仁爲紀綱(유인위기강)
　오직 仁만을 紀綱으로 삼으라.

讀書狂(독서광)

근간에 귀한 책 몇 권을 샀다.
鄭珉(정민) 교수의 책이다. 하나 같이 奇傑(기걸)한 名篇(명편)이다.

그 가운데 〈미쳐야 미친다〉는 책이 있다.
'조선 지식인의 내면 읽기'라는 副題(부제)가 붙어 있으나, '미쳐야
미친다'는 말의 뜻이 선뜻 잡히지 않아 어리둥절했더니, '不狂不及(불
광불급)' 四字가 표지의 배후에 曖然(애연)히 숨어 있기로 저윽이 반
가웠다. 이로 미루어, '미쳐야'는 狂(광)이요, '미친다'는 及(급)임이
분명했다. '미치지(狂) 않으면 미치지(及) 못한다'는 것을 '미쳐야 미
친다'로 뒤집은 그 含蓄(함축)의 妙(묘)에 내 소리 없는 무릎을 친다.

이 책에 '독서광 이야기'란 題下(제하)에 金得臣(김득신)의 '讀數記
(독수기)'가 소개되었는바, 내 책권이나 읽었다는 사람으로 그의 엄
청난 독서량에 驚倒(경도)하여 이 글을 쓴다.
'讀數記(독수기)'란 讀數(독수)의 記錄(기록)이니, 어떤 책을 얼마나
많이 그리고 얼마나 자주 읽었느냐를 기록한 것이다. 웬만한 독서인
으로 '讀數記'라 題(제)한 글을 경망히 쓰지는 못할 것이다.
여기 그 일부만을 소개한다.

伯夷傳(백이전)…1억 1만 3천 번

老子傳(노자전) 凌虛臺記(능허대기) 衣錦章(의금장) 등…2만 번

中庸序(중용서) 鬼神章(귀신장) 祭歐陽文(제구양문) 등…1만 8천 번

百里奚章(백리혜장) 送秀才序(송수재서) 등…1만 5천 번

師說(사설) 送窮文(송궁문) 諱辯(휘변) 등…1만 3천 번

說龍(용설)…2만 번

祭鱷魚文(제악어문)…1만 4천 번

그는 讀數(독수)를 기록하기 위하여 그의 독창적 書算法(서산법)이
있었다고 하니, 그의 讀數(독수)는 그리 虛荒(허황)한 것은 아니라고
너그러이 보려 하거니와, 이 때의 1억은 지금의 10만에 해당한다고
한다. 그러므로 伯夷傳(백이전) 읽기를 1억1만 3천 번이라 한 것은,
실은 11만3천 번인 셈이다. 師說(사설)등 1만 3천 번에서 伯夷傳(백
이전)은 11만 3천 번이나 읽었다니 참 놀랍지 않은가.

내 기억으로는 'Moral Majority'운동을 하던 Jerry Falwel인가하
는 미국 목사께서는 성경을 매년 한 번씩 통독했다고 하는데, 한 평
생 읽었대야 50번 정도일터이니, 내가 알기로는 서양인의 '讀數記(독
수기)'로는 기록일 것이다. 근대 韓國의 大漢學者(대한학자)이신 故
(고) 淵民 李家源(연민 이가원) 선생은 論語(논어)를 萬讀(만독)하셨
다고 그의 문집에 전해오고 있거니와, 東洋(동양) 讀書人(독서인)으
로 論語 같은 經書(경서)를 一萬讀(일만독) 이상 한 사람은 수만 명일
것이요, 우리 先人들만으로도 수천 명에 이를 것이다. 黃德吉(황덕길)
의 書金栢谷得信讀數記後(서김백곡득신독수기후)에 다음과 같은 讀
數記(독수기)가 있다한다.

金馹孫(김일손)은 韓愈(한유)의 글 1천 번

尹潔(윤결)은 孟子(맹자)를 1천 번

盧守愼(노수신)은 論語(논어)와 杜詩(두시)를 2천 번

崔岦(최입)은 漢書(한서)를 5천 번

車雲輅(차운로)는 周易(주역)을 5천 번

柳夢寅(유몽인)은 莊子(장자)를 1천 번

또 영남대학의 李完載 교수의 〈동양철학을 하는 방법〉의 서문에 이런 글이 있다.

> 대학원 시절 書經(서경)을 배우려고 한학자 白渚 裵東煥선생을 찾아 간 적이 있다. 선생은 '다른 경전들은 대개 七八百番씩 읽었으나 書經은 겨우 五百番을 채워 읽었는데 지금 내가 書經을 가르칠 수 있을까 몰라'라고 말씀하셨다.

참 놀라운 일이다.

啞然自失(아연자실)이랄까, 실로 어안이 벙벙해지는 것이다. 다소 과장한 바 있다 하더라도, 이들의 독서량은 우리네 상상을 絶(절)하는 것이다. 身邊瑣事(신변쇄사)로 일관한 現今(현금)의 隨筆流(수필류)도 아니요, 천속한 사건 중심의 소설류도 아니다. 수천 년간 동양 classic으로 알려진 純漢文古典(순한문고전)이다. 같은 책 같은 글을 수백 번 수만 번, 아니 수십만 번 읽었다면, 이야말로 미치지(狂)않고는 미치지(及)못하는 경계다. 즉 '不狂不及(불광불급)'의 세계인 것이다.

단연코 狂氣(광기)의 所致(소치)다. 그러나 이런 狂氣는 어디에서

緣由(연유)되는 것인가. 미친 사람이었기로 이처럼 책에 미친것만은 아니다. 이들로 하여금 그토록 傾倒(경도)케 한 것은 과연 무엇인가. 그것은 漢文(한문)이요 漢典(한전)이다. 漢字(한자)라는 文字(문자)의 신비로운 그 效能(효능)과, 그런 문자로 쓰여진 浩瀚深奧(호한심오) 한 漢文學(한문학)의 그 古典趣(고전취)에 이들은 미치지 않을 수 없었던 것이다. 功利(공리)나 執念(집념)만으로는 百讀(백독)은 커녕 半百讀(반백독)도 못한다. 내 寡聞(과문)한 탓인지, 洋書(양서)로 한 사람에게 백번을 읽혔다는 책을 들어 본적이 없고, 같은 책을 수 백독했다는 서양의 독서인을 일찍이 들은 바 없다. 문제는 동서양 고전의 質量(질량)의 현격한 차이에 있는 것이 아닐까.

A Lonely Hunter
―金溶益 先生회고―

  평생 글을 좋아했던 탓으로 동서의 소설을 적지 아니 읽기는 했으나 소설이란 장르에 전념해 본 적이 없는 사람으로, 더욱이 죽을 때까지 평필은 잡지 않겠다는 것이 내 평일의 신조였으니, 이 글은 작고한 선배에 대한 평문이라기 보다는 그 분의 작품에 대한 감상이요, 그분의 profile이라 봄이 좋을 같다. "金溶益 先生회고"라 제했음은 이 까닭이다.

  1990년이었을 것이다. 손영환씨가 발행하던 월간지 American Life 주관으로 Washington, D.C.에서 한국계 저명인사들께 시상식이 있었다. 그때 문학 분야에 수상한 분이 金溶益 先生이었고, 단상에 오른 칠순의 작가에게 나는 한눈에 반했던 것이다. 미남이어서 그런게 아니다. 달변이어서 그런 것도 아니요, 언동이 세련되어서 그런 것도 아니다. 되려 그 역이라 봄이 좋을 것이다. 잗달은 인사치레엔 무관심해 보였다. 귀를 덮어 드리운 백발에 경남 사투리와 능숙한 영어를 섞어 토로하는 그 언사 속에는 범용한 문필인에게서는 볼 수 없는, 어쩌면 T. S. Eliot가 추구했다던 Primitivism 같은 것을 감지할 수 있었다. 동양의 고전적 표현을 빌면 朴訥(박눌) 하다고 할까, 文質(문질)의 저울에 달면 質勝文(질승문)의 기질이다. 이런 풍모에 반한 나는 급기야 천리를 멀다 않고 Pittsburgh까지 찾아가기에 이르렀고, 다음날 귀로의 내 차중에는 불청객 한 분이 계셨으니, 다름 아닌 金溶益 先生이시다. 내가 작별 인사를 하려고 망설이고 있는 중에, 부인에게는 말 한마디 없이 작은 가방을 뒷자리에 불쑥 던지고는 차를 타는 것이었다. "우리 Cross-Country Driving 한번 합시다." 차가 움직이자 혼자 말처럼 내 뱉는다. 입가엔 묘한 웃음, 칠순 노인의 소년 같은 Michievous Smile. 이렇게 떠난 우리 차는 Rocky 산맥이 아닌 Alleghenies 산맥을 넘어서 내 집 曲江里에 닿은 것은 초저녁이었고, 이로부터 약 일 주일 간, 유명 작가를 모시고 우리 집은 Artist Colony로 승격했던 것이다.

내가 읽은 작품은, 영문으로 〈The Diving Gourd〉, 〈The Happy Days〉, 〈The Wedding Shoes〉, 〈A Book Writing Venture〉 그리고 〈Sheep, Jimmy and I〉요, 한국어 작품으로는, 제 일회 해외 한국 문학상 수상작인 단편집 〈꽃신〉이다.

처음으로 Pittsburgh를 방문했을 때, 그 댁에 도착한 것이 거의 자정이었고, 위층의 침실에 나를 안내해 주신 金溶益 선생은 "Read this book tonight!"하고 책 한권을 침대에 불쑥 던지고는 돌아섰다. 그 책이 "〈The Diving Gourd〉"였고, 그때 시간은 새벽 한 시 반. 천리 길을 찾아간 후배에게 밤을 새워 자작 소설을 읽으라고 권하는 선배의 그 오연한 태도에 사뭇 당황하지 않을 수 없었다.

영문 소설은 단연 탁월한 작품이나 "꽃신"은 열 번을 읽어도 영문에 뒤지는 것 같다. 저자는 꽃신의 자서에, 원작인 영문 소설을 "재창작하는 기분"으로 다시 썼다고 하나, "한 십년들어 고쳤으면 좋겠다"고 술회했음은 상투적인 겸사라기 보다 모국어로 쓴 작품이 적이 불만스러웠음을 실토하고 있는 것 같다.

소설가 金溶益씨를 내게 묻는다면, 영원한 한국인이면서 또한 영원한 영어 작가라 하겠다. 그에게 있어서 한국적인 것을 떠나서는 그의 작품세계가 있을 수 없고, 영어라는 언어를 빌지 않고는 창작이 있을 수 없을 것 같다. Duel Exile이라해도 좋겠다. 고국을 제재로 했으되 영어로 작품을 써야 했다는 것, 그토록 능란한 영어를 체득했으면서도 한국을 무대로 삼아야 했다는 사실은 한 인간으로서의 비운이요 한 작가로서의 숙명이라 해야겠다.

그는 자전적 소설가였다. 그가 나서 성장한 경남 통영 근처 어촌에서 너무나 많은 것을 보고 느꼈던 것이다. 이른바 Village Life의 소재를 탕진하기에는 소설가로서의 칠십 평생이 너무 짧았다.

소설의 주인공들은 하나 같이 disadvantaged한 무리다. 장님이나 절뚝발이다. 언챙이나 곱사다. 땅꾼이요 백정이다. 해녀와 뱃놈이며 엿장사요 신쟁이다. 그리고 가난한 농부들이다. 잘난 사람, 잘 사는 사람에게는 관심이 없다. 학대받는 사람, 백치 같은 인물들이다. 이런 천민들의 애환을 통해서 그 특유의 해학과 풍자로 실존적 인간상을 구현했던 것이다. 그의 글을 읽어보면 거짓이나 위선이 그리 미워지지 않고 되려 웃음을 자아내는 것은 무엇 때문일까. 비속한 말이나 음분한 묘사가 역겨워지기보다는 되려 친근감을 갖게 하는 매력은 어디에서 오는 것일까.

〈꽃신〉의 글은 약간 난삽 용장한 편인데, 영어의 문체는 간결 명료하다. 열자 내외의 Sentence가 많고, 길어야 스무 자를 넘는 것이 많지 않으면서 도처에 시적 율격이 생동하고 있음은 소설가로서 시를 많이 읽었다는 것을 암시하고 있다. 평상시의 언동으로 본다면, odd-ball이란 말이 어울릴 것 같다. 세정에 어둡고 일상 생활에는 오활할

만 했다. 그러나 소설 구성에 있어서의 치밀함에는 새삼 놀라지 않을
수 없다.

 잘 쓴 글을 읽으면 나도 글을 쓰고 싶은 충동을 느낀다. 金溶益 선
생의 경우에, 그 작품을 읽으면 소설을 쓰고 싶어진다. 그리고 그 분
생각을 하면 영문소설 "My Hart is a Lonely Hunter"를 연상케하
고, 주인공으로 모시고 소설을 쓰고 싶어진다.

 내가 부음을 들은 것은 1995년이었던가. 문필인이며 사학자인 미
망인 우담 여사로부터 News Letter를 받고서야 고국에서 세상을 뜨
신 것을 알게 되었다.

 한국 어느 대학에서 다시 강의하게 된 기쁨에, 부인에게는 인사도
않고 가방하나 둘러매고 휘파람 불며불며 떠나시더니, 그리던 고국
에 묻히셨다고 한다. 유택이 어딘지 알 길은 없으나, "쇠똥에 발이 빠
지던 고향이 늘 그리웠다"던 그 땅에서 돌아가신 것이다. Main주
Corea라는 지명이 궁금하여 사십객으로 무전여행을 했을 때, 며칠만
에 shower를 하면서, "나의 살던 고향은 꽃피는…"하고 노래하며 눈
물을 shower처럼 흘렸다더니, 그리도 그리던 고국에 묻히신 것이다.

 향년 약 75세. 타고난 소설가였다. 그러기에 외롭게 살다 가셨다.
한 인간으로 그러했고, 한 작가로 또한 그러기를 자처했을 것이다.

 A Lonely Hunter.

아, 봄이로구나, 봄 봄(1)

아 또 봄이다.

이 流謫(유적)의 땅에도 또 봄이 온 것이다. 債鬼(채귀)도 빚 받을 것을 잊는다는 봄이다. 고양이도 쥐 잡기를 잊는다는 봄이 온 것이다.

뒤뜰의 동백이 피고 진지도 달포는 되었고 뻐꾸기 울음이 간간이 들리기 시작한 것도 월여전 일이요, yankee의 驚蟄(경칩)이랄 수 있는 Ground Hog Day가 2월 2일이었으니 고국의 절후보다는 거의 두 달은 앞서고 있는 것 같다. 二月末이건만 도처에 春氣(춘기)가 동하고 눈길이 닿는 곳마다 꽃, 꽃, 꽃이다.

> 설다 해도
> 웬만한
> 봄이 아니어,
> 나무도 가지마다 눈을 텄어라

우리 사랑하는 素月(소월)의 절창이다. 앞 집 정원엔 홍매가 지난 달 내내 한창이었고, 우리집 뒷뜰에도 자두 꽃이 또한 만발해 있거늘, 메마른 가지에 눈이 트는 것도 미처 모르고, 꽃이 핀 다음에야 봄이 온줄 알았으니, 이 沒風情(몰풍정)함을 무어라 변명할 것인가. 早春

不入時人眼(조춘불입시인안)의 부끄러움 또한 어쩔 수 없이 늦게야 봄맞이 잔치를 서둘렀던 것이다.

마침 일요일, 後園(후원)의 醉香亭(취향정)에서다. 겨우네 멀리했던 마루를 정결히 쓸고 닦고는 돗자리를 폈다. 네평 되락 마락한 초라한 규모이기는 하나 그 韻致(운치)는 없지 않다. 웅장한 附椽(부연)을 이지는 못했을망정 박산같은 자두꽃이 반쯤 하늘을 가리고 아름드리 一松(일송)이 멀찜히서 굽어보고 있는가 하면, 그 좌우 전면엔 갖가지 화수목이며 꽃이 제법 어울린다. 치자, 레몬, 석류, 감나무, 夜來香(야래향)에다, 무궁화, 진달래며 군자란 등 꽃이 여기저기 피어 있고, 게다가 금년엔 귀한 식구 하나가 더 는 셈이다.

즉 紫木連(자목련)이다. 꽃을 유난히 좋아하는 사람을 위해 패물대신에 사다 심은 것이 작년 가을인데, 벌써 그 사람의 주먹보다 더 큰 꽃이 여나무 송이나 탐스레 피어 있는 것이다. 문득 차고에 숨겨둔 석류술이 생각킨다. 작년 늦가을에 담은 家釀酒(가양주)다. 자목련이 흐드러지게 피면 開封(개봉)하리라고 만 넉달을 기다린 것이다. 부랴 부랴 석류술 한 독을 걸러 조촐한 주연이 醉香亭(취향정)에서 벌어진 것이다. 迎春(영춘, 목련의 별칭)을 위한 迎春宴(영춘연)인지라, 그 興趣(흥취)가 자못 예년과는 다르다.

자리엔 단 두 사람뿐, 잡인이 없음이 되려 반갑다. 안주로는 파적이 푸짐하니 상에 올랐을 뿐 육미라곤 없다. 芳醇(방순)한 석류술과는 제격이다. 이따금 일편 자두꽃이 소리없이 내려 앉는다. 못내 마음이 아파 말없이 외면하는 내게, 五八靑春(오팔청춘)인 우리집 주모

는 보라는듯 그 꽃잎을 술잔 옆에 모아 놓는다. 고인의 시 한 귀절을
읊어본다.

　　하나 왕국이 슬어지기로서니
　　애달픔이 어찌 이에 더하랴

　　아아 꽃이 지는 지고
　　아픈 지고

　靑馬(청마)가 남기고 간 '작약꽃 이울 무렵'이다. 꽃을 노래한 시인
이 한둘이랴만 한갓 감상으로 흘려버리기엔 너무나 감동이 크다. 非
情(비정)과 虛無(허무)를 노래한 靑馬의 또 하나의 인간적 面貌(면모)
를 엿보게 하는 글이다. 어쩌면 철철이 피었다간 지는 이름없는 한송
이 꽃속에 숱한 왕국의 흥망보다 더 엄청난 의미가 있는지도 모른다.

　어느새 해는 서쪽으로 기울고 醉香亭에도 그늘이 든다. 술은 아직
반병넘어 남았고 마시던 술잔엔 자두꽃잎이 떠있다.
　잔을 비운다. 남은 술은 소중히 갈무리해 두어야겠다. 다음 주말에
피어있을 목련을 위해서. 그리고 또 그 낙화를 위해서.

아, 봄이로구나, 봄 봄(2)

아, 또 봄이다.

이 流謫(유적)의 땅에도 또 봄이 온 것이다.
債鬼(채귀)도 빚 받을 것을 잊는다는 봄이다.
고양이도 쥐 잡기를 잊는다는 봄이 온 것이다.

"아 봄이로구나, 봄 봄(1)"이라 제한 내 글의 첫 머리에 이렇게 봄 타령을 한 적이 있다. California에 살던 때의 글이니 벌써 20여 년 전인가 보다. 그 후 미 대륙의 西海岸(서해안)에서 장장 3,000마일을 격한 대서양 연안으로 내 거처를 옮겼을 뿐, 이 역시 謫配(적배)의 땅임은 예나 이제나 매 일반이나, 이곳 Virginia 봄은 그 情趣(정취)가 자못 절실한지라, 閑人無事春打令(한인무사춘타령)으로 부질없는 "第二의 봄 타령"을 하는 것이다.

옛 사람의 말에 老健不信(노건불신) 春寒不信(춘한불신)이라 했으되, 老健을 不信 함에는 내 자신 客氣(객기)로나마 선뜻 받아들이고 싶지는 않으나, 春寒不信만은 不信할 도리가 없다. 금년엔 삼월 초순까지 만도 예년과는 달리 꽃 새암 추위가 대단터니, 어제는 기온이 80

도였단다. 사철의 오감이 無往不復(무왕불복)이라지 않던가. 진정 못 믿을 손 春寒(춘한)이로고. 四時(사시)의 遷移(천이)를 뉘 막을 손가.

꽃 새암 눈 밀치고
수선 쫑긋 촉이 나고

잎 새암 찬 바람에
홍매 발긋 벌었읍네,

등 너머 洋杜鵑(양두견) 울자
동백 솔기 트는 소리.

20여년 전에 얻은 時調(시조) 單首(단수)다. 詩題(시제)를 早春(조춘)이라했다. 기실 Virginia의 봄은 水仙(수선)이 그 先驅(선구)요, 산수유 紅白(홍백)으로 그 꽃이 난만하면 어느덧 仲春(중춘)이요, 백일홍이 피기 시작하면 어언 初夏(초하)로 접어들기 마련이니, 굳이 曆日(역일)을 따질 것 없이 春三朔(춘삼삭)이 훌쩍 지났음을 절감하게 되는 것이다.

보았던가.
수선의 그 嬌態(교태), 그 驕氣(교기)를. 꽃샘 추위 쯤 아랑곳 없다. 해묵은 殘雪(잔설)을 밀치고 돋아나는 그 앙증스런 품이 "春寒不信(춘한불신), 春寒不信"하고 외치는 듯하지 않은가. 하기야, 봄 한철 피는 꽃이 어찌 수선과 산수유만이랴. 純白(순백) 淸艶(청염)한 벚꽃과 배꽃, 萬古(만고) 村婦(촌부)인 개나리와 淡粧(담장) 우아한 紫木

蓮(자목련)이 한물 피었다 지고, 이제 四月도 하순이라, 朝鮮(조선)
남도 여인 같은 dogwood, 병적인 그 보랏빛 red bud하며 서양 여인
같이 豊艶(풍염)한 quanzan cherry! 제 아무리 沒風情(몰풍정)한 남
정이기로 한번쯤 발길을 멈추지 않을 수 없을 것이다.

아, 造物(조물)의 萬化(만화) 精緻(정치)함이라니.
千草萬樹(천초만수)가 저마다 그 天時(천시)를 따라 물물이 피고 지
는 것이다. 類類相異(유유상이)로, 그 姿態(자태)가 다르고 濃淡(농
담)이 다르고 壽夭(수요)도 다르다. 어느 것은 일피고 어느 것은 늦피
고. 어떤 꽃은 홑으로 어떤 것은 겹으로 피고. 純白(순백) 眞紅(진홍)
의 原色(원색)과 調和(조화) 多趣(다취)한 間色(간색)의 色相(색상)을
무딘 筆舌(필설)로야 어찌 표현할 것인가. 그저 春興(춘흥) 春愁(춘
수)에 겨워 한마당 꽃 타령을 했을 뿐이다.

엊그젠 반가운 春信(춘신)이 있었다. 江北(강북)에서, Potomac 강
건너 Maryland에서. 畵家(화가)며 小說家(소설가)인 金弼立(김필립)
兄으로 부터 牧丹祝祭(모란축제)에 오라신다. 後園(후원)의 모란이 이
제 破蕾(파뢰) 직전이라지 않는가. 술이 기다린단다. 모란이 기다린
단다. 美洲(미주) 二痴(이치)의 饗宴(향연)이다. 내 어찌 이를 마다 하
리요. 봄이란들, 어찌 二八靑春(이팔청춘)만이 "빵긋 웃는" 봄일까보
냐. 내 비록 숨 가쁜 七十 고개를 넘었으되, 四時風情(사시풍정)이야
아직껏 二八靑春에 뒤질 바 없는지라, 내 欣然(흔연)히 가리라. 奮然
(분연)히 俗塵(속진)을 떨치고 越北(월북)하련다. 모란을 위해, 봄을
위해, 그리고 永郎(영랑)을 기리며.

모란이 피기까지는
나는
아직 기둘리고 있을 테요

모란이 뚝뚝 떨어져 버린 날
나는
비로소 봄을 여읜 설음에 잠길테요
　　　*****
五月 그 어느 무덥던 날
모란이 지고 말면 그뿐,
내 한 해는 다 가고 말아
삼백 예순 날
하냥 섭섭해 우웁네다.
　　　*****

第七部

戲言弄筆(희언농필)

하(下) 선생 계십니까?

"하 선생 계십니까?"

어느 여류의 전화였다. 바로 지난 正初(정초)였다.

분명히 "하 선생"을 찾는다. "하 선생"의 "하"를 짧게 발음했는지, 길게 발음했는지는 기억할 수 없다. 그러나 내 집에 河氏(하씨)도 없고 夏氏(하씨)도 없고 下氏(하씨)도 없으며, 나 또한 글 줄이나 읽어온 사람인지라, 아뿔싸, 내가 無辜(무고)히 욕을 보게 되었음을 직감했다. 내 별난 姓字(성자)로 인한 逢變(봉변)이었다. 즉 내 姓字(성자)인 卞(변)을 下(하)로 誤讀(오독)한 것이다. 그러나 三劃(삼획)이나 되는 이 어려운 下를 판독할 정도이면 判無識(판무식)은 면했을 터이고, 下字 아래에도 한 점이 있음을 놓치지 않았으니 老眼(노안)일 리도 없다. 그 때의 충격을 무어라 표현할 것인가. 어쨌든 욕을 본 사람은 七十客(칠십객)인 卞生員(변생원)이다.

"下 선생"이라니, "上 선생"도 욕이어늘 "下 선생"이라니!!

21세기에 "卞下不辨"이란 新種成語(신종성어)를 남기게 되었음은 文字(문자)로 더불어 평생을 살아 온 사람으로 이것이야 말로 기묘한 文字緣(문자연)인지라 홀로 무릎 치며 한바탕 웃어야할 것인가.

예로부터 魚魯不辨(어로불변)이란 말이 전해오고 있지 않은가. 대개 字劃(자획)의 모양이 비슷한 자를 식별치 못함을 꼬집는 말로서, 이런 착오를 魚魯之誤(어로지오)라 하였으나, 때로는 戲謔(희학)이나 諷諫(풍간)을 위한 것이기도 했던 것이다. 日帝下(일제하) 어느 신문에 天皇(천황)이 犬皇(견황)으로 遁甲(둔갑)하여 京城(경성)이 발칵 뒤집혔다고 한다. 그러나 당시의 필자들이야 말로 하나같이 문필가로 한문의 대가였고, 소위 식자공이라 하더라도 그들의 한문 소양이 요즘 문학박사 못지 않았겠다. 犬皇(견황)은 오식이라기 보다는 분명 諷刺的(풍자적) 작위였을 것이나, 한자를 소외해 온 근년의 우리 魚魯之誤(어로지오) 사례는 한자 문화권에서 한국이 그 으뜸일 것이다. 그 예를 들어본다.

王主 不辨(왕주불변)…王室(왕실)을 主室(주실)로 오식했음.
往住 不辨(왕주불변)…往往(왕왕)을 住住(주주)로 씀.
詩時 不辨(시시불변)…詩人(시인)을 時人(시인)으로
自白 不辨(자백불변)…自身(자신)을 白身(백신)으로
律津 不辨(율진불변)…律師(율사)를 津師(진사)로
己已 不辨(기이불변)…不得已(부득이)를 不得己(부득기)로
寄奇 不辨(기기불변)…寄稿家(기고가)를 奇稿家(기고가)로
金全 不辨(김전불변)…金氏(김씨)를 全氏(전씨)로
授受 不辨(수수불변)…賞(상)을 받고 주었을 때 授賞(수상)과 受賞(수상)을 혼동함.
編篇 不辨(편편불변)…編輯人(편집인)을 篇輯人(편집인)으로
和知 不辨(화지불변)…和食(화식)을 知食(지식)으로
四西 不辨(사서불변)…四海(사해)를 西海(서해)로

(필자가 인문 종합지 "四海"(사해)를 창간했을 때 모 일간지가 이
를 소개하시되 "四海"를 西海(서해)로 大字報(대자보)했음.)
熟熱 不辨(숙열불변)…계란 半熟(반숙)을 半熱(반열)로
焚禁 不辨(분금불변) 및 坑抗 不辨(갱항불변)…焚書坑儒(분
서갱유)를 禁書抗儒(금서항유)로 씀

　이상 예는 내 기억을 더듬어 적어 보았을 뿐, 소위 한글 전용 狂亂
(광란)이래로 이런 유의 魚魯之誤(어로지오)를 누군가 채집한다면 단
행본 한 권 분량은 좋이 되리니 아마 무난히 best seller가 되고도 남
을 것이다.

　중국 근대 문필가인 林語堂(임어당)은 誤字脫字(오자탈자)를 바로
잡으며 글을 읽는 것이 글하는 이의 기쁨이요 의무라 했다지만, 한국
근대판 魚魯之誤(어로지오) 沙汰(사태)는 결코 typographical error
만은 아니다. 실로 심각한 문제다. 우리 민족 문화의 根幹(근간)인 語
文(어문)이 타락한 증좌다. 한글과 함께 우리의 國字(국자)가 된 이
귀한 한자를 짓밟았기 때문이다. 민족의 언어가 타락하면 그 민족문
화를 보전할 수 없는 것이다.

　"下(하)선생 계십니까?"

　이는 내 개인에 대한 욕만이 아니다.
　卞(변)씨 一門(일문)에 대한 욕만이 아니다.
　우리 민족 문화에 대한 大辱(대욕)이요 大逆(대역)인 것이다.

"一二三 不辨(일이삼불변)" 學士(학사)도 계실 것이다.

쉬, "四五六 不辨(사오육불변)" 碩士(석사)님도 탄생하실 것이다.

이러고도 대한민국의 民度(민도)를 云謂(운위)할 것인가.

내년엔 누군가 나를 찾을 것인가?

"上(상)선생 계십니까?" 하고.

門牌學院(문패학원) 名札學院(명찰학원)

"門牌 생각나십니까?"
"門牌 본 적 있는가?"
"門牌가 뭔지 아니?"

좀 당돌한 질문인지도 모르겠다.
무례한 짓거리라 꾸짖을 어른이 계시려나.

문득 門牌 생각이 나면, 우리네 생활에서 門牌가 사라진 것이 언제
였는지 궁금해진다. 오늘의 3~40대면 아마 문패가 무엇인지 모를 것
이다. 50대면 막연하나마 기억에 남아 있을 것이요, 60대 이상 7~80
대는 "아, 그 門牌? 알지 알아!"하고 잊혀진 風物(풍물)에의 "노스탈
자" 같은 感興(감흥)을 느끼는 이들이 적지 않을 것이다.

나는 1934년생이다.
광복을 맞은 1945년에는 초등학교 5학년생이었고, 그 때까지 서울
에서 살았다. 효제국민학교에 5학년까지 다니다가 광복 직전에 고향
인 문경으로 이사했다. 종전 직전에 疏開(소개)라 했다.

京城府 梨花町 二五之二
卞鍾憲

서울 우리 집 門牌에 이렇게 적혀 있었다.

"놀라지 마시압, 한글전용 君子시여, 그 때는 純漢綴이었소이다."

門牌 없는 집이 없었다. 내가 살던 옆 옆집에는 "朴春琴"이란 門牌가 있었다. 그는 일제 때 작위를 받은 친일 인사로 기억한다. 자가용 차가 드나들었다. 국민학교로 가는 길에는, 내 기억을 더듬어 보건대,

> 梨花町 町會에서 왼쪽으로 꺾어 한 참 가노라면 京城工業學校가 오른 쪽에 있고, 건너편에 xx알루미늄 京城工場, 그 건너에 獸醫科 大學 여기서 왼편으로 돌아가면 孝悌國民學校라는 縱書 校名이 어린 학생을 맞아 주었다.

門牌打令(문패타령) 看板打令(간판타령)을 늘어놓았다.

실인즉 漢字打令을 하련다. 지금까지 음을 달지 않은 漢字가 쉰 자 남짓 쓰여 졌다. 이 정도의 漢字를 判讀(판독)할 수 있는 요즘 대학생이 몇이나 되는지, 그리고 이른 바 登壇(등단)했노라는 4~50대 또는 60대의 요즘 문인들이 몇 분이나 이를 줄줄 읽을 수 있는지 疑懼(의구)의 숬(염)을 금할 수 없다.

자, 그러면 부득이 자자랑을, 이 슬픈 자자랑을 해야 할까보다.

필자는 이런 유의 漢字를 열 살 전 후에 읽을 수 있었다면, 이 사람을 천재로 받들 것인가. 천만의 말씀. 대여섯에 千字文을 바로도 외우고 거꾸로도 외웠다는 淸凡先生이 계시다. 生而知之(생이지지)하

는 천재는커녕, 學而知之와 困而知之(곤이지지)의 경계를 방황하는 中上 정도의 재주밖에 타고 나지 못했음을 자신이 안다. 솔직히 고하거니와, 나는 서당 공부를 한 적이 없다. 어릴 때 千字文 한 장 배운 적도 없다. 일제 때 국민 학교에서 漢文교과목이 따로 있었던 것도 아니다.

漢字가 생활이요, 생활이 漢字였던 그런 시대에 유년기를 살 수 있었기 때문이요, 生來의 文字癖(벽)이랄까, 문자에 대한 관심이 유별하여, 어릴 때부터 거리를 가면서 눈에 뜨이는 門牌며 看板을 보고는 허공에다 손가락 글씨를 쓰던 버릇이 칠십이 넘은 오늘까지 살아있어, 타국 살이 40년에도 거리에 나가면 길 이름, 간판, 심하게는 앞에 가는 차의 license plate까지 허투루 보는 일이 없다.

십여년전 고국에서 고향 친구 십여명이 모인 적이 있었다. 나와는 국민학교 5학년때부터 졸업하기까지 겨우 2년간 한 학년이었고 한 반 친구는 두어 명 뿐이었으나, 이들의 姓名 三字를 모두 漢字로 기억하고 있음에 내 스스로 놀랐던 것이다. 이 뿐이랴, 졸업 후 한 번도 만난적이 없는 월북한 친구들의 이름을 50년이 지나도록 漢字로 기억하고 있는 것은 나만이 아니었다.

우리 世代가 天才의 世代였던가
다음 世代는 鈍才(둔재)의 世代인가

천만의 말씀.
우리는 특대생으로 공납금면제 문패학원 명찰학원의 충실한 학생이었을 뿐이다.
우리 世代는 光復(광복) 이후로부터 사변 전 후 수년간 약간의 漢

字 文化의 福祿(복록)을 享有(향유)했던 행운의 세대요, 다음 세대는 이 귀한 복을 무참히 박탈당한 비운의 세대였던 것이다.

성명을 漢字로 알면 잘 잊지 않는다. 왜 그러냐 묻지를 말자. 겪어 보면 안다. 漢字의 신비성이라 해 두자. 漢字는 우리 網膜(망막)에 찍히어 우리 뇌리에 그대로 刻印(각인)되는 것이다. 내가 어릴 때는 모두 名札을 달고 다니거나 옷에 성명이 새겨져 있었다. 물론 漢字였다. 그러나 누구 하나 어렵다고 불평하지 않았다. 언제부터 무슨 이유로 名札이 없어졌는지 기억이 없다. 이 역시 저 거룩하신 西洋 民主風의 末弊(말폐)였을 것이다.

祖國은 한漢 이데올로기 대립으로 반세기의 사상전이 계속되고 있다. 世界史上 그 유례가 없는 50년 遊戰擊(유격전)이다. 한글 전용주의와 한漢混用主義의 대결이다. 전자는 與黨格(여당격)이요 후자는 野黨(야당)인 셈이다. 전자는 제도적 권세를 등에 업고 현대판 漱石枕流格(수석침류격) 고집을 부리고, 후자는 우리 語文 우리 文化의 中興(중흥)을 위해 白衣從軍(백의종군)을 하고 있는 셈이다. 태평양을 건너온 風聞(풍문)에 의하면, 초등학교에서 과외로 漢字교육을 하는 곳이 상당히 많고, 漢字 지능고사에 응하는 초등학생들이 매년 수십만에 이르고 있다 한다. 참 반가운 일이다.

자, 그러면 우리 모두 한漢 混用(혼용) 캠페인을 해 보자.
문교 당국이 정책적으로 이를 지지하지 않는 한, 일반 市民運動이 없을 수 없다.
Grass Root Movement다. Civil Disobedience Movement다. 즉 市民 不服 運動이다. 이는 문화를 아끼는 국민으로서의 의무다. Civic

Duties다.

1. 유치원생부터 고등학교 학생들에게 漢字 명찰을 달도록 부모들이 권한다.
2. 대소 기업체 명이나 소규모 상점의 상호를 漢字로 쓰자.
3. 일반의 명함은 漢字로 쓴다.
4. 선전광고, 판촉물과 상품에도 漢字를 많이 쓰자.
5. 각종 버스의 노선, 행선지를 漢字와 한글을 병기한다.
6. 우편물 주소 성명도 漢字로. 단 배달에 혼잡이 생길지도 모르므로 당분간 한글을 병기한다.
7. 각 지방의 문화적 명소 및 관광지의 지명이나 안내 표지를 漢字로 쓴다.

이상, 美洲(미주) 狂生(광생)의 衷情(충정)의 呼訴(호소)다.
미친 사람 말을 성인도 들으신단다.
洋間島(양간도) 逆風客(역풍객)의 哀願(애원)이다.

漢字를 疎薄(소박)하기 반세기에, 우리 말, 우리 글, 우리 문화의 몰골이 가엾지 않은가. 우리 어문의 타락상은 한국을 아는 外人에게 물어보자.

經濟 大國이 되었거든, 과학기술의 선진국임을 자랑하려거든, 文化大國의 班列(반열)에서도 쫓겨나지 말아야 한다. 語文이 墮落(타락)하면 文化가 흔들린다. 총칼에 의해서만 나라와 民族이 衰亡(쇠망)하는 것은 아니다.

漢字는 우리 文字다. 한글과 함께 우리의 國字로 上座에 모셔야겠다.

漢字語를 漢字로 쓰는 門牌學院, 名札學院을 세워야겠다.

漢字語는 漢字로 쓰는 看板學院, 거리 學院, 社會學院을 세워야겠다.

韓國語는 漢字語를 漢字로 쓰지 않고는 반편이다. 한 민족의 民度
는 그 언어문화의 질로 결판이 난다.

漢字를 보게 하자. 보면 배운다.

漢字를 읽게 하자. 읽으면 안다.

왜 금하느냐. 漢字를 배울 권리를 누가 누구를 위해 剝奪(박탈)하
느냐.

門外漢(문외한)의 發音論(발음론)
——二:三四:를 읽을 줄 아느냐?—

   초면인 두 사람이 어느 시골 주막에서 만났다고 하자. 어느 봄 날이었거나 긴 여름 날, 자못 유식해 보이는 한 나그네가 풀쑥 묻는다.

"바둑 두시요?"
"아니요"
"그럼 장기는 두는가?"
서슴잖고 '하게'한다.
"아이구, 장기도 못 둡니다"
"그럼, 꼰(고누) 둘 줄은 아느냐?"
이젠 거의 멸시조로 '해라'한다.
"?????....."

   이런 낭패가. 할 말이 없다.
   내가 어렸을 때, 어느 시골 주막에서 버스를 기다리면서 들은 寸劇(촌극)이다.
   弄筆(농필)삼아 脚色(각색)해 본 것이다. 자 그러면 현대판 飜案(번안)을 읽어 보실까.

"大韓民國을 읽을 줄 아십니까?"
"?"
"그러면 '韓國'은 읽을 줄 아시오?"
"??"
"그럼, 一二三四를 읽을 줄 아는가?"
"???"
"그럼 '한 둘 셋 넷'은 셀 줄 아느냐?"
"머라꼬요????"

"이 무슨 수작이냐?"고 어리둥절하는 이가 있을 것이다.
"부질없는 농짓거리"라고 꾸짖는 분도 있을 것이다.
"이 무슨 당돌한 짓이냐?"고 화를 내는 어른도 계시겠다.

그러나 우리 조용히 생각해 보시자.
우리 말 발음의 亂雜狀(난잡상)에 대해서.

실인 즉, 이상 네가지 질문은 자못 多義多趣(다의다취)한 것이다.
얼핏 보기로 漢字(한자)의 素養(소양)을 꼬집는 듯 한 느낌을 줄지도
모르겠으나, 漢字의 중요성을 암시하고는 있으되, 이른바 우리 固有
語(고유어)와 漢字語(한자어) 발음에 대하여, 한 門外漢으로, 그러나
우리 말 우리 글에 대한 向念(향념)만은 누구 못지 않다고 自負(자부)
하는 在外의 한 文筆人으로, 솔직히 논해 보려는 것이다.

우선 이상 네 줄의 예문을 조용히 두어 번 읽어 보고서, 틀린 발음
이 있었는지 스스로 물어보자.

영어는 accented language라 하여, 단어의 특정 모음에 强弱(강약)의 accent가 있고, 우리 말은 모음에 高低長短(고저장단)이 있는 것이 각각 그 특징이다. 그리고 우리 말은 固有語이건 漢字語이건,

긴 소리는 높고

짧은 것은 낮다.

편의상 긴 소리인 글자 뒤에 :표를 붙여서 이상 예문을 다시 옮겨 본다.

"大:韓民國을 읽을 줄 아:십니까?"

"그러면, 韓國은 읽을 줄 아:시오?"

"그럼, 一二:三四:를 읽을 줄 아:는가?"

"그럼, 하나 둘: 셋: 넷:은 셀:줄 아:느냐?"

이상의 高低長短(고저장단) 표기가 옳다고 가정하시고 자신의 발음과 비교해 보는 것도 흥미있는 일일지도 모른다.

그러면, 이 고저 장단의 기준은 무엇인가.

필자의 소견을 적어 본다.

1. 漢字語(한자어)

四聲(사성)의 類別(유별)에 따른다. 즉 平,上,去,入聲(평상거입성) 중 어느 것에 속하느냐에 따라 고저와 장단음이 결정되는 것이니, 平聲과 入聲은 짧고 낮으며, 上聲과 去聲은 길고 높은 소리다.

즉 예시하면

大는 泰(태) 韻統(운통)에 속하므로 上聲임(긴 소리)

韓은 寒(한) 韻統(운통)에 속하므로 平聲임(짧은 소리)

民은 眞(진) 韻統(운통)에 속하므로 平聲임(짧은 소리)

國은 織(직) 韻統(운통)에 속하므로 入聲임(짧은 소리)

一은 質(질) 韻統(운통)에 속하므로 入聲임(짧은 소리)

二는 寘(치) 韻統(운통)에 속하므로 去聲임(긴 소리)

三은 覃(담) 韻統(운통)에 속하므로 平聲임(짧은 소리)

四는 寘(치) 韻統(운통)에 속하므로 去聲임(긴 소리)

이 가운데, 韓國의 韓을 긴 음으로 규정한 사전이

국어대사전 (이희승편:민중서림)

한국어 대사전 (정인승 외편:현문사)

임을 밝혀둔다. 이 사전의 편자가 모두 당대의 어학자이시니, 이 필자가 이해치 못하는 어떤 사유로 이 韓자를 장음으로 규정했을 가능성이 없지 않겠으나, 韓의 高低長短(고저장단)의 기준이 원칙적으로 四聲의 平仄(평측)에 의거하는 것이라면, 韓은 당연히 낮고 짧은 음일 수 밖에 없는 것이다. 어느 편이 옳으냐는 나이 지긋한 韓氏들에게 물어보자.

2. 固有語 (漢字語를 제외한 것)

言語란 오랜 세월을 두고 자연 발생적으로 정착되는 것이므로 특히 우리 고유어는 한자와 달라서 단지 관행으로 장단음이 고착된 것이다. 다시 말하면, 우리 부모, 우리 조부모들이 써 오신 소리가 올바른 것이다.

지방에 따라 약간의 變異(변이)가 있기는 하나, 말의 소리는 몇몇 학자의 客氣(객기)로 愚弄(우롱)할 성질의 것이 아니다. 不文律(불문율)이다.

이 필자의 귀에는, 요즘 한국인들의 十中八九는 韓國語의 韓을 길게 발음하고 있으며, 二와 四를 짧게 발음하는 예를 많이 보았고, 둘: 셋: 넷:을 또 짧게 발음하고 있을 뿐만 아니라 그 모음 'ㅔ'를 'ㅐ'와 같이 발음하는 사람이 많아졌고, 'ㅖ'와 'ㅒ'도 식별치 못하는 형편이다. 소위 아나운서며 방송기자는 물론이요, 대중 앞에 서는 教役者 (교역자)들, 심하게는 詩를 낭송하는 詩人들에 이르기까지 그 발음의 亂雜狀(난잡상)은 차마 귀담아 들을 수가 없다. 때로는 각급 학교의 국어선생이나 국문학교수들의 발음 수준은 어떠신지 자못 궁금해진다.

제 나라 國號(국호)를 제대로 발음하지 못하는 민족이 있던가.

소위 고등교육을 받았노라는 성인들이, 一二:三四:와 하나 둘: 셋: 넷:, 즉 one two three four를 제대로 읽지 못하면서 문화민족으로 자처하겠는가. 이 필자의 어린 시절에는 유식한 집에서 성장했건, 무식한 부모 밑에서 자랐건, 예닐곱 살짜리도 '하나 둘: 셋: 넷:...아홉 열'하고 장단과 모음을 구별할 수 있었으니, 요즈음 성인들 보다 우리 말 발음이 나았던 것이다.

이 얼마나 부끄러운 일인가.

제 나라 대통령의 姓(盧를 노-로 길게 하다니)을 제대로 발음하지 못하는 것이 이 한민족이라면 이야말로 국제망신이요, 문화민족이란 말은 開口(개구)도 말아야한다.

이 모든 事端(사단)은, 한글전용 狂亂風潮(광란풍조)에 있고, 이들 한글 전용주의자야 말로 우리 조상, 우리 문화에의 반역자다.

一二:三四:부터, 하나 둘: 셋: 넷:부터 다시 익혀야겠다.

우리 國號(국호) 韓國(한국)을 짧게 '한국'으로 올바르게 받들어 모셔야겠다.

아! 이 얼마나 부끄러운 나라인가.

아! 이 얼마나 부끄러운 민족인가.

嗚呼 哀哉(오호애재) 嗚呼 痛哉(오호통재)

"한글"과 正音字(정음자)

'한글'이란 무슨 뜻이며, 무엇을 가리키는 말인가.
'한글'이란 말의 연유와 그 정통성은 어디에 있는가.

어학자가 아닌 필자가 경솔히 논할 것이 아닌지도 모른다. 그러나 글을 쓰는 사람으로, 즉 현실적 practitioner로서 오래 울결된 소감을 적어본다. 어학자나 사서 학자들의 소임이 단어를 설명 정의하는 일이라면, 이런 정의의 당부를 논하는 일은 글을 쓰는 이들의 영역에 속하는 것이겠다.

벌써 이십년 전이었을 것이다.

어느 유명 문예지에 어느 저명 대학교수가 '한글'이란 무엇인가 하는 定義(정의)를 내린 일이 있었다. 한 페이지도 채 차지 않는 짧은 글이었다는 기억이 있을 뿐, 그 글을 읽을 생각은 커녕, 그런 글을 소위 일류 문예지에, 그리고 국문학 박사가 썼다는 그 사실에 놀랍고 분해서 외면하고 말았다. '한글'이 무엇을 지칭하는지 의문의 여지가 없는 것을 굳이 부자연스런 정의를 내릴 필요가 있는가. 정의를 위한 정의는 무의미한 것이다. 문제의 발단은 '한글'이란 말의 애매성과 오용에 기인한 것이다.

금년 초에 이런 놀라운 일을 당했다.

서울 어느 원로 시인의 소개로 또 한 원로 시인께 원고를 청하려고 전화를 했던 것이다.

잡지는 미국에서 발행하는 'Korea Monitor'라는 주간지임을 대충 설명하자 대뜸 물으시기를,

"그럼 '한글' 잡집니까?"하신다.

이 語訥(어눌)한 사람은 한 동안 말을 못했다. '한글 잡지'라니.

"한국어 잡집니까?"하고 물어야 하지 않은가.

가물에 콩 나듯 한자가 몇 자씩 보이는 고국의 신문도 '한글 신문'이라 할 것인가.

"'한글' 잡집니까?"하고 물으신 분은 팔십 객의 소위 '한자 세대'요, 작년에 어느 권위 있는 시문학상을 타신 원로 시인이라면 실로 놀랍지 않은가.

'한글'은, 두 마디로 Korean Alphabet다.

미국이나 영국에서 English Alphabet가 무엇을 가리키는지 혼동하는 초등학생은 한 사람도 없을 것이다. 따라서 한국은 '말'과 '글'을, '말'과 '문자'를 변별치 못하는 나라다. 언어는 音聲言語(음성언어)와 文字言語(문자언어)가 있으니 영어로 Spoken Language와 Written Language라 하면 더 분명한 것 같다. 즉, '한글'은 한국인의 'Written Language' —단연코 '한자'와 함께—에 속하는 것이다. 그러므로 설령 순 '한글'로 쓰여진 잡지라고 하더라도 '한국어' 잡지라 해야 한다.

이제, '한글'이란 말은 쓰지 말아야겠다. '한글'은 한마디로 19세기의 '退物(퇴물)'이다. '正音字(정음자)'로 대치하자. 朝鮮(조선) 語學會

(어학회) 애국 先烈(선열)의 뜨거운 민족 정신은 萬代(만대)에 기릴 일이나, 壅塞(옹색)한 國粹主義的(국수주의적) 殘滓(잔재)는 깨끗이 청산해야겠다. 한글=한국어 라는 等式(등식)은 語不成說(어불성설)이다. '正音字(정음자)'로 쓰자. 訓民正音(훈민정음)의 '正音(정음)'을 따서 '한글' 대신 '正音字(정음자)'를 우리 민족의 문자로 우리 문화의 상좌에 모셔야겠다.

나의 外道(외도)

—대한민국 인터넷 落穗集(낙수집)—

내 평일에 한국 인터넷을 멀리하고 있었더니, 어쩌다 Korean Internet에 홀리고 말았다.

그 張本(장본)은 金正日(김정일) 연평도 포격 사건이었다. 고국의 정세가 궁금하여 무시로 인터넷을 들여다 보다가, 나도 모르게 그만 外道(외도)를 범하고 말았더니, 실로 駭怪罔測(해괴망측)한 한국 인터넷 用辭(용사)에 일종의 公憤(공분)을 금치 못하여 이 인터넷 落穗集(낙수집)을 엮어 본다. 대한민국 文化小事典(문화소사전)이라 할까.

1. 卑俗語(비속어)

쩍벌남 vs 하이힐녀. 지하철에서 쩍벌남을 응징한 하이힐의 膺懲女(응징녀).

쩍벌댄스 포미닛 현아 망사패션 작렬

품절남 품절녀. 연예인 등 결혼한 남녀?

글로벌 된장녀?

아버지 같은 사람에게 지하철 반말녀 패륜녀

베이글녀. 베이비페이스+글래머 몸매

강남클럽 흰티녀. 흰 티셔츠의 미녀?

네명의 남친 꾀여 자동차 사십대 훔친 간큰녀

재미존얼짱존???

화끈 글레머

명동 한복판에 옷찢녀 등장, 제 옷을 제가 찢는 發狂女(발광녀)

남편과 xx한 의심녀에 37회 경고 메시지, 의심하는 여자냐 의심을 받는 여자냐

대한민국 멋남멋녀

 연예계와 정치계 뿐 아니라 사회 전반에 유통하고 있는 상투어다. 욕도 제대로 쓰면 격이 있는 것이다. 이들은 실로 멋대가리 없는 흉칙한 造語(조어)다. 미국에서 이런 말이 유행한다면 feminist들이 전국 방방곡곡 무장시위를 불사하리라.

2. 밑도끝도 없는 稚拙(치졸)한 말

미녀백댄스포먼스 아찔

디카촬영 노하우 아이폰으로 쏙

적설량 6.6cm 출근길 엉금엉금

자동차 싸게 사려면 12월이 딱

재벌 이세와 애정행각 후끈

코스피 2000 시대 활짝

연예인 결혼 빵빵

삼관왕 눈물 펑펑

새해 벽두 ×××-다니엘 헤니 열애설로 들썩

알뜰 자동차 족 눈길

정치권 싸늘

쇠고기 복병 불쑥

성장 잠재력 쑥쑥

축구 유럽파 펄펄

지경부가 "이번엔 설마"

낮부터 기온 뚝

몰래한 선행 훈훈

거의 삼류 기자들의 標題語(표제어)인데, 어휘는 유치하고 모두 '아찔', '쑥', '후끈', '펑펑' 등으로 끝낸 불완전 문투다. 초등학교 저학년 수준이다.

3. 頭文字略語(두문자약어)

성통만사…성공적인 통일을 만들어 가는 사람들(탈북자 단체)

노사모…노무현 사모하는 모임

짜사모…짜장면을 사랑하는 모임

언소주…대표 언론 소비자 주권 국민 캠페인 대표

사사세…사람사는 세상 송년의 밤

닭은이…덜 늙은이라고한다. 이것이 유일한 미국산이다.

×××'겨털' 사진 공개…겨털이 무엇인지 알 수 있는가. '겨'
는 겨드랑.

세상에 이런 頭文字(두문자)도 있던가. 영어 acronym과 대조해 보자. 우리 頭文字 약어는 文字(문자)의 성질상 漢字語(한자어)에 한하는 것이다.

4. 콩글리튀말(Konglish 튀기말)

쿨한 아내.

핫트렌드 아이템

워킹맘의 미션임파서블

군대의 버라이어티 프로그램 신설

북한의 고위 관리들 올초 극비 망명…올초라니? 올해 초란 말인
가. 작초도 있는가.

착한 글래머 라이브

아슬아슬 각종 익스트림

하이 트렌드 아이템

순수한 이미지를 벗고 섹시하고 카리스마 넘치는 팜므파탈??

짧은 보라색 플레어스커트 어그부즈로 깜찍하게 코디한 아이유

머니투데이 오픈라인 헤드라인

여배우××의 사진 '비포 앤 애프터'

커리어우먼의 오피스룩만 입던 ×××는 해외 브랜드 런칭을
성사시키기 위해… 드림센터에서 시크한 시티룩을 입어…

포퓰리즘 정책을 주장하는 야당을 비판하는 패러디물이 나오
면서…

전주 KCC이지스와 울산 모비스 경기에 앞서 치어리더가 화
려한 오프닝 공연을.

어느순간 사라진 아이돌그룹 멤버들.

영어를 평상시에 남용하고 있어, 때로는 한국어인지 의심스럽다.
한국어는 英韓混血語(영한혼혈어)다. 내 시속에 뒤질세라, 混血語(혼
혈어)를 하나 지었는 바, 콩글리튀말, 즉 콩글리쉬(Konglish) 튀기말

이다. 이러다간 우리 민족이 모두 英韓半種(영한반종)이 되려는가.

5. 진짜 웃기는 글

현각스님 28세 꽃같은 나이로.

…남자도 꽃같은 나이가 있나. 여자도 28세면 꽃같은 나이가 아
니다.

서울은 25.8cm의 눈이 쏟아져 도시는 초토화됐다.

…焦土(초토)는 땅이 타서 검게 되었다는 뜻이다. 눈으로 어찌
焦土化(초토화)되는가. 이런 망언도 있나.

체조 요정×××만신창이 발 공개.

…滿身瘡痍(만신창이)란 온 몸이 상처 투성이라는 뜻이다. 발만
다친 것을 어찌 만신창이라 하는가.

××배우의 "난 외모를 가졌다"며 재치 있게 답변했다.

…원 세상에 외모 없는 사람 있던가. 다른 점은 외모가 잘 생겼
느냐 못 생겼느냐가 아닌가.

군 안팎으로 파장이 예상된다.

…파장이라니? 波長(파장)인가. 波紋(파문)인가. 파문을 일으킨
다 해야 할 것이다. 이 역시 漢盲(한맹)의 소치다.

MC를 10년간 한다는 것이 '아이러니'합니다.

…'아이러니칼'하다 해야지.

남심을 흔드는 도발적인 포즈.

…不適語(부적어)와 외래어 남발.

세상에 이처럼 엉터리 말을 쓰는 나라가 또 있을까.

이것이 우리 조국의 風俗圖(풍속도)다. 우리민족의 Linguistic Landscape다.

南北(남북) 언어의 異質性(이질성)을 누가 云謂(운위)하는가. 이미 異質(이질)의 문제만이 아니다. 굶네 먹네하는 '조선민주주의 인민공화국'도 이처럼 語文(어문)이 타락하지는 않았을 것이다.

모 국회의원 나으리께서 자식의 情實人事(정실인사)가 物議(물의)를 일으키자, 딴은 文字(문자)를 쓴답시고 변명하시되,

"××는 외국에서 명문대학 학위를 받은 재원입니다"하셨단다.

재원은 才媛의 한자어다. 재주 있고 아름다운 여자란 말이다.

요즘 한국은 말도 性轉換(성전환)을 하는 나라인가. 이 어른의 '거룩하신 문자'로 才媛(재원)이란 말이 재주있는 남자라는 뜻으로 삼천리 강토에 유행할 것이다. 언젠가는 男女(남녀)도 구분치 못하는 나라가 될지도 모른다. 일국의 국회의원이란 자의 교양이 이 정도로 타락했으니, 이 나라 民度(민도)며 이 나라 國格(국격)이 실로 비참한 것이다.

아이고, 아이고,

우짜다 요 나라가 요 꼴이 됐능교?

嗚呼哀哉(오호애재)

嗚呼痛哉(오호통재)

國恥
―한글 專用은 우리 文化에의 反逆이다―

(이 첫 번째 글은, 試案으로, 漢字語를 모두 漢字로 쓴 것이다. 日本人들은 通常的으로 이 정도의 漢字를 音이나 訓을 거의 달지 않고 글을 쓰며 읽고 있음을 參考로 附記한다.)

나라를 잃은 것은 一代一世의 國恥일 수 있다. 그러나 말을 잃은 것, 제 文化를 제 발로 짓밟은 것은 子孫萬代의 民族的 國恥다.

놀라는 이들이 많을 것이다.

이 筆者가 내 祖國 大韓民國 現大統領 閣下의 姓名 三字를 이제야 알게 되었다고 한다면.

千萬多幸으로 春夏秋冬이란 칼럼을 써 온 德澤으로 判無識을 탓하는 이는 없겠으나, 저 거룩하신 愛國 國粹君子로부터 祖國을 떠난 洋間島의 島夷―되놈―이라고 指彈을 받을지도 모른다. 그러나 어찌 大統領 이름을 모르겠는가. 이 글 虛頭에 '이름'을 모른다고는 말하지 않았다. 분명히 姓名 三字를 모른다고 했다. '이명박'은 原字인 漢字의 그 音만을 正音字로 表記한, 한갓 記號나 符號에 不過한 것이다. 換言하면 形音義 세 가지를 갖춘 우리 漢字는 아닌 것이다. 적어도 제 할애비 姓을 이어 받았고, 애비 할애비가 지어 주신 이름이 漢字

語라면 原字를 써야 姓이요, 名인 것이다. 日本은 幼稚園 아이들도 漢字로 제 이름을 쓴다. 그들은 漢字도 國字라 한다. 그들의 '가나'와 '漢字'를 兼用하여 그들의 말과 글을 소중히 '國語'라 한다.

자, 그러면 대통령의 姓名 三字를 이 筆者가 어떻게 承顔케 되었는지 그 슬픈 事緣을 적어 본다.

故國의 月刊誌 '한글+漢字'(전국漢字敎育推進總聯合會 刊, 2009年 三月號)에 紹介된 日本 言論人의 글을 읽고서, '이명박'은 '李明博'의 音譯임을 알게 되었다면 이는 실로 文化的 衝擊이요, 아이러니가 아니겠는가. 率直히 말하건대, 筆者는 그 어른의 姓名 三字를 原字, 즉 漢字로 쓰인 것을 본 적이 없다. 이야말로 한글專用의 赫赫한 功績이요, 最惡(최악)의 橫暴다.

그러면 이 日本 言論人은 누구였던가?
黑田勝弘(구로다 가쓰히로). 産經新聞 서울支局長이다.
黑田氏는 서울에 있는 一流 大學에서 '現代日本文化의 理解'란 과목을 약 3년간 講義한바 있는 사람으로, 日本 'SAPIO'誌(2009. 1. 28)에 '國語崩潰'란 題下에 韓國語文의 墮落相을 痛切히 批判한 것이다. 그 內容을 要約한다.

- 한글의 悲劇
- 韓國人은 大統領 '이명박'도 漢字로 못 쓰고, '부산'도, '안녕하십니까'도 漢字로 못 쓴다.
- 韓國 公文書는 한글專用이다.

- 내 자신 韓國語로 講義를 함에는 別問題가 없었으나, 한글 로만 쓰여진 答案紙를 읽어야 하는 苦衷.
- '日本文化 理解'에는 漢字가 必須이므로, 漢字를 쓰면 좋은 點數를 주겠다고 했더니, 漢字로 쓴 答案은 10% 未滿이며 '日本'을 '一本'으로 몇 번씩 쓴 學生도 있었다.
- 韓國語는 70% 이상이 漢字語인데 漢字를 버렸으니 말의 참 뜻을 알 수 없게 되었다.
- 요즈음 世界的 流行語인 '성희롱'(Sexual Harassment) 이란 말이 '性戲弄'임을 아는 韓國人은 거의 없다.

다음에는 東洋 漢字學의 碩學인 日本 白川 靜(시라가와 시즈까)氏를 모시고 對談한 內容을 紹介한다. 氏는 字統 字訓 字通의 三部作 字典을 爲始해서 실로 等身大의 著述을 남긴 분이다. 이 對談을 맡은 사람은 上智大 敎授 渡部昇一(와따나배 쇼이찌)요, 이 對談을 基礎로 '知의 즐거움, 知의 힘'이란 單行本이 나왔는 바, 그 중 '말을 잃은 나라는 歷史와 傳統을 喪失한다'는 對談만을 飜譯해 놓았으니, 짧지 않은 글이나 조용히 한두 번 읽어 주시압.

말을 잃은 나라는 歷史와 傳統을 喪失한다.

白川 : 나는 漢字를 理解시켜야 한다고 생각합니다. 지금까지 漢字를 記憶하는 것이 어렵다고 하는 것은, 모르기 때문에 記憶할 수 없었던 것입니다. 알면은 記憶할 必要가 없지요. 보기만 해도 알거던요. 그래서 漢字를 理解할 수 있는 敎育을 하면, 從來의 漢字를 使用한다는 國語表記 方法은 充分히 維持되고 또 發展

시킬 수 있다고 생각합니다. 먼저 理解시키는 것입니다. 韓國 같은 나라는 한글로 하고 말았으나, 한글은 符號일 뿐이지요.

渡部 : 그래서 民度가 너무 떨어졌다고 恨歎하는 분이 있었습니다. 學生들이 아무것도 읽지 못하게 되어버렸나 봅니다.

白川 : 古典을 읽을 수도 없게 되거던요. 내 境遇에도 저쪽(한국)에 서 名銜을 주더라도 한글로 쓰여져 있었으면, 本字가 뭔지 알 수 없지요.

本字를 쓰면, 아, 이런 姓에 이런 이름이고, 또 이런 뜻도 있 구나 하고 理解할 수 있는데 말이예요. 諺文으로 쓰면 그게 全 然 알 수 없어요. 이건, 日本語를 全部 '가나'(일본 문자)로만 表現했을 때의 일을 생각하면, 그 問題를 알 수 있지요.

내가 大學에서 講義하고 있을 땐데요, 出席簿를 全部 '가나'로 打字해서 내게 갖다 주는 겁니다. 그러니까 이름과 사람이 도 무지 連結되지 않았습니다. 그래서 내가 學生마다 本字를 물 어서 出席簿를 만들어 버렸지요. 그러구서 出席을 불러 보니 까, 두어 번 만에 이름과 學生이 連結되더군요. 한글로도 같 은 問題가 있죠.

渡部 : 이것은 어느 韓國人이 歎息하며 쓴 것인데, 이 분은, 韓國 學 生은 거의 無知에 가깝다는 要旨의 말을 하더군요. 왜 그러냐 고 물었더니, 책을 못 읽는답니다.

白川 : 아, 그렇지요. 字가 없으니까요.

渡部 : 그래서 좀 어려운 말이면 알지도 못하고, 漢字는 同音異字라 는 것이 相當히 있지만, "한글"의 境遇에는 同音만 있지 異字 가 없으니까, 對話를 하는 중에 서로 무슨 말인지 알 수 없게 되지요. 그러니, 어려운 이야긴 하지 말게 되어 對話의 內容

이 극히 幼稚해진다는 거예요.

白川 : 全部 '가나'로 쓰인 것과 같은 結果가 되어버리는 셈이죠. image가 살지 않지요.

渡部 : 그래서 어려운 思想이나 생각은 나오지 않게 되었다고 그 韓國人이 恨歎합니다. 그렇기 때문에 지금 韓國에서는 漢字를 復活시키려는 運動이 있는 모양입니다만, 漢字를 가르치지 않은 世代는 自身들이 모르는 것을 가르친다고 抵抗이 있는 모양입니다. 옆에서 보기에 많은 것을 잃었다고 생각하는데요…

白川 : (한자를 모르면) 말의 再生産이 不可能한 겁니다. 새로운 造語가 不可能해요. 하나의 觀念形態로서의 漢字가 있으면, 組合함으로써 갖가지 새로운 內容을 갖는 말이 생겨납니다. 한글로는 그 再生産이 不可能 합니다. '베트남'도 마찬가지랍니다. 그 나라도 漢字를 쓰고 있었으나, 불란서 統治時에 모두 로마자化 했거던요… 그 結果 제 나라 文獻을 읽을 수가 없고, 그래서 새로운 造語가 不可能해져서 그냥 外來語를 輸入할 수밖에 없었습니다.

渡部 : 韓國人들도, 例를 들어 '안녕하십니까'할 때, '安寧'이잖아요. '安寧'이라 쓰면 그 意味가 통하지요. 그런데 '安寧'이란 漢字를 모르는 사람은 '안녕'으로 쓰고는, 그 語源을 모르면서 쓰는 結果가 되겠지요. 그렇게 되면 어쨌든 淺薄해 지겠지요.

白川 : 베트남에서는 醫師를 "쁘시"라 합니다. 博士란 뜻이지요. 그러나 '博士'라 쓰면 醫師가 그런 學問을 한 사람이구나 하고 알 수 있지만, "쁘시"만으론 무슨 뜻인지 몰라요. 이것은 符號처럼 쓰는 셈이에요. 말이 符號가 되고 말았지요.

渡部 : 한글도 그런가 봅니다. 單純 符號가 되고 말았답니다. 말을 없

애면 歷史와 傳統을 잃게 되지요.

白川 : 그렇지요. 그리고 漢字를 가르치지 않았다는 것은 같은 이야깁
니다. 日本人으로부터 '생각하는 힘'을 剝奪하는 結果가 되지요.
日本 사람은 漢文을 읽을 때, 讀經하듯 하지 않잖아요. 中國
人은 讀經하는 식이지요. 理解하건 못하건 音만 알면 읽을 수
있지요. 그러면 어느 程度 理解하고 있는지는 알 수 없거든요.
그런데 日本人은 (日本 固有의 方法으로) 訓讀을 하기 때문에
말이죠. 모르는 대목이 있으면 거기서 멈추게 됩니다. 意味를
모르면 그 이상 읽어 나갈 수 없습니다. 즉, 日本人들은 文法
的 分析을 하면서 읽어 나가기 때문에 正確한 것입니다. 所謂
京都學派같은 이들이 中國學에 있어서 훌륭한 業績을 남겼습
니다만, 그것이 可能했던 理由는 "도꾸가와"以來의 訓讀法에
依存했기 때문입니다.

渡部 : 傍若無人이라고 쓰면 무언지 그 뜻이 漠然하나마 느낌이 있습
니다만, 우리는 이것을 '곁에 사람이 없는 것 같이'라고 읽기
때문에 너무도 分明히 理解하고 말지요.

白川 : 그렇기 때문에 日本의 '訓讀法'이란 것은 外國의 말을 攝取하
는 方法으로는 아주 優秀하다고 봅니다.

渡部 : 東京大學 先生에게서 들은 이야깁니다만, 中國大陸에서 日本
에 온 留學生이, 日本에 온 것이 多幸이라고 생각하는 理由 중
의 하나가, 日本語로 飜譯된 論語를 읽고 나서 더 잘 理解할
수 있었다는 겁니다.

白川 : 日本의 境遇에는, 漢字를 音과 訓을 쓰기 때문이지요. 그뿐 아
니라, '가따가나', '히라가나'가 있어서 多樣한 表現이 可能하
지요. 世界에 이렇게 많은 道具를 가지고 있는 나라는 없습니

다. 이것은 크게 자랑해도 좋다고 생각하고요. 이런 것 있는
傳統을 잃어서는 안 됩니다.

讀後感이 어떠신가.
所謂 漢字 文化圈이라는 東洋 三國中 하나인 日本 文化人이 본 우
리다. 우리 文化다. 이 글을 읽고서 이들의 偏見을, 또는 이들의 傲慢
을, 아니면 惡意와 酷評을 叱咤할 것인가. 良識이 있다면, 良心이 살
아 있다면 할 말이 없을 것이다. 부끄러울 뿐이다.

黑田氏의 語調에는 多分히 侮蔑의 口氣가 歷然하나, 白川氏와의 對
談에는 純粹한 學者로서, 그리고 文化人으로서 이웃나라 文化에의 憂
慮와 憐憫의 情이 엿보이고 있음에 喟然歎息을 禁할 길이 없다.

日本과 우리는 自國의 文字가 있기 전에, 漢字를 빌어 言文不一致
한 跛行的 語文 生活을 營爲해 왔다는 事實과, 그 후에 兩國이 各各
소리글자에 屬하는 表音字, 卽, 우리는 '한글'을, 日本은 '가나'를 쓰
게 되었다는 語文傳統이 恰似한 것이다. 따라서 兩國은 千餘年 써온
漢字와, 後來의 表音文字를 어떻게 調和할 것이냐는 問題가 近世 國
語政策上 重大한 共通 事案이었으나, 日本은 終戰 後에 '當用漢字'
1945자를 制度化하여 徹底히 漢字語는 漢字로 表記하고 있으나, 우
리는 所謂 한글 專用一邊倒로 漢字語를 한글로만 表記하기 近半世紀
에, 人類 史上 그 類例가 없는 駭怪罔測한 '識者 文盲國'을 韓半島에
建立했던 것이다. 이 結果 우리는 通常漢字를 漢字로 쓰거나 이를 읽
기는커녕, 字音의 高低 長短을 區別치 못하여, 所謂 大學을 나왔다는
'인텔리'들이 제 나라 大統領 姓은 勿論 제 姓도 제대로 發音하지 못

하고 (李는 짧은 소리, 鄭은 길고 丁은 짧고, 趙는 길고 曺는 짧고, 林은 짧고 任은 길고, 盧는 짧음) 제 나라 이름마저 바르게 소리 내지 못하면서 (韓은 짧은 소리) 文化民族然하며 世界 經濟 大國의 班列에 섰노라 誇示하고 있다.

이 어찌 부끄럽지 않은가.

이야말로 國恥다. 民族的 大辱이다. 오늘의 우리는 外國의 웃음거리가 되었다. 嗤笑의 對象이 되고 말았다. 國際的 亡身이다. 나라를 잃어야 國恥인가. 庚戌國恥만이 國恥가 아니다. 말을 잃고 文字를 잃음은 傳統과 文化의 斷絶을 意味한다.

한글로 表記된 漢字語는 한갓 記號에 不過하다. 原字인 漢字의 뜻과 이미지를 喪失한 소리일 뿐이다. 漢字의 本質과 效用을 無視하고 音만을 取하여 한글 表記만을 主張함은 이야말로 無智요 欺瞞이며 民族的 自欺인 것이다. 더 이상 우리 文化를 愚弄치 말자.

筆者는, 自慢이 아니다, 六十年 歲月을 韓 日 英 三個 國語와 더불어 살아 온 사람으로, 우리말은 차마 들을 수 없고, 글은 차마 눈으로 볼 수가 없다. 나는 TV를 보지 않는다. 틀린 말, 틀린 發音이 너무 많기 때문이다. 또한 한글 專用文은 거의 보지 않는다. 어설픈 글은 말할 것도 없거니와, 비록 名文이라 하더라도 字意와 文意가 잘 통하지 않기 때문이다. 때로는 마치 暗號를 判讀하는 氣分이다.

單語의 誤用은 말할 것도 없고 語彙가 不足하고, 그러므로 凝縮能力이 없으므로 自然히 글은 冗長해지고 文脈은 亂雜하여, 어느 것이 어느 것을 修飾하는지 또 어느 것이 主部이고 어느 것이 述部인지도 分揀할 수가 없다. 말과 글이 뜻을 傳하지 못하면 죽은 것이다.

이 모두 한글 專用君子의 功이로소이다.

'한글'이 우리의 '나라 글자'라면, 漢字도 우리의 '國字'다.
우리 特有의 音으로, 우리 生活文字로, 우리 祖先들이 近 2000년
간 써온 우리의 '國字'인 것이다. 누가 中國字라고 짓밟는가. 美國은
English라 해서 이를 排斥했던가.

文字란 어느 特定民族의 專有物이 아니다. 漢字는 東洋 三國의 文
化的 共有物이요 共同의 享有物이다. 中國人에게는 單一國字요, 韓
國人과 日本人에게는 各各 그 固有의 表音文字와 함께 또 하나의 儼
然한 國字인 것이다.

우리 말과 글이 사는 길은, 우리의 그 貴한 正音字와 含蓄無盡한 漢
字와의 和諧에 있다. 兩者擇一이 아니다. 調和와 融合이 있을 뿐이
다. 이 두 가지 文字를 씀은 우리 民族의 運命이다. 그러나 결코 災殃
은 아니다. 福이다. 特典이라 보아야 한다. 그 無限한 可能性을 보자.
이런 文化的 特典은, 白川氏의 主張을 援用할 必要도 없이, 오직 日
本과 韓國만이 누릴 수 있는 語文의 恩典인 것이다.

자, 漢字를 가르치자. 배우자. 쓰자. 약 2000자 쯤, 漢字語는 漢字
로 쓰자. 모르면 가르치자. 배워라. 制度的 한글 專用은 文化的 鎖國
이요, 終局에는, 文化의 抹殺이다. 한글 專用主義는 漢字를 배울 수
있는 우리의 基本權利를 剝奪했던 것이다.

'한 漢 兼用'을 위한 汎民族運動을 해야겠다.

國恥(국치)
―한글 專用(전용)은 우리 文化(문화)에의 反逆(반역)이다―

같은 글을 편의상 한자의 음을 달아보았음.

나라를 잃은 것은 一代(일대) 一世(일세)의 國恥(국치)일 수 있다. 그러나 말을 잃은 것, 제 文化를 제 발로 짓밟은 것은 子孫萬代(자손만대)의 民族的(민족적) 國恥(국치)다.

놀라는 이들이 많을 것이다.

이 筆者(필자)가 내 祖國(조국) 大韓民國(대한민국) 現大統領(현대통령) 閣下(각하)의 姓名 三字(성명 삼자)를 이제야 알게 되었다고 한다면.

千萬多幸(천만다행)으로 春夏秋冬(춘하추동)이란 칼럼을 써 온 德澤(덕택)으로 判無識(판무식)을 탓하는 이는 없겠으나, 저 거룩하신 愛國(애국) 國粹君子(국수군자)로부터 祖國(조국)을 떠난 洋間島(양간도)의 島夷(도이)―되놈―이라고 指彈(지탄)을 받을지도 모른다. 그러나 어찌 大統領(대통령) 이름을 모르겠는가. 이 글 虛頭(허두)에 '이름'을 모른다고는 말하지 않았다. 분명히 姓名 三字(성명 삼자)를 모른다고 했다. '이명박'은 原字(원자)인 漢字(한자)의 그 音(음)만을 正音字(정음자)로 表記(표기)한, 한갓 記號(기호)나 符號(부호)에 不過(불과)한 것이다. 換言(환언)하면 形(형) 音(음) 義(의) 세 가지를 갖춘 우리 漢字(한자) 는 아닌 것이다. 적어도 제 할애비 姓(성)을 이어 받았고, 애비 할애비가 지어 주신 이름이 漢字語(한자어)라면 原字(원자)를 써야 姓(성)이요, 名(명)인 것이다. 日本은 幼稚園(유치원) 아이들도 漢字로 제 이름을 쓴다. 그들은 漢字도 國字(국자)라 한다. 그들의 '가나'와 '漢字'를 兼用(겸용)하여 그들의 말과 글을 소중히 '國語'라 한다.

자, 그러면, 대통령의 姓名 三字(성명 삼자)를 이 筆者(필자)가 어떻게 承顏(승안)케 되었는지 그 슬픈 事緣(사연)을 적어 본다.

故國(고국)의 月刊誌(월간지) '한글+漢字'(전국漢字敎育推進總聯合會 刊, 2009年 三月號)에 紹介(소개)된 日本 言論人(언론인)의 글을 읽고서, '이명박'은 '李明博'의 音譯(음역)임을 알게 되었다면 이는 실로 文化的(문화적) 衝擊(충격)이요 아이러니가 아니겠는가. 率直(솔직)히 말하건대, 筆者(필자)는 그 어른의 姓名 三字를 原字(원자), 즉 漢字로 쓰인 것을 본 적이 없다. 이야말로 한글專用의 赫赫(혁혁)한 功績(공적)이요, 最惡(최악)의 橫暴(횡포)다.

그러면 이 日本 言論人(언론인)은 누구였던가?
黑田勝弘(구로다 가쓰히로). 産經新聞 서울支局長이다.
黑田氏는 서울에 있는 一流 大學에서 '現代日本文化의 理解'란 과목을 약 3년간 講義(강의)한바 있는 사람으로, 日本 'SAPIO'誌(2009. 1. 28)에 '國語崩潰(국어붕궤)'란 題下(제하)에 韓國語文(한국어문)의 墮落相(타락상)을 痛切(통절)히 批判(비판)한 것이다. 그 內容(내용)을 要約(요약)한다.

- 한글의 悲劇(비극)
- 韓國人(한국인)은 大統領(대통령) '이명박'도 漢字로 못 쓰고, '부산'도, '안녕하십니까'도 漢字로 못 쓴다.
- 韓國(한국) 公文書(공문서)는 한글專用(전용)이다.
- 내 자신 韓國語(한국어)로 講義(강의)를 함에는 別問題(별문제)가 없었으나, 한글로만 쓰여진 答案紙(답안지)를 읽어야 하는 苦衷(고충).
- '日本文化 理解'에는 漢字가 必須(필수)이므로, 漢字를 쓰면 좋은 點數(점수)를 주겠다고 했더니, 漢字(한자)로 쓴 答案(답안)은 10% 未滿(미만)이며 '日本'을 '一本'으로 몇 번씩 쓴 學生(학생)도 있었다.
- 韓國語(한국어)는 70% 이상이 漢字語(한자어)인데 漢字를 버렸으니 말의 참 뜻을 알 수 없게 되었다.
- 요즈음 世界的(세계적) 流行語(유행어)인 '성희롱'(Sexual Harassment)이란 말이 '性戲弄'임을 아는 韓國人(한국인)은 거의 없다.

다음에는 東洋(동양) 漢字學(한자학)의 碩學(석학)인 日本 白川 靜(시라가와 시즈까)氏를 모시고 對談(대담)한 內容(내용)을 紹介(소개)한다. 氏는 字統(자통) 字訓(자훈) 字通(자통)의 三部作(삼부작) 字典(자전)을 爲始(위시)해서 실로 等身大(등신대)의 著述(저술)을 남긴 분이다. 이 對談(대담)을 맡은 사람은 上智大(상지대) 敎授(교수) 渡部 昇一(와따나배 쇼이찌)요, 이 對談(대담)을 基礎(기초)로 '知의 즐거움 知의 힘'이란 單行本(단행본)이 나왔는 바, 그 중, '말을 잃은 나라는 歷史(역사)와 傳統(전통)을 喪失(상실) 한다'는 對談(대담)만을 飜譯

(번역)해 놓았으니, 짧지 않은 글이나 조용히 한두 번 읽어 주시압.

말을 잃은 나라는 歷史(역사)와 傳統(전통)을 喪失(상실)한다.

白川 : 나는 漢字(한자)를 理解(이해)시켜야 한다고 생각합니다. 지금까지 漢字(한자)를 記憶(기억)하는 것이 어렵다고 하는 것은, 모르기 때문에 記憶(기억)할 수 없었던 것입니다. 알면은 記憶(기억)할 必要(필요)가 없지요. 보기만 해도 알거던요. 그래서 漢字(한자)를 理解(이해)할 수 있는 敎育(교육)을 하면, 從來(종래)의 漢字(한자)를 使用(사용)한다는 國語(국어)表記(표기) 方法(방법)은 充分(충분)히 維持(유지)되고 또 發展(발전)시킬 수 있다고 생각합니다. 먼저 理解(이해)시키는 것입니다. 韓國(한국) 같은 나라는 한글로 하고 말았으나, 한글은 符號(부호)일 뿐이지요.

渡部 : 그래서, 民度(민도)가 너무 떨어졌다고 恨歎(한탄)하는 분이 있었습니다. 學生(학생)들이 아무것도 읽지 못하게 되어버렸나 봅니다.

白川 : 古典(고전)을 읽을 수도 없게 되거던요. 내 境遇(경우)에도 저쪽(한국)에서 名銜(명함)을 주더라도 한글로 쓰여져 있었으면 本字(본자)가 뭔지 알 수 없지요.
本字를 쓰면, 아, 이런 姓(성)에 이런 이름이고, 또 이런 뜻도 있구나 하고 理解(이해)할 수 있는데 말이예요. 諺文(언문, 한글)으로 쓰면 그게 全然(전연) 알 수 없어요. 이건, 日本語(일본어)를 全部(전부) '가나'(일본 문자)로만 表現(표현)했을 때의 일을 생각하면, 그 問題(문제)를 알 수 있지요.

내가 大學(대학)에서 講義(강의)하고 있을 땐데요, 出席簿(출석부)를 全部(전부) "가나"로 打字(타자)해서 내게 갖다 주는 겁니다. 그러니까, 이름과 사람이 도무지 連結(연결)되지 않았습니다. 그래서 내가 學生(학생)마다 本字(본자)를 물어서 出席簿(출석부)를 만들어 버렸지요. 그러구서 出席(출석)을 불러 보니까, 두어 번 만에, 이름과 學生(학생)이 連結(연결)되더군요. 한글로도 같은 問題(문제)가 있죠.

渡部 : 이것은 어느 韓國人(한국인)이 歎息(탄식)하며 쓴 것인데, 이분은, 韓國(한국) 學生(학생)은 거의 無知(무지)에 가깝다는 要旨(요지)의 말을 하더군요. 왜 그러냐고 물었더니, 책을 못 읽는답니다.

白川 : 아, 그렇지요. 字(자)가 없으니까요.

渡部 : 그래서 좀 어려운 말이면 알지도 못하고, 漢字(한자)는 同音異字(동음이자)라는 것이 相當(상당)히 있지만, "한글"의 境遇(경우)에는 同音(동음)만 있지 異字(이자)가 없으니까, 對話(대화)를 하는 중에 서로 무슨 말인지 알 수 없게 되지요. 그러니, 어려운 이야긴 하지 말게 되어, 對話(대화)의 內容(내용)이 극히 幼稚(유치)해진다는 거예요.

白川 : 全部(전부) '가나'로 쓰인 것과 같은 結果(결과)가 되어버리는 셈이죠. image가 살지 않지요.

渡部 : 그래서 어려운 思想(사상)이나 생각은 나오지 않게 되었다고 그 韓國人(한국인)이 恨歎(한탄)합니다. 그렇기 때문에 지금 韓國(한국)에서는 漢字(한자)를 復活(부활)시키려는 運動(운동)이 있는 모양입니다만, 漢字(한자)를 가르치지 않은 世代(세대)는 自身(자신)들이 모르는 것을 가르친다고 抵抗(저항)

이 있는 모양입니다. 옆에서 보기에 많은 것을 잃었다고 생각
하는 데요…

白川 : (한자를 모르면) 말의 再生産(재생산)이 不可能(불가능)한 겁
니다. 새로운 造語(조어)가 不可能(불가능)해요. 하나의 觀念
形態(관념형태)로서의 漢字(한자)가 있으면, 組合(조합)함으
로써 갖가지 새로운 內容(내용)을 갖는 말이 생겨납니다. 한
글로는 그 再生産(재생산)이 不可能(불가능) 합니다. "베트남"
도 마찬가지랍니다. 그 나라도 漢字(한자)를 쓰고 있었으나,
불란서 統治時(통치시)에 모두 로마자化(화) 했거던요… 그 結
果(결과) 제 나라 文獻(문헌)을 읽을 수가 없고 그래서 새로운
造語(조어)가 不可能(불가능)해져서 그냥 外來語(외래어)를 輸
入(수입)할 수밖에 없었습니다.

渡部 : 韓國人(한국인)들도, 例(예)를 들어 "안녕하십니까"할 때, "安
寧(안녕)"이잖아요. "安寧"이라 쓰면 그 意味(의미)가 통하지
요. 그런데 "安寧"이란 漢字(한자)를 모르는 사람은 "안녕"으
로 쓰고는, 그 語源(어원)을 모르면서 쓰는 結果(결과)가 되겠
지요. 그렇게 되면 어쨌든 淺薄(천박)해 지겠지요.

白川 : 베트남에서는 醫師(의사)를 "뽀시"라 합니다. 博士(박사)란 뜻
이지요. 그러나 '博士'라 쓰면 醫師(의사)가 그런 學問(학문)을
한 사람이구나 하고 알 수 있지만 "뽀시"만으론 무슨 뜻인지
몰라요. 이것은 符號(부호)처럼 쓰는 셈이에요. 말이 符號(부
호)가 되고 말았지요.

渡部 : 한글도 그런가 봅니다. 單純(단순)한 符號(부호)가 되고 말았
답니다. 말을 없애면 歷史(역사)와 傳統(전통)을 잃게 되지요.

白川 : 그렇지요. 그리고 漢字(한자)를 가르치지 않았다는 것은 같은

이야깁니다. 日本人(일본인)으로부터 '생각하는 힘'을 剝奪(박탈)하는 結果(결과)가 되지요.

日本(일본) 사람은 漢文(한문)을 읽을 때, 讀經(독경)하듯 하지 않잖아요. 中國人(중국인)은 讀經(독경)하는 식이지요. 理解(이해)하건 못하건 音(음)만 알면 읽을 수 있지요. 그러면 어느 程度(정도) 理解(이해)하고 있는지는 알 수 없거든요. 그런데 日本人(일본인)은 (日本(일본) 固有(고유)의 方法(방법)으로) 訓讀(훈독)을 하기 때문에 말이죠. 모르는 대목이 있으면 거기서 멈추게 됩니다. 意味(의미)를 모르면 그 이상 읽어 나갈 수 없습니다. 즉, 日本人(일본인)들은 文法的(문법적) 分析(분석)을 하면서 읽어 나가기 때문에 正確(정확)한 것입니다. 所謂(소위) 京都學派(경도학파) 같은 이들이 中國學(중국학)에 있어서 훌륭한 業績(업적)을 남겼습니다만, 그것이 可能(가능)했던 理由(이유)는 "도꾸가와"以來(이래)의 訓讀法(훈독법)에 依存(의존)했기 때문입니다.

渡部 : 傍若無人(방약무인)이라고 쓰면 무언지 그 뜻이 漠然(막연)하나마 느낌이 있습니다만, 우리는 이것을 '곁에 사람이 없는 것 같이'라고 읽기 때문에 너무도 分明(분명)히 理解(이해)하고 말지요.

白川 : 그렇기 때문에 日本(일본)의 '訓讀法(훈독법)'이란 것은 外國(외국)의 말을 攝取(섭취)하는 方法(방법)으로는 아주 優秀(우수)하다고 봅니다.

渡部 : 東京大學(동경대학) 先生(선생)에게서 들은 이야깁니다만, 中國大陸(중국대륙)에서 日本(일본)에 온 留學生(유학생)이, 日本(일본)에 온 것이 多幸(다행)이라고 생각하는 理由(이유) 중

의 하나가, 日本語(일본어)로 飜譯(번역)된 論語(논어)를 읽고
나서 더 잘 理解(이해)할 수 있었다는 겁니다.

白川 : 日本(일본)의 境遇(경우)에는, 漢字(한자)를 音(음)과 訓(훈)을
쓰기 때문이지요. 그 뿐 아니라, '가따가나' '히라가나'가 있어
서 多樣(다양)한 表現(표현)이 可能(가능)하지요. 世界(세계)
에 이렇게 많은 道具(도구)를 가지고 있는 나라는 없습니다.
이것은 크게 자랑해도 좋다고 생각하고요. 이런 것 있는 傳統
(전통)을 잃어서는 안 됩니다.

讀後感(독후감)이 어떠신가.

所謂(소위) 漢字(한자) 文化圈(문화권)이라는 東洋(동양) 三國中(삼
국중) 하나인 日本(일본) 文化人(문화인)이 본 우리다. 우리 文化(문
화)다. 이 글을 읽고서 이들의 偏見(편견)을, 또는 이들의 傲慢(오만)
을, 아니면 惡意(악의)와 酷評(혹평)을 叱咤(질타)할 것인가. 良識(양
식)이 있다면, 良心(양심)이 살아 있다면, 할 말이 없을 것이다. 부끄
러울 뿐이다.

黑田氏의 語調(어조)에는 多分(다분)히 侮蔑(모멸)의 口氣(구기)가
歷然(역연)하나, 白川氏와의 對談(대담)에는 純粹(순수)한 學者(학자)
로서 그리고 文化人(문화인)으로서, 이웃나라 文化(문화)에의 憂慮(우
려)와 憐憫(연민)의 情(정)이 엿보이고 있음에 喟然(위연) 歎息(탄식)
을 禁(금)할 길이 없다.

日本(일본)과 우리는 自國(자국)의 文字(문자)가 있기 전에, 漢字(한
자)를 빌어 言文(언문)不一致(불일치)한 跛行的(파행적) 語文(어문)

生活(생활)을 營爲(영위)해 왔다는 事實(사실)과, 그 후에 兩國(양국)이 各各(각각) 소리글자에 屬(속)하는 表音字(표음자), 卽(즉), 우리는 '한글'을 , 日本(일본)은 '가나'를 쓰게 되었다는 語文(어문)傳統(전통)이 恰似(흡사)한 것이다. 따라서 兩國(양국)은 千餘年(천여년) 써온 漢字(한자)와, 後來(후래)의 表音文字(표음문자)를 어떻게 調和(조화)할 것이냐는 問題(문제)가 近世(근세) 國語(국어)政策(정책)上(상) 重大(중대)한 共通(공통) 事案(사안)이었으나, 日本(일본)은 終戰(종전) 後(후)에 '當用(당용)漢字(한자)' 1945자를 制度化(제도화)하여 徹底(철저)히 漢字語(한자어)는 漢字(한자)로 表記(표기)하고 있으나, 우리는 所謂(소위) 한글 專用(전용)一邊倒(일변도)로 漢字語(한자어)를 한글로만 表記(표기)하기 近半世紀(근반세기)에, 얻은 것은 '한글 識者'요, 잃은 것은 '讀書人'이라, 人類文化史上(인류문화사상) 그 類例(유례)가 없는 駭怪罔測(해괴망측)한 '識者 文盲國'을 韓半島(한반도)에 建立(건립)했던 것이다. 이 結果(결과) 우리는 通常漢字(통상한자)를 漢字(한자)로 쓰거나 이를 읽기는커녕, 字音(자음)의 高低(고저) 長短(장단)을 區別(구별)치 못하여, 所謂(소위) 大學(대학)을 나왔다는 '인텔리'들이 제 나라 大統領(대통령) 姓(성)은 勿論(물론) 제 姓(성)도 제대로 發音(발음)하지 못하고 (李는 짧은 소리, 鄭은 길고 丁은 짧고, 趙는 길고 曺는 짧고, 林은 짧고 任은 길고, 盧는 짧음) 제 나라 이름마저 바르게 소리 내지 못하면서 (韓은 짧은 소리) 文化民族然(문화민족연)하며 世界(세계) 經濟(경제) 大國(대국)의 班列(반열)에 섰노라 誇示(과시)하고 있다.

이 어찌 부끄럽지 않은가.
이야말로 國恥(국치)다. 民族的(민족적) 大辱(대욕)이다. 오늘의 우리는 外國(외국)의 웃음거리가 되었다. 國際的(국제적) 亡身(망신)이다. 嗤笑(치소)의 對象(대상)이 되고 말았다. 나라를 잃어야 國恥(국치)인가. 庚戌國恥(경술국치)만이 國恥(국치)가 아니다. 말을 잃고 文字(문자)를 잃음은 傳統(전통)과 文化(문화)의 斷絕(단절)을 意味(의미)한다.

한글로 表記(표기)된 漢字語(한자어)는 한갓 記號(기호)에 不過(불과)하다. 原字(원자)인 漢字(한자)의 뜻과 이미지를 喪失(상실)한 소리일 뿐이다. 漢字(한자)의 本質(본질)과 效用(효용)을 無視(무시)하고 音(음)만을 取(취)하여 한글 表記(표기)만을 主張(주장)함은, 이야말로 無智(무지)요 欺瞞(기만)이며 民族的(민족적) 自欺(자기)인 것이다. 더 이상 우리 文化(문화)를 愚弄(우롱)치 말자.

筆者(필자)는, 自慢(자만)이 아니다, 近六十年(근육십년) 歲月(세월)을 韓(한) 日(일) 英(영) 三個(삼개) 國語(국어)와 더불어 살아 온 사람으로, 우리말은 차마 들을 수 없고, 글은 차마 눈으로 볼 수가 없다. 나는 TV를 보지 않는다. 틀린 말 틀린 發音(발음)이 너무 많기 때문이다. 또한 한글 專用文(전용문)은 거의 보지 않는다. 어설픈 글은 말할 것도 없거니와, 비록 名文(명문)이라 하더라도 字意(자의)와 文意(문의)가 잘 통하지 않기 때문이다. 때로는 마치 暗號(암호)를 判讀(판독)하는 氣分(기분)이다.

單語(단어)의 誤用(오용)은 말할 것도 없고 語彙(어휘)가 不足(부족)하고, 그러므로 凝縮(응축)能力(능력)이 없으므로 자연히 글은 冗長(용장)해지고 文脈(문맥)은 亂雜(난잡)하여, 어느 것이 어느 것을 수식하고 있는지, 또 어느 것이 主部(주부)이고 어느 것이 述部(술부)인지도 分揀(분간)할 수가 없다. 말과 글이 뜻을 傳(전)하지 못하면 죽은 것이다.

이 모두 한글專用(전용) 君子(군자)의 功(공)이로소이다.

'한글'이 우리의 '나라 글자'라면, 漢字(한자)도 우리의 '國字'다.
우리 特有(특유)의 音(음)으로, 우리 生活文字(생활문자)로, 우리 祖
先(조선)들이 近(근) 2000년간 써온 우리의 '國字'인 것이다. 누가 中
國字(중국자)라고 짓밟는가. 美國(미국)은 English라 해서 이를 排斥
(배척)했던가.

文字(문자)란 어느 特定民族(특정민족)의 專有物(전유물)이 아니다.
漢字(한자)는 東洋(동양) 三國(삼국)의 文化的(문화적) 共有物(공유
물)이요, 共同(공동)의 享有物(향유물)이다. 中國人(중국인)에게는 單
一國字(단일국자)요, 韓國人(한국인)과 日本人(일본인)에게는 各各
(각각) 그 固有(고유)의 表音文字(표음문자)와 함께 또 하나의 儼然
(엄연)한 國字(국자)인 것이다.

우리 말과 글이 사는 길은, 우리의 그 貴(귀)한 正音字(정음자)와 含
蓄無盡(함축무진)한 漢字(한자)와의 和諧(화해)에 있다. 兩者擇一(양
자택일)이 아니다. 調和(조화)와 融合(융합)이 있을 뿐이다. 이 두 가
지 文字(문자)를 씀은 우리 民族(민족)의 運命(운명)이다. 그러나 결
코 災殃(재앙)은 아니다. 福(복)이다. 特典(특전)이라 보아야 한다. 그
無限(무한)한 可能性(가능성)을 보자. 이런 文化的(문화적) 特典(특
전)은, 白川氏(백천씨)의 主張(주장)을 援用(원용)할 必要(필요)도 없
이, 오직 日本(일본)과 韓國(한국)만이 누릴 수 있는 語文(어문)의 恩

典(은전)인 것이다.

　자, 漢字(한자)를 가르치자. 배우자. 쓰자. 약 2000자 쯤, 漢字語
(한자어)는 漢字(한자)로 쓰자. 모르면 가르치자. 배워라. 制度的(제
도적) 한글 專用(전용)은 文化的(문화적) 鎖國(쇄국)이요, 終局(종국)
에는 文化(문화)의 抹殺(말살)이다. 한글 專用主義(전용주의)는 漢字
(한자)를 배울 수 있는 우리의 基本權利(기본권리)를 剝奪(박탈)했던
것이다.

　'한 漢(한) 兼用(겸용)'을 위한 汎民族運動(범민족운동)을 해야겠다.

국치
―한글 전용은 우리 문화에의 반역이다―

(이 글은 한글을 전용한 것이다. 세 가지 글을 조용히 읽기 바란다. 그러면 우리 어문의 숙명적 문제점이 무엇이며 한자 교육을 멀리한 폐해가 어떤 것인지 절감케 될 것이다.)

나라를 잃은 것은 일대일세의 국치일 수 있다. 그러나 말을 잃은 것, 제 문화를 제 발로 짓밟은 것은 자손만대의 민족적 국치다.

놀라는 이들이 많을 것이다.

이 필자가 내 조국 대한민국 현 대통령각하의 성명 삼자를 이제야 알게 되었다고 한다면.

천만다행으로 춘하추동이란 칼럼을 써 온 덕택으로 판무식을 탓하는 이는 없겠으나, 저 거룩하신 애국 국수군자로부터 조국을 떠난 양간도의 도이―되놈―이라고 지탄을 받을지도 모른다. 그러나 어찌 대통령 이름을 모르겠는가. 이 글 허두에 '이름'을 모른다고는 말하지 않았다. 분명히 성명 삼자를 모른다고 했다. '이명박'은 원자인 한자의 그 음만을 정음자로 표기한, 한갓 기호나 부호에 불과한 것이다. 환언하면 형 음 의 세 가지를 갖춘 우리 한자는 아닌 것이다. 적어도 제 할애비 성을 이어 받았고, 애비 할애비가 지어 주신 이름이 한자어라면 원자를 써야 성이요, 명인 것이다. 일본은 유치원 아이들도 한자로 제 이름을 쓴다. 그들은 한자도 국자라 한다. 그들의 '가나'와 '한자'를 겸용하여 그들의 말과 글을 소중히 '국어'라 한다.

자, 그러면, 대통령의 성명 삼자를 이 필자가 어떻게 승안케 되었는지 그 슬픈 사연을 적어 본다.

고국의 월간지 '한글+漢字'(전국漢字敎育推進總聯合會 刊, 2009 年 三月號)에 소개된 일본 언론인의 글을 읽고서, '이명박'은 '李明博'의 음역임을 알게 되었다면 이는 실로 문화적 충격이요 아이러니가 아니겠는가. 솔직히 말하건대, 필자는 그 어른의 성명 삼자를 원자, 즉 한자로 쓰인 것을 본 적이 없다. 이야말로 한글전용의 혁혁한 공적이요, 최악의 횡포다.

그러면 이 일본 언론인은 누구였던가?
黑田勝弘(구로다 가쓰히로). 産經新聞 서울 지국장이다.
黑田氏는 서울에 있는 일류 대학에서 '現代日本文化의 理解'란 과목을 약 3년간 강의한 바 있는 사람으로, 일본 'SAPIO'지(2009. 1. 28)에 '국어붕궤'란 제하에 한국어문의 타락상을 통절히 비판한 것이다. 그 내용을 요약한다.

- 한글의 비극
- 한국인은 대통령 '이명박'도 한자로 못 쓰고, '부산'도, '안녕 하십니까'도 한자로 못 쓴다.
- 한국 공문서는 한글전용이다.
- 내 자신 한국어로 강의를 함에는 별문제가 없었으나 한글

로만 쓰여진 답안지를 읽어야 하는 고충.
- '日本文化 理解'에는 한자가 필수이므로, 한자를 쓰면 좋은 점수를 주겠다고 했더니, 한자로 쓴 답안은 10% 미만이며 '日本'을 '一本'으로 몇 번씩 쓴 학생도 있었다.
- 한국어는 70% 이상이 한자어인데 한자를 버렸으니 말의 참 뜻을 알 수 없게 되었다.
- 요즈음 세계적 유행어인 '성희롱'(Sexual Harassment) 이란 말이 '性戱弄'임을 아는 한국인은 거의 없다.

다음에는 동양 한자학의 석학인 일본 白川 靜(시라가와 시즈까)씨를 모시고 대담한 내용을 소개한다. 씨는 자통 자훈 자통의 삼부작 자전을 위시해서 실로 등신대의 저술을 남긴 분이다. 이 대담을 맡은 사람은 상지대교수 渡部昇一(와따나배 쇼이찌)요, 이 대담을 기초로 '지의 즐거움 지의 힘'이란 단행본이 나왔는 바, 그 중 '말을 잃은 나라는 역사와 전통을 상실한다'는 대담만을 번역해 놓았으니, 짧지 않은 글이나 조용히 한두 번 읽어 주시압.

말을 잃은 나라는 역사와 전통을 상실한다.

白川 : 나는 한자를 이해시켜야 한다고 생각합니다. 지금까지 한자를 기억하는 것이 어렵다고 하는 것은, 모르기 때문에 기억할 수 없었던 것입니다. 알면은 기억할 필요가 없지요. 보기만 해도 알거던요. 그래서 한자를 이해할 수 있는 교육을 하면, 종래의 한자를 사용한다는 국어표기 방법은 충분히 유지되고 또 발전시킬 수 있다고 생각합니다. 먼저 이해시키는 것입니다. 한국

같은 나라는 한글로 하고 말았으나, 한글은 부호일 뿐이지요.

渡部 : 그래서 민도가 너무 떨어졌다고 한탄하는 분이 있었습니다. 학생들이 아무것도 읽지 못하게 되어버렸나 봅니다.

白川 : 고전을 읽을 수도 없게 되거든요. 내 경우에도 저쪽(한국)에서 명함을 주더라도 한글로 본자를 쓰면 아, 이런 성에 이런 이름이고, 또 이런 뜻도 있구나 하고 이해할 수 있는데 말이예요. 언문(한글)으로 쓰면 그게 전연 알 수 없어요. 이건, 일본어를 전부 '가나'(일본 문자)로만 표현했을 때의 일을 생각하면, 그 문제를 알 수 있지요.

내가 대학에서 강의하고 있을 땐데요, 출석부를 전부 '가나'로 타자해서 내게 갖다 주는 겁니다. 그러니까 이름과 사람이 도무지 연결되지 않았습니다. 그래서 내가 학생마다 본자를 물어서 출석부를 만들어 버렸지요. 그러구서 출석을 불러 보니까, 두어 번 만에 이름과 학생이 연결되더군요. 한글로도 같은 문제가 있죠.

渡部 : 이것은, 어느 한국인이 탄식하며 쓴 것인데, 이 분은, 한국 학생은 거의 무지에 가깝다는 요지의 말을 하더군요. 왜 그러냐고 물었더니, 책을 못 읽는답니다.

白川 : 아, 그렇지요. 자가 없으니까요.

渡部 : 그래서 좀 어려운 말이면 알지도 못하고, 한자는 동음이자라는 것이 상당히 있지만, "한글"의 경우에는 동음만 있지 이자가 없으니까, 대화를 하는 중에 서로 무슨 말인지 알 수 없게 되지요. 그러니, 어려운 이야긴 하지 말게 되어, 대화의 내용이 극히 유치해진다는 거예요.

白川 : 전부 '가나'로 쓰인 것과 같은 결과가 되어버리는 셈이죠.

image가 살지 않지요.

渡部 : 그래서 어려운 사상이나 생각은 나오지 않게 되었다고 그 한
국인이 한탄합니다. 그렇기 때문에 지금 한국에서는 한자를
부활시키려는 운동이 있는 모양입니다만, 한자를 가르치지 않
은 세대는 자신들이 모르는 것을 가르친다고 저항이 있는 모
양입니다. 옆에서 보기에 많은 것을 잃었다고 생각하는 데요…

白川 : (한자를 모르면) 말의 재생산이 불가능한 겁니다. 새로운 조
어가 불가능해요. 하나의 관념형태로서의 한자가 있으면, 조
합함으로써 갖가지 새로운 내용을 갖는 말이 생겨납니다. 한
글로는 그 재생산이 불가능합니다. "베트남"도 마찬가지랍니
다. 그 나라도 한자를 쓰고 있었으나, 불란서 통치시에 모두
로마자화 했거던요… 그 결과 제 나라 문헌을 읽을 수가 없고
그래서 새로운 조어가 불가능해져서 그냥 외래어를 수입할 수
밖에 없었습니다.

渡部 : 한국인들도, 예를 들어 "안녕하십니까"할 때, "안녕"이잖아요.
"安寧"이라 쓰면 그 의미가 통하지요. 그런데 "安寧"이란 한자
를 모르는 사람은 "안녕"으로 쓰고는, 그 어원을 모르면서 쓰
는 결과가 되겠지요. 그렇게 되면 어쨌든 천박해 지겠지요.

白川 : 베트남에서는 의사를 "뽀시"라 합니다. 박사란 뜻이지요. 그
러나 '博士'라 쓰면 의사가 그런 학문을 한 사람이구나 하고 알
수 있지만 "뽀시"만으론 무슨 뜻인지 몰라요. 이것은 부호처
럼 쓰는 셈이에요. 말이 부호가 되고 말았지요.

渡部 : 한글도 그런가 봅니다. 단순한 부호가 되고 말았답니다. 말을
없애면 역사와 전통을 잃게 되지요.

白川 : 그렇지요. 그리고 한자를 가르치지 않았다는 것은 같은 이야

깁니다. 일본인으로부터 '생각하는 힘'을 박탈하는 결과가 되지요.

일본사람은 한문을 읽을 때, 독경하듯 하지 않잖아요. 중국인은 독경하는 식이지요. 이해하건 못하건 음만 알면 읽을 수 있지요. 그러면 어느 정도 이해하고 있는지는 알 수 없거든요. 그런데 일본인은 일본 고유의 방법으로 훈독을 하기 때문에 말이죠. 모르는 대목이 있으면 거기서 멈추게 됩니다. 의미를 모르면 그 이상 읽어 나갈 수 없습니다. 즉, 일본인들은 문법적 분석을 하면서 읽어 나가기 때문에 정확한 것입니다. 소위 경도학파 같은 이들이 중국학에 있어서 훌륭한 업적을 남겼습니다만, 그것이 가능했던 이유는 "도꾸가와" 이래의 훈독법에 의존했기 때문입니다.

渡部 : '傍若無人'이라고 쓰면 무언지 그 뜻이 막연하나마 느낌이 있습니다만, 우리는 이것을 '곁에 사람이 없는 것 같이'라고 읽기 때문에 너무도 분명히 이해하고 말지요.

白川 : 그렇기 때문에 일본의 '훈독법'이란 것은 외국의 말을 섭취하는 방법으로는 아주 우수하다고 봅니다.

渡部 : 동경대학 선생에게서 들은 이야깁니다만, 중국대륙에서 일본에 온 유학생이, 일본에 온 것이 다행이라고 생각하는 이유 중의 하나가, 일본어로 번역된 논어를 읽고 나서 더 잘 이해할 수 있었다는 겁니다.

白川 : 일본의 경우에는, 한자를 음과 훈을 쓰기 때문이지요. 그 뿐 아니라, '가따가나' '히라가나'가 있어서 다양한 표현이 가능하지요. 세계에 이렇게 많은 도구를 가지고 있는 나라는 없습니다. 이것은 크게 자랑해도 좋다고 생각하고요. 이런 것 있는

전통을 잃어서는 안 됩니다.

독후감이 어떠신가.

소위 한자 문화권이라는 동양 삼국중 하나인 일본 문화인이 본 우리다. 우리 문화다. 이 글을 읽고서 이들의 편견을, 또는 이들의 오만을, 아니면 악의와 혹평을 질타할 것인가. 양식이 있다면, 양심이 살아 있다면, 할 말이 없을 것이다. 부끄러울 뿐이다.

黑田氏의 어조에는 다분히 모멸의 구기가 역연하나, 白川씨와의 대담에는 순수한 학자로서 그리고 문화인으로서, 이웃나라 문화에의 우려와 연민의 정이 엿보이고 있음에 위연 탄식을 금할 길이 없다.

일본과 우리는 자국의 문자가 있기 전에, 한자를 빌어 언문불일치한 파행적 어문 생활을 영위해 왔다는 사실과, 그 후에 양국이 각각 소리글자에 속하는 표음자, 즉, 우리는 '한글'을, 일본은 '가나'를 쓰게 되었다는 어문전통이 흡사한 것이다. 따라서 양국은 천여년 써온 한자와, 후래의 표음문자를 어떻게 조화할 것이냐는 문제가 근세 국어정책상 중대한 공통사안이었으나, 일본은 종전 후에 '당용한자' 1945자를 제도화하여 철저히 한자어는 한자로 표기하고 있으나, 우리는 소위 한글전용 일변도로 한자어를 한글로만 표기하기 근반세기에, 얻은 것은 '한글 식자'요, 잃은 것은 '독서인'이라, 인류문화사상 그 유례가 없는 해괴망측한 '식자문맹국'을 한반도에 건립했던 것이다. 이 결과 우리는 통상한자를 한자로 쓰거나 이를 읽기는커녕, 자음의 고저장단을 구별치 못하여, 소위 대학을 나왔다는 '인텔리'들이 제 나라 대통령 성은 물론 제 성도 제대로 발음하지 못하고 (李는 짧은 소리, 鄭은 길고 丁은 짧고, 趙는 길고 曺는 짧고, 林은 짧고 任은 길고, 盧는 짧음) 제 나라 이름마저 바르게 소리 내지 못하면서 (韓은 짧은 소리) 문화민족연하며 세계 경제 대국의 반열에 섰노라 과시하고 있다.

이 어찌 부끄럽지 않은가.

이야말로 국치다. 민족적 대욕이다. 오늘의 우리는 외국의 웃음거리가 되었다. 치소의 대상이 되고 말았다. 국제적 망신이다. 나라를 잃어야 국치인가. 경술국치만이 국치가 아니다. 말을 잃고 문자를 잃음은 전통과 문화의 단절을 의미한다.

한글로 표기된 한자어는 한갓 기호에 불과하다. 원자인 한자의 뜻과 이미지를 상실한 소리일 뿐이다. 한자의 본질과 효용을 무시하고 음만을 취하여 한글 표기만을 주장함은, 이야말로 무지요 기만이며 민족적 자기인 것이다. 더 이상 우리 문화를 우롱치 말자.

필자는, 자만이 아니다, 근 육십년 세월을 한 일 영 삼개 국어와 더불어 살아 온 사람으로, 우리말은 차마 들을 수 없고, 글은 차마 눈으로 볼 수가 없다. 나는 TV를 보지 않는다. 틀린 말 틀린 발음이 너무 많기 때문이다. 또한 한글 전용문은 거의 보지 않는다. 어설픈 글은 말할 것도 없거니와, 비록 명문이라 하더라도 자의와 문의가 잘 통하지 않기 때문이다. 때로는 마치 암호를 판독하는 기분이다.

단어의 오용은 말할 것도 없고 어휘가 부족하고, 그러므로 응축 능력이 없으므로 자연히 글은 용장해지고 문맥은 난잡하여, 어느 것이 어느 것을 수식하고 있는지, 또 어느 것이 주부이고 어느 것이 술부인지도 분간할 수가 없다. 말과 글이 뜻을 전하지 못하면 죽은 것이다.

이 모두 한글 전용 군자의 공이로소이다.

'한글'이 우리의 '나라 글자'라면, 한자도 우리의 '국자'다.

우리 특유의 음으로, 우리 생활문자로, 우리 조선들이 근 2000년 간 써온 우리의 '국자'인 것이다. 누가 중국자라고 짓밟는가. 미국은 English라 해서 이를 배척했던가.

문자란 어느 특정 민족의 전유물이 아니다. 한자는 동양 삼국의 문화적 공유물이요 공동의 향유물이다. 중국인에게는 단일국자요, 한국인과 일본인에게는 각각 그 고유의 표음문자와 함께 또 하나의 엄연한 국자인 것이다.

우리 말과 글이 사는 길은, 우리의 그 귀한 정음자와 함축 무진한 한자와의 화해에 있다. 양자택일이 아니다. 조화와 융합이 있을 뿐이다. 이 두 가지 문자를 씀은 우리 민족의 운명이다. 그러나 결코 재앙은 아니다. 복이다. 특전이라 보아야 한다. 그 무한한 가능성을 보자. 이런 문화적 특전은, 백천씨의 주장을 원용할 필요도 없이, 오직 일본과 한국만이 누릴 수 있는 어문의 은전인 것이다.

자, 한자를 가르치자. 배우자. 쓰자. 약 2000자 쯤, 한자어는 한자로 쓰자. 모르면 가르치자. 배워라. 제도적 한글 전용은 문화적 쇄국이요, 종국에는 문화의 말살이다. 한글 전용주의는 한자를 배울 수 있는 우리의 기본 권리를 박탈했던 것이다.

'한 한 겸용'을 위한 범민족운동을 해야겠다.

晚春破寂(만춘파적)

어느덧 五月도 中旬(중순)으로 접어든다. 갖가지 꽃이 물물이 피었
단 지고, 山野(산야)는 온통 싱그러운 綠陰(녹음). 그러나 節氣(절기)
로는 穀雨(곡우)가 四月末頃(사월말경)이건만, 今年엔 어쩌자고 五月
들어 봄비가 연일 지짐지짐 그칠 날이 없다. 無聊寂寞(무료적막)하여
내 난잡한 書架(서가)를 둘러보던 중, 退色(퇴색)한 한 권의 文庫版
(문고판)에 눈이 멎었다. 「말, 百萬人(백만인)의 言語學(언어학)」. 朴
甲千 著. 鷺山(노산)의 序文(서문)이 반가웠다. 雨中(우중)의 消遣策
(소견책)으로는 一品(일품)이었다. 이 글을 쓰는 사람 역시 文字癖(문
자벽)이 없지 않은지라, 雨中(우중)의 破寂(파적) 삼아 몇 마당 戱言
弄筆(희언농필) 하노니, 조용히 읽고 悲憤慷慨(비분강개)하여 가슴을
치시든지, 濁世(탁세) 風流(풍류)로 보고 무릎을 치시압.

이틀 전 儒學者(유학자)이신 一天 姜浩錫 선생으로부터 E-mail이
왔다. 모 월간지 110페이지를 보라신다. 자못 激昻(격앙)하신 語調
(어조)였다. 그 잡지를 살펴보니, 어느 時調集(시조집)을 소개한 짧은
글에 時調가 始祖(시조)로 誤記(오기)되어 있는 것이었다. 공교롭게
도 이 월간지는 한글전용을 반대하며 漢字併用(한자병용)을 주장하
는 단체의 기관지였으니, 이 무슨 얄궂은 운명의 作戱(작희)인가.

십오 년 전 일인 것 같다. 어느 불교 월간지의 청으로 내 글 '野人(야인)'이 실린 일이 있었다. 徐載弼(서재필) 선생에 대한 대목에 典範(전범)이란 말이 쓰여졌는데, 이 典範이 戰犯(전범)으로 遁甲(둔갑)해 있었으니, 이로 인해 그 잡지와는 絶緣(절연)하고 말았다. 徐載弼이 혹 守舊派(수구파)로부터 逆賊(역적)이라 불릴지는 모르겠으나, 그가 戰犯(전범)일 수는 없는 것이다.

몇일 전, 이 Korea Monitor 표지에 '槿域受賞'이란 大字報(대자보)가 등장했다. 이는 '槿域隨想'의 誤植이었다. 이미 일부의 잡지가 이곳 시중에 배달된 다음 날에야 이 실수를 알게 되었더니, 발행인 겸 편집인께서 다음 날 坦率(탄솔)히 그 수정판을 내셨으니, 이런 정황이면 그 실수를 책하기보다는 그 受賞을 오히려 嘉賞(가상)타 아니하랴.

벌써 십년 전, 그때 육십 대의 의사 한 분이 肛門(항문)을 홍문이라 읽고 이를 紅門(홍문)이라 한자로 쓴 일이 있었다. 어쩌면 肛門 보다는 紅門이 더 격에 어울리는지도 모른다. 이 분은 이 '붉은 문'의 소재를 분명히 알고 계셨던 것이다.

해방직후에, 어느 중학교 훈장께서 남녀공학인 학생들에게, '造詣(조예)가 깊다'는 말을 '조지가 깊다'고 실수를 했던 것이다. 두고 두고 제자들의 웃음거리가 되었다고 한다.

6.25사변 전, 어느 의과대학 학생들에게 X-Ray에 대한 강의를 하던 어느 노 교수께서 '방사능'이란 말을 하자 어느 학생이 '방사능이란 한자는 어떻게 씁니까'하고 물었던 것이다. 짓궂은 학생의 장난으로 보았던지, 아니면 무식한 학생이라 짜증이 났었는지, 이 노교수는 질문한 학생을 한동안 물끄러미 보고 있다가 칠판에 一筆揮之(일필

휘지)로 房事能이라 크게 칠판에 갈겨 쓰신 것이다. 강의실은 한동안 물을 뿌린 듯 조용해지더니 이내 이 구석 저 구석에서 폭소가 터지기 시작했다. 이 노 교수는 서당에서 글줄이나 읽은 분이요, 漢字幽默(한자유묵)(humore)에도 達通(달통)한 분이겠다. 곧 강의가 끝나 이 노 교수가 퇴장하자마자 어느 늙수그레한 학생이 단상에 뛰어 올라갔다. 그러더니 房事能 앞에 老益 두 자를 추가했던 것이다. 老益 房事能!!! 선생보다 達筆(달필)이었다고 한다. 漢字의 妙境(묘경)이 예 있도다. 그 무렵의 대학생들의 한자 소양은 요즈음 국문학 박사보다 상급이었는지도 모른다.

지난 주, 근 삼년간 한문 고전 강의를 해 온 기구한 인연으로 뜻밖의 困辱(곤욕)을 치렀다. 한국판 주석서로 「大學」강의 준비를 하던 중, '人之有技 娟疾以惡之'에 이르러 娟疾이란 말이 풀리지 않는 것이었다. 이에 또 다른 한국 학자의 주석서를 대조해 본 즉, 娟疾이 이 책에는 娟疾로 쓰여 있는 것이 아닌가. 玉篇과 漢韓 大辭典은 물론 일본의 모로하시(諸橋) 大漢和辭典을 뒤져 보았으나 도무지 이해할 도리가 없어 한 시간이나 신음하던 끝에 일본 판 대학을 펼쳐 보고서야 娟疾의 오식임을 확인케 되었으니, 이 때의 심경을 분하다 할까 통쾌하다할까. 娟疾은 질투의 뜻이다. 娟은 여자의 아름다움이요, 娼은 창녀이니, 漢字 한 字의 오식이 범하는 결과가 이토록 놀랍고 놀랍도다.

현대 漢字 誤植 宗主國(종주국)은, 아마 오천년 역사와 전통을 자랑하는 大韓民國일 것이다. 중국 근세 문필가인 林語堂이 誤字 闕字(궐자) 衍字(연자)를 바로 잡는 것은 글하는 이의 즐거움이라고 했음을 보면 중국도 문제가 심각한 모양인데, 동양 삼국 중 오자가 가장 없는 나라는 玄海灘(현해탄) 건너 倭國(왜국)인가 보다.

籍(적)
—A One-Word Love Letter—

오늘 萬古(만고)에 없는 一字戀書(일자연서)를 소개한다. 단 한 字의 이른바 연애 편지다. 즉 'A One-Word Love Letter'다.

옛날 옛적에, 어느 시골에, 처녀 총각이 이웃하고 살았겠다. 총각은 과부의 외아들이요, 처녀는 홀아버지를 모시고 사는 외딸이다. 寡守宅(과수댁)은 제법 富名(부명)을 띄는 地主(지주)요, 처녀 집은 가난하기 赤貧如洗(적빈여세)로되, 累代(누대)의 士族(사족)으로, 지체나 門閥(문벌)로 보아 서로 婚班(혼반)은 커녕 별로 내왕이 없는 집안이다. 한 집은 재물은 있겠다, 과부 자식이라 흠 잡힐세라, 독선생을 두고 글을 가르친 것이 아들 나이 여섯 살부터요, 이웃 선비는 針線(침선) 등 女工(여공)을 가르치지 못하는 반면에 외딸 글 가르치기를 아들처럼 하였겠다. 담 너머로 서로 글 읽는 소리 듣기를 십여 년에, 어느덧 하나는 어깨가 떡 벌어진 장정이요, 하나는 瓜年(과년)의 꽃다운 처자다. 瓜年이란 말은 十六歲 처녀를 이름이다. 瓜를 破字(파자)하면 八字가 둘이니 二八이라 열 여섯살이기 때문이다.

한 집은 三間草屋(삼간초옥)에 삼면이 섶나무 울인데, 동쪽 일면만은 길이 넘는 담장이 마치 貧富分界線(빈부분계선)인양 가로 막고 있으나, 축대가 높은 옆집 대청에선 이웃 집 뜰이 한 눈에 내려다보인다. 때로는 下輩(하배)를 부리는 옆집 마나님의 오만한 모습이 보이기도 하고, 담 너머로 그 집 총각 얼굴이 풀쑥 솟아오르기도 한다. 이럴 때면 으레 가난한 이웃 鰥夫(환부)께선 외마디 소리를 치거나 명아주 지팡이로 상앗대질을 하기 마련이요, 그런 날 밤엔 놋 재떨이를 치는 長竹(장죽)소리가 밤이 이슥토록 담 너머로 울려 퍼지고, 나이 찬 딸을 앞혀 놓고 操身(조신)할 것을 누누이 타이르는 것이다.

어느 봄날이었다.
麝香薄荷(사향박하)가 무르녹는 저녁나절.
가난한 이 집에도 살구꽃이 한창이었다.
딸은 물을 길으러 나갔는지 인기척이라곤 없고, 무심코 밖을 내다보고 있던 중에, 뭔지 鈍濁(둔탁)한 소리가 나기로 적이 의아하여 툇마루로 나갔다. 어인 일인가. 딸은 물동이를 인 채로 부엌 앞에 돌 부처마냥 얼붙어 서있고, 그 발치엔 무언지 헝겊이 너울거리는 것이 눈에 잡힌다.
"그… 그… 그게 뭐냐?"
딸은 대답도 못하고 황급히 물동이를 부엌에 내려놓고는 안방으로 숨고 마는 것이다. 버선발로 내려 집어보니, 주먹만한 기왓장에 동여맨 무명 조각에 일그러진 붓글씨 한 字가 눈에 뜨인다. 총총 사랑에 들어와서야 선채로 풀어 보았다. '籍'字가 빤히 쳐다본다. 불현듯, 그의 머리를 스쳐가는 것은 이웃집 총각 녀석이다. 무시로 담 위로 목을 빼고 넘보던 그 凶物(흉물)이다.

'籍'

외 字다.

尋常(심상)한 漢字다.

그러나 尋常찮은 含意(함의)가 있음을 직감했다.

글줄이나 읽었다는 斑白(반백)의 村學究(촌학구)로 僻字(벽자)가 아닌 이 '籍'자에 이토록 당황할 줄이야.

손바닥만한 무명 조각에 쓰여진 그 '籍'字를 그는 뚫어져라 드려다본다. 筆劃(필획)이 다부지다. 진한 墨香(묵향)에 새삼 놀란다. 비록 흔한 字이기는 하나, 그것이 多岐多趣(다기다취)한 合成字(합성자)임에 생각이 미치자, 그는 곧 破字(파자)하기 시작했다.

'竹 耒 昔' 아직도 실마리가 풀리지 않는다.

'竹 耒 卄 一 日'에 이르자 그는 저도 모르게 소스라쳐 일어섰다. 耒는 來와 같은 형상이요, 卄은 二十이니, '竹 來 卄 一 日'이 아닌가. 여늬 때 같으면, 快哉(쾌재)라, 무릎을 쳤으련만, 충격이라기보다 야릇한 虛脫感(허탈감)으로 茫然(망연)히 밖을 내다보고 있었다.

'竹 來 卄 一 日'

즉, 스무하룻날 대밭으로 오라는 것이다.

아, 스무하룻날 대나무 밭으로 오란다.

이 날 저녁, 아버지는 말없이 저녁상을 받았고, 또한 말없이 상을 물리곤 사랑으로 건너갔다. 이날 밤, 잠을 설치기로야 어찌 이 父女(부녀)만이었겠는가. 담 너머 그 寡守宅(과수댁) 머시마도 필경 뜬 눈으로 밤을 지새웠으렷다.

著者小歷 (저자 소력)

卞完洙 (변완수) Wan-Soo Byun

P. O. Box 206

Annandale, Va. 22003 U.S.A.

(540) 455 8409 (C)

E-Mail wwbyun@aol.com

- 1934年 慶北 聞慶에서 남.
- 1967년 留學生으로 渡美.
- American University School of International Studies 修學.
- 月刊 Korean News(發行人:韋辰祿)와, The Korean-American Life (發行人:孫永換)에 固定 칼럼 "東과 西", "東西南北"을 약 七年間 씀.
- 미국 Virginia 소재 週刊誌 Korea Monitor(發行人:林錫九)에 固定 칼럼 "美洲文苑", "春夏秋冬"을 2006년부터 2011년까지 매주 썼음.
- 散文集 "東西南北" 냄.
- 時調人(시조 문학 李泰極 천, 울림 高遠 천)
- 2000년이래 2006년까지 文藝人文綜合誌 "四海"를 不定期 發行함.
- 週刊誌 Korea Monitor 後援으로, 2006년 8月 이래 "三隅反塾 (삼우반숙)"을 설립하여 매주 10년간 漢文古典講義를 했음.

著者 後記(저자후기)

첫번째 산문집 "東西南北(동서남북)"에 이어 두번째 산문집을 낸다. "春夏秋冬(춘하추동)"이라 했다.

내 고국을 떠난 것이 1967년. 이래 줄곧 미국에 살고 있었기로 "東西南北(동서남북)"은 1994년에 미국에서 출판한 것이요, 이번 "春夏秋冬(춘하추동)"은 고국에서 問世(문세)케 됨에 내 사사로운 감회 자못 절절한 것이다.

이 "春夏秋冬(춘하추동)"의 작품은 거개가 Korea Monitor(Virginia 소재, 발행인 임석구 사장)에 2014년까지 내 단독 컬럼에 매주 약 6년간 썼던 것이다. 내용은 우리 전통적 의미의 수필류만이 아니라 논설류의 글을 포함한 多樣多趣(다양다취)한 글이다. 산문집이라 한 것은 이 때문이다.

돌이켜 보건대, "東西南北(동서남북)"은 내 50대의 글이요, Korea Monitor에 마지막 글을 쓴 것이 2014년이었을 듯, 이제 行年(행년)이 80이라 내 후반생을 이에 바친 셈이니, 內心(내심) 文筆中興(문필중흥)을 自任(자임)했던 것이다.

6년간 자유롭게 글을 쓰도록 귀한 지면을 허해주신 林錫求(임석구) 사장은 내 외로운 文筆歷程(문필역정)에 잊을 수 없는 분이다.

끝으로 이 책을 기꺼이 맡아준 이화문화출판사에 감사한다.

2020년 6월 저자 적음

저자와의
협의하에
인지생략

春夏秋冬

2020年 7月 25日 초판 발행

저 자 卞完洙

발행처 ㈜이화문화출판사
발행인 이홍연 · 이선화

등록번호 제300-2012-230
주소 서울시 종로구 인사동길 12, 311호
전화 02-732-7091~3 (도서 주문처)
FAX 02-725-5153
홈페이지 www.makebook.net

값 18,000원

※ 잘못 만들어진 책은 바꾸어 드립니다.

※ 본 책의 내용을 무단으로 복사 또는 복제할 경우,
   저작권법의 제재를 받습니다.